GOM
GOM
GOM
BEAR

Contents

곰곰곰 베어 11

저자 쿠마나노
일러스트 029
옮긴이 김보라

스킬

▶**이세계 언어**
이세계의 언어가 일본어로 들린다.
이야기를 하면 이세계의 언어로 상대방에게 전달된다.

▶**이세계 문자**
이세계의 문자를 읽을 수 있다.
글자를 쓰면 이세계 문자가 된다.

▶**곰의 이차원 박스**
흰 곰의 입은 무한으로 벌어지는 공간이다.
어떤 물건이라도 넣을(먹을) 수 있다.
단, 살아 있는 것을 넣는(먹는) 건 안 됨.
들어가 있는 동안에는 시간이 멈춘다.
이차원 박스에 넣은 물건은 언제든 꺼낼 수 있다.

▶**곰 관찰안**
흑백 곰 옷의 후드에 있는 곰의 눈을 통해 무기와 도구의 효과를 볼 수 있다.
후드를 쓰지 않으면 효과는 발동되지 않는다.

▶**곰 탐지**
곰의 야생의 힘으로 마물이나 사람을 탐지할 수 있다.

▶**곰 소환수**
곰 장갑에서 곰이 소환된다.
검은 곰 장갑에서는 검은 곰이 소환된다.
흰 곰 장갑에서는 흰 곰이 소환된다.
소환수 꼬맹이화 : 소환수인 곰을 꼬맹이화 할 수 있다.

▶**곰 지도 ver.2.0**
곰의 눈이 본 장소를 지도로 만들 수 있다.

▶**곰 이동문**
문을 설치하여 서로의 문을 왔다 갔다 할 수 있게 된다.
3개 이상의 문을 설치할 경우는 행선지를 상상하는 것으로 이동할 곳을 정할 수 있다.
이 문은 곰 장갑을 사용하지 않으면 열리지 않는다.

▶**곰 폰**
먼 곳에 있는 사람과 대화할 수 있다.
곰 폰을 만든 후, 술자가 없앨 때까지 존재한다. 물리적으로 망가뜨릴 수 없다.
곰 폰을 건넨 상대를 상상하면 연결된다.
곰의 울음소리로 착신을 알린다. 소지자가 마력을 보내는 것으로 껐다 켤 수 있게 되어 통화가 가능하다.

▶**곰 수상 보행**
물 위를 이동하는 것이 가능해진다.
소환수는 물 위를 이동하는 것이 가능해진다.

▶**곰 염화**
떨어져 있는 소환수를 불러들일 수 있다.

마법

▶**곰 라이트**
곰 장갑에 모은 마력으로 곰 형태의 빛을 생성한다.

▶**곰 신체 강화**
곰 장비에 마력을 보내는 것으로 신체강화를 실시할 수 있다.

▶**곰 불 속성 마법**
곰 장갑에 모은 마력으로 불 속성의 마법을 사용할 수 있다.
위력은 마력, 상상에 비례한다.
곰을 상상하면 위력이 더욱 올라간다.

▶**곰 물 속성 마법**
곰 장갑에 모은 마력으로 물 속성의 마법을 사용할 수 있다.
위력은 마력, 상상에 비례한다.
곰을 상상하면 위력이 더욱 올라간다.

▶**곰 바람 속성 마법**
곰 장갑에 모은 마력으로 바람 속성의 마법을 사용할 수 있다.
위력은 마력, 상상에 비례한다.
곰을 상상하면 위력이 더욱 올라간다.

▶**곰 땅 속성 마법**
곰 장갑에 모은 마력으로 땅 속성의 마법을 사용할 수 있다.
위력은 마력, 상상에 비례한다.
곰을 상상하면 위력이 더욱 올라간다.

▶**곰 전격 마법**
곰 장갑에 모은 마력으로 전격 마법을 사용할 수 있게 된다.
위력은 마력, 상상에 비례한다.
곰을 상상하면 위력이 더욱 올라간다.

▶**곰 치유 마법**
곰의 상냥한 마음에 의해 치료가 가능해진다.

이름 : 유나
연령 : 15세
성별 : 여자
▶곰 후드(양도 불가)
후드에 있는 곰 눈을 통해 무기나 도구의 효과를 볼 수 있다.
▶흰 곰 장갑(양도 불가)
방어 장갑. 사용자 레벨에 따라 위력 UP.
흰 곰 소환수인 곰순이를 소환할 수 있다.
▶검은 곰 장갑(양도 불가)
공격 장갑. 사용자 레벨에 따라 위력 UP.
검은 곰 소환수인 곰돌이를 소환할 수 있다.
▶흑백 곰 옷(양도 불가)
겉보기엔 인형 옷. 양면 기능 있음.
겉면 : 검은 곰 옷
사용자 레벨에 따라 물리, 마법의 내성이 UP.
내열, 내한 기능 있음.
속면 : 흰 곰 옷
입으면 체력, 마력이 자동 회복된다.
회복량, 회복 속도는 사용자의 레벨에 따라 변한다.
내열, 내한 기능 있음.
◀곰돌이 (꼬맹이화)
▼곰순이
▶검은 곰 신발(양도 불가)
▶흰 곰 신발(양도 불가)
사용자 레벨에 따라 속도 UP.
사용자 레벨에 따라 장시간 걸어도 지치지 않는다.
내열, 내한 기능 있음.
▶곰 속옷(양도 불가)
아무리 입어도 더러워지지 않는다.
땀과 냄새도 배지 않는 훌륭한 아이템.
장비자의 성장에 따라 크기도 변한다.
▶곰 소환수
곰 장갑에서 소환되는 소환수.
꼬맹이화 할 수 있다.

▶ CHARACTERS_

크리모니아

피나
유나가 이 세계에서 처음으로 만난 소녀, 10살. 유나가 어머니를 구해준 인연으로 유나가 무찌른 마물의 해체를 맡고 있다. 유나가 데리고 다녀서 귀족과의 면식이 많다.

슈리
피나의 여동생, 7살. 모친인 티루미나를 따라 『곰 씨 쉼터』 등에서 일을 돕는 매우 기특한 여자아이. 곰님을 매우 좋아한다.

느와르 포슈로제
애칭은 노아, 10살. 포슈로제 가문의 차녀. 『곰님』을 사랑하는 활발한 소녀. 유나와의 인연으로 피나와 친해졌다. 왕도에 5살 위의 언니 시아가 있다.

클리프 포슈로제
노아의 아버지. 크리모니아 마을의 영주. 유나의 돌발적인 행동에 휘둘려 고생하는 인물. 담백한 성격으로 유나에게도 거리낌 없이 대하고 있다.

티루미나
피나의 어머니. 병에 걸린 것을 유나가 도와줬다. 그 후 겐츠와 재혼. 『곰 씨 쉼터』 등의 서무를 유나에게 위임받았다.

왕도

시아 포슈로제
노아의 언니, 15살. 트윈테일의 여자아이. 왕도의 학원을 다닌다. 유나가 노아의 호위로 왕도에 왔을 때 알게 됐다. 그 후 학원의 과외 수업으로 유나에게 호위를 받았다.

엘레로라 포슈로제
크리모니아 영주 부인, 35살. 평소에는 국왕 폐하의 밑에서 일하고 있으며 왕도에 살고 있다. 여러 가지로 인맥이 넓고 유나를 이것저것 도와주긴 하지만 조금 강인한 부분도.

젤레프
왕궁 주방장. 플로라 공주를 위해 유나에게 푸딩 등의 레시피를 전수받는다. 왕도에서 유나의 레시피를 토대로 한 가게를 개점하려고 계획 중.

마릭스, 카틀레야, 티몰
시아의 학원 동급생들이다. 시아와 피티를 결성하여 학원의 과외 수업 때 마물에게 습격을 당하지만 호위인 유나에게 도움을 받아 유나를 따르고 있다.

사냐
왕도 모험가 길드의 길드마스터이다. 엘프 여성. 유나는 모험가와의 트러블 등으로 신세를 진다. 엘프 마을의 문제를 해결하고 왕도로 돌아온다.

플로라 공주
엘파니카 왕국의 왕녀. 유나를 「곰님」이라 부르며 좋아한다. 그림책과 인형을 선물 받는 등 유나가 마음에 들어하고 있다.

키티아 왕비
플로라 공주의 모친, 엘파니카 왕국의 왕비이다. 플로라 공주에게 뒤처지지 않을 만큼 곰순이와 곰돌이를 마음에 들어 한다. 유나에게 인형도 받았다.

제이드, 멜, 토우야, 세니아
유나가 크리모니아의 모험가 길드에서 만났던 4인 파티의 랭크 C 모험가들이다. 유나와는 학원의 과외 수업에서 재회하기도 하는 등 몇 번의 연이 있다.

261 곰 씨, 왕도에 가다

엘프 마을에서 돌아온 나는 피나와 슈리의 감수를 받아 『곰과 소녀』의 3권을 그린 뒤 달걀로 찜을 만들어 먹으며 느긋한 나날을 보내고 있었다.

달걀찜은 피나와 슈리에게 선보였는데 호평이었다.

"슬슬 왕도로 가볼까?"

이대로 집에 박혀 있으면 쓸모없는 인간이 되어버릴 것 같았다.

모처럼 그림책도 그렸으니 플로라 공주에게 보여주고 싶었다. 게다가 엘레로라 씨에게 복사를 부탁해서 고아원 아이들에게도 가져다줘야지.

침대 위에서 꼬맹이화 한 곰돌이와 곰순이를 껴안으며 고민하고 있는데 곰돌이와 곰순이가 얼굴을 들어 올려 「크~응」 하고 울었다.

"어디를 보고 있는 거야?"

곰돌이와 곰순이가 바라보고 있는 쪽으로 눈을 돌리자 집 창문 밖에 커다란 새가 우뚝 서 있었다.

순간적으로 새가 왜 있는 거야! 라고 생각했지만 금방 그 새의 정체를 깨달았다.

사냐 씨의 소환수인, 아마 이름이 폴그라고 했던가?

창문을 열자 폴그는 방 안으로 들어와 의자의 등받이 부분에 올라섰다.

지금 사냐 씨가 지켜보고 있는 건가? 폴그를 향해 손을 흔들어 봤다.

으음, 반응 없음. 사냐 씨가 보고 있는지 알 수가 없다. 이렇게 떨어져 있는데 보이긴 하는 걸까?

폴그를 자세히 보니 목에 봉투 같은 게 달려 있었다. 설마 이 봉투 안에 편지라도 들어있는 건가?

"쪼면 안 돼."

나는 머뭇거리며 폴그의 목으로 손을 뻗어 봉투를 열어보았다. 그러자 안에서 둥그렇게 말린 편지가 나왔다.

"고마워."

폴그에게 고맙단 말을 하니 역할이 끝나기 무섭게 폴그는「쿠~」하고 울며 날아가버렸다.

나는 폴그의 뒷모습을 지켜보다 창문을 닫고 종이를 펼쳤다.

『유나에게. 왕도에 이상한 가게가 생겼는데 유나랑 관련이 있니?』

이상한 가게가 생겼는데 어째서 나와 관련이 있을 거라고 생각하는 거지. 왕도에 가게를 내지도 않았을 뿐더러 뭔가를 했다고 해도 곰 하우스를 세운 정도였다.

그 부분에 대해서는 사냐 씨는 진즉에 알고 있었다. 편지를 계속 읽어보니 답은 다음 문장에 적혀 있었다.

『가게 앞에 커다란 곰 석상이 있고, 간판에도 「곰이 쉬는 레스토랑」이라고 적혀 있는데.』

"……뭐어?"

그게 뭐야?

곰 석상? 『곰이 쉬는 레스토랑』?

나는 그런 가게를 만든 기억이 없었다. 나와는 상관없는 가게라고 생각했지만 한 인물의 얼굴이 뇌리를 스쳐 지나갔다.

그 이름은 엘레로라.

엘레로라 씨와 젤레프 씨가 내 가게를 보러 왔다고 했었다. 좋지 않은 예감이 든다.

나는 편지의 내용을 계속 읽었다.

『궁금하기도 하고 폴그가 유나가 있는 곳까지 잘 날아가는지 확인도 할 겸 편지를 써봤어. 상관없다면 신경 쓰지 않아도 돼.』

나는 편지를 책상 위로 내팽개치고 곰돌이와 곰순이를 송환했다. 그리고 곰 이동문을 이용해 왕도로 이동했다.

왕도에 있는 곰 하우스로 이동한 나는 곰 하우스를 뛰쳐나가 곧장 모험가 길드의 사냐 씨가 있는 곳으로 향했다.

나는 남들의 시선을 신경 쓰지도 않고 달렸다. 그 기세 그대로 모험가 길드 안으로 들어서자 시선이 내게로 쏠려왔다.

「곰이다」, 「곰이 왔어」, 「눈 마주치지 마」, 「귀여운 곰이 들어왔는데?」, 「재가 그 소문의?」, 「괜히 얽히지 마」, 「정말로 곰 옷차림을 하고 있잖아」.

무언가 이런저런 말이 들렸지만 곧바로 접수대로 향했다.

"어떤 볼일이신가요?"

"길드마스터인 사냐 씨를 만나고 싶은데요."

"길드마스터 말씀이신가요? 약속은 하셨나요?"

"안 했어요. 유나가 왔다고 전해주겠어요? 아마 그걸로 충분할 테니까."

나는 접수대 아가씨의 얼굴을 보면서 거절을 하지 못하도록 만들었다.

"아, 알겠습니다. 길드마스터께 여쭤볼 테니 잠시만 기다려주세요."

접수대 아가씨는 자리에서 일어나 안쪽으로 갔다.

사냐 씨는 내게 빚진 것도 있고 그런 편지를 보냈으니 못 만날 일은 없을 거다.

하지만 돌아온 건 접수대 아가씨 혼자뿐이었다.

설마, 안 된 건가?

"길드마스터가 방에서 만나 뵙겠다고 하십니다. 자, 안쪽 방으로 들어가 주세요."

아무래도 내 착각이었던 모양이다.

나는 접수대 아가씨에게 고맙단 말을 하고 안쪽 방으로 갔다. 몇 번이나 들락거렸던 길드마스터의 방이었다.

노크를 하고 문을 열자 제일 구석 창가 자리에서 사냐 씨가 일을 하고 있었다.

"유나, 어서 와."

조금 지친 표정을 한 사냐 씨가 내 쪽을 바라보며 맞아주었다.

"폴그가 무사히 도착했던 모양이네."

"아까 편지 받았어요."

아무래도 폴그의 눈을 통해 지켜보지 않았던 모양이다. 혹은 거리가 어느 정도 떨어지면 못 보는 건가?

"어쩐지 지치신 것 같네요."

"엘프 마을에 가 있던 동안에 일이 쌓여 있었거든."

길드마스터라는 건 역시 힘든 일이다.

내가 집으로 돌아가서 한 일이라곤 모두에게 요리를 만들어 주거나 그림책을 그린 정도였고 유유자적하게 지냈다.

그에 반해 사냐 씨는 돌아온 뒤로 바쁘게 일을 하고 있었던 모양이다.

"그건 그렇고, 정말로 빠르네."

"그거야 그런 편지를 읽게 되면 곧장 오게 되지 않겠어요?"

"그렇다는 건, 역시 그 가게는 유나랑 관련이 있다는 거니?"

"그걸 확인하러 온 거예요. 정말로 가게에 곰 석상이 있는 거예요?"

사냐 씨의 말에 따르면 한숨 돌릴 겸 산책을 하고 있는데 발견했다고 한다.

“그걸 발견했을 땐 순간적으로 피로도 싹 잊고 웃어버렸지 뭐야.”

“웃어버렸다…….”

이 사람, 곰 석상을 보고 웃었다고 했지. 그 말은 어떤 의미일까? 어째서 곰 석상을 보고 웃었을까? 그렇다는 건 내 모습을 볼 때마다 웃고 있었다는 얘기가 되는 건가?

곰 = 나라는 거잖아.

곰 인형 장갑의 주먹을 꽉 쥐었다.

“……노, 농담이야. 유나, 그런 무서운 얼굴 하지 마.”

사냐 씨는 내 쪽을 보더니 당황하며 변명을 했다.

아무래도 내가 무서운 얼굴을 하고 있었던 모양이다.

“그래서, 웃고 나서 어떻게 하셨나요?”

“웃은 건 진짜 잠깐이었어.”

웃었다는 걸 부정하지는 않네.

“그래서 멈춰 서서 자세히 들여다봤더니 『곰이 쉬는 레스토랑』이라고 간판에 적혀 있어서 유나네 가게라고 생각하고 편지를 보냈던 거야. 정말로 관련이 있는 거니?”

나는 국왕과 엘레로라 씨가 푸딩 등의 요리를 마음에 들어 해서 왕도에 가게를 내게 되었다는 경위를 이야기했다.

“어머, 그 가게에서 푸딩을 파는 거야? 그건 기대되는데.”

어쩐지 사냐 씨도 푸딩이 마음에 들었던 모양이다.

“그런데 아무리 가게에서 푸딩을 판다지만 어째서 곰 석상이 가게 앞에 있는 거지?"

"……어요."

"응? 유나, 지금 뭐라고 했어?"

"크리모니아에 있는 제 가게 앞에도 곰 석상이 있어요."

그다지 말하고 싶진 않았지만 간략하게 크리모니아에 있는 내 가게에 관해 설명했다.

그리고 내가 엘프 마을에 갔던 사이에 엘레로라 씨와 젤레프 씨가 크리모니아에 있는 내 가게에 왔었던 것을 얘기했다.

"그래서 아마 흉내를 낸 모양이에요."

"그 사람이라면 그럴 만하겠네. 그렇지만 유나네 가게에도 곰 석상이 있다니……."

사냐 씨의 입가가 씰룩거리는 것처럼 보였다.

"그래서 어디에 있죠, 그 가게는?"

나는 사냐 씨의 미소가 신경 쓰였지만 가게의 위치를 물었다.

사냐 씨는 왕도의 지도를 꺼내고 위치를 설명해주었다.

"나도 따라가주고 싶은데. 아직 일이 남아 있어서 말이야."

사냐 씨는 자신의 책상에 있는 산더미인 서류로 눈을 돌렸다.

"이런, 힘내세요."

이 말밖에 할 말이 없다.

"고마워. 그래도 유나 덕분에 돌아올 때 걸리는 시간이 줄어서 무척 도움이 되고 있어. 만약 원래대로의 일정으로 돌아왔더라면, 상상하는 것만으로도 무서워."

"아무에게도 말하면 안 돼요."

"알고 있어. 다음에 답례도 할 겸 식사라도 대접할게."

"그러면, 비싼 요리로 부탁할게요."

"후훗, 알겠어."

사나 씨와 약속을 하고 곰 석상이 있다는 가게로 향했다.

262 곰 씨, 엘레로라 씨에게 따지다

가게는 바로 찾았다.

사냐 씨에게 들은 대로 큰 도로를 걷다 보니 멀리에서도 알 수 있을 정도의 커다란 건물이 보였다. 그리고 입구 앞에 곰 석상이 놓여있었다.

진짜 곰이잖아.

가게 입구의 좌우에는 커다란 곰이 있었다.

곰은 실제 같은 곰이 아니라 내 가게의 곰과 같이 데포르메 되어 있는 것으로, 사랑스러운 얼굴로 지나가는 사람들의 흥미를 불러일으키고 있었다.

무엇보다도 이목을 끄는 건 곰이 가지고 있는 물건이었다. 한쪽 곰은 거대한 스푼을 가지고 있었고, 다른 한쪽의 곰은 거대한 포크를 가지고 있었다.

틀림없이 내 가게의 곰을 따라했다.

가게 앞을 지나는 사람들은 미소를 지으며 곰을 바라봤다.

기분 탓인 건지 그 시선은 나와 가게의 곰을 번갈아 가며 보고 있는 것 같았다.

「어머, 가게의 곰인 걸까?」, 「곰님이다~.」, 「무슨 이벤트 하나?」.

내 옷차림 때문에 가게와 관련이 있다고 여겨지고 있었다. 부정을 하고 싶지만 지금은 참았다.

시선을 살짝 올리자 사냐 씨가 말한 대로 간판에는『곰이 쉬는 레스토랑』이라고 적혀 있었다. 가게의 이름도 내 가게와 비슷했다. 심지어 이름의 옆에는 곰 얼굴까지 그려져 있었다.

가게의 이름에 데포르메 된 곰 석상. 이 정도의 증거가 있다면 범인은 엘레로라 씨로 확정이네.

나는 성으로 가서 어째서 이런 것을 만들었는지 엘레로라 씨에게 따지기로 했다.

그렇게 결심하고 성이 있는 방향으로 가려고 했는데 가장 만나고 싶었던 인물이 이곳을 향해 걸어오고 있었다.

"어머, 유나?"

엘레로라 씨가 웃는 얼굴로 내게 다가왔다.

타이밍 좋게 상대방이 먼저 찾아왔다.

"어째서 이곳에?"

"어째서? 가 아니죠. 엘레로라 씨, 이건 뭐죠!"

나는 가게를 손가락(곰 인형 장갑)으로 가리켰다.

"뭐냐니, 왕도에 출점한 유나의 가게인데?"

"제가 말하는 건 그런 뜻이 아니에요. 어째서, 곰 석상이 있냐는 거예요!"

재차 척 하고 손가락(곰 인형 장갑)으로 가리켰다.

"그거야 유나네 가게니까 그렇지."

"언제부터 제 가게가 된 거죠. 저는 레시피만 알려준 거잖아요."

왕도에 낸다고 했던 가게가 내 가게가 될 거라고는 듣지 못했다. 어디까지나 성에서 관리하는 가게이고 푸딩과 케이크를 판매할 뿐이었다.

"……확실히 그렇긴 했지. 국왕 폐하가 「유나의 가게는 어떻게 됐지?」라던가, 젤레프가 「유나 님의 가게는 순조롭습니다」라던가, 왕비님이 「유나 양의 가게가 기대되네요」라는 등의 대화를 나누고 있어서 우리도 모르는 사이에 유나의 가게가 된 거야."

차근차근 대답했다.

어디까지나 나는 레시피만 제공하는 거였기 때문에 남의 이름을 거론하며 가게의 이름을 짓지 말아줬으면 좋겠는데……. 그 전에 어느 누구도 부정을 한다거나 틀렸다는 걸 알아차리지 못한 건가? 모두들 머리는 괜찮으신 건가요.

"설마 그래서 제 가게에 오신 거예요?"

"유나가 알려준 레시피의 요리들을 팔 거니까 한 번쯤은 크리모니아에 있는 가게를 보려고 했었거든."

그런 이유로 크리모니아의 내 가게까지 왔다고?

"국왕님이 잘도 허락하셨네요."

"딸이 보고 싶다고, 그 귀족 때문에 바빴다고, 휴식이 필요하다고, 계속 싫은 소리를 했더니 허락해줬어."

확실히 엘레로라 씨는 모처럼 시린 마을까지 왔었던 건데 바보 같은 귀족 때문에 바빠져서 노아와 함께 있을 시간이 없었다.

"그리고 유나의 놀란 얼굴을 보고 싶었거든."

엘레로라 씨가 그렇게 말하더니 아쉬운 표정을 지었다.

조금 전의, 노아와 함께 있지 못해서 가엽다고 생각했던 마음이 싹 사라졌다.

"그래서 유나네 가게의 간판을 보니까 가게의 이름을 정하지 않았던 게 떠올라서 유나네 가게 이름을 참고했지."

"참고한 걸, 아무도 말리지 않았나요? 곰이잖아요."

"아무도 부정하지 않던데? 젤레프도 「좋은 이름이네요」라고 했고, 국왕 폐하는 어쩔 수 없다는 듯 보였지만 무난하게 받아들였어."

"……."

그때 누군가 말렸어야지. 가게의 이름에 곰을 붙인다잖아. 게다가 나라가 운영하는 가게라고…….

"나라가 운영하니까 『왕국의 레스토랑』이나 『왕궁 레스토랑』 아니면, 『국왕 공인 레스토랑』처럼 다른 것들도 있잖아요."

"그런 딱딱한 이름으로 지어서 들어오기 꺼려지는 가게로 만들 생각은 없어."

"그렇다는 건, 이 이름이라면 가게에 들어오기 쉬워진다는 말씀이세요?"

"그렇다기보다는 대중에게 인기 있는 이름이라는 거지."

곰이 대중에게 인기 있다는 얘기는 처음 들었네.

곰은 흉폭하답니다. 공포의 대상이에요. 원래는 무서운 동물이라고요. 사람을 공격하기도 합니다. 제 곰돌이와 곰순이와는 달라요.

"유나네 가게를 봤을 때 생각했어. 일반적인 곰이라면 무섭겠지만 유나네 가게에 놓여있는 곰이랑 그림책의 곰을 보면 무섭지 않잖니. 오히려 귀여울 정도야. 중요한 건 표현하기 나름이라는 거지."

분명 그렇긴 하지만…….

무서운 거라도 잘 바꾸면 귀엽게 보일 수 있다.

마물인 고블린이나 오크, 드래곤도 데포르메 된다면 귀엽게 보일 거다.

"그렇지만 대중들에게 인기 있다니, 일반인들에게도 판매할 거잖아요?"

달걀과도 관련이 있어서 판매 가격은 비싸질 거라고 했지만…….

"최종적으로는 유나네 가게처럼 일반인들도 살 수 있는 가격으로 할 생각이야. 하지만 그러려면 아직 시간이 걸릴 것 같아."

그건 어쩔 수 없다. 납품 가격과 판매 가격의 문제가 있다. 내 가게처럼 새를 길러서 달걀을 자유롭게 사용하는 상황이 아니었다.

"달걀 공급이 늘어난다면 서서히 가격을 내릴 수는 있지."

"그런데 가격이 비싸도 손님들이 올까요?"

오지 않는다면 제아무리 맛있는 거라고 해도 의미가 없어진다.

요리는 먹어주는 사람이 있으니까 성립되는 것이다.

“이미 푸딩을 팔 거라는 정보는 귀족들을 중심으로 퍼트렸어. 그 덕분인지 문의도 많아져서 그럴 걱정은 없을 것 같아.”

선전은 해둔 모양이다. 그 부분은 역시라고 말해야 할까, 정보는 어느 세계라도 중요하다. 제아무리 좋은 물건이 있다 한들 아무도 모른다면 없는 것과 마찬가지다.

“그리고 딸기 쇼트케이크에 관해서도 넌지시 흘려놔서 궁금해하고 있지.”

아무래도 손님 걱정은 없는 것 같았다. 가게를 열어도 파리만 날리는 일은 없으리라.

“처음에는 부유층들에게서 돈을 끌어들일 생각이야. 그리고 그 돈을 기반으로 달걀을 늘릴 수 있는 환경을 만들 거고. 뭐, 선의의 자금 제공이라는 거지.”

“그렇지만 나라에서 운영하는 거니까 어느 정도는—.”

“그건 안 돼. 아무리 나라에서 돈을 내준다고 해도 돈은 제한적인 거야. 이런 땅값 비싼 지역의 건물을 매입하는 것과 더불어 달걀 확보, 요리사 수업 등 돈이 드는 일은 무수히 많아.”

이 곰 석상도 만드는데 돈이 들었을 거다.

“힘들겠네요.”

“그렇다니까. 어떤지 알겠지? 그러니까 돈은 뽑을 수 있는 곳에서부터 뽑은 뒤에 그 돈으로 기반을 만들어 서서히 가격을 낮춰

갈 생각인 거지."

이것이 보통의 사고방식인 거겠지.

나의 경우엔 원래의 세계에서 벌어들인 돈의 힘으로 가게를 매입했다. 마법의 힘을 빌려 새들을 모으고 새장을 만들었다. 돈에 관해서는 그다지 생각하지 않는다.

만약 돈이 없고 마법도 사용할 수 없는 상태였다면 가게를 여는 건 꿈에도 못 꿨을 거다.

곰 인형 옷은 조금 그렇지만 돈도 함께 보내준 신님에게 감사해야 하나?

"이름의 이유에 관해선 이해가 가지만, 이 곰 석상은요?"

데포르메 된 커다란 곰이 스푼과 포크를 들고 있었다. 딱히 이름을 곰으로 지었다고 해서 곰 석상까지 만들 필요는 없지 않았나 싶은데…….

"이름을『곰이 쉬는 레스토랑』이라고 지을 거라면 곰 석상은 필요하잖니?"

무슨 말을 하는 거니? 라며 어리석은 아이를 바라보는 얼굴로 쳐다봤다.

내가 틀린 말을 했나?

간판만으로 충분하지 않아?

"이 곰 석상, 정말 잘 만들지 않았니?"

확실히 잘 만들어지긴 했다. 그럴 듯하다.

스푼과 포크가 식당을 나타내고 있어서 괜찮은 느낌으로 만들어져 있다.

“그런데 재주 좋게 제 가게의 곰이랑 비슷하게 만드셨네요.”

“후훗, 그건 말이지. 이걸 노아에게 빌렸거든.”

엘레로라 씨는 아이템 봉투에서 작은 곰 장식물을 꺼냈다.

“그건, 노아에게 줬던 곰?”

노아가 가게로 왔을 때 가게 앞에 있는 커다란 곰을 가지고 싶다는 말을 해서, 테이블 위에 놓여있는 작은 곰 장식을 만들어 준 적이 있었다.

그게 지금 엘레로라 씨가 가지고 있는 곰 장식물이었다.

“설마, 그걸 토대로 만드신 거예요?”

“그야 유나의 곰은 설명하기 어려운걸. 견본이 있는 편이 만들기 쉽지 않겠어?”

「어려운걸」이라니, 겉보기에는 젊고 예쁘긴 하지만 그런 말투를 쓸 나이는 지나지 않았나?

“유나, 무슨 할 말이 있는 것처럼 보이는데.”

나는 고개를 가로로 저었다.

노아에게 준 곰 장식물을 참고로 했으니 가게에 있는 곰과 비슷하게 만들 수 있었다는 거군. 수수께끼가 풀렸다.

아무리 그래도 잘 만들어졌다. 중요한 포인트는 다 들어가 있다. 만든 사람이 대단하네.

"여기에서 계속 이야기해도 의미 없으니까 가게 안으로 들어가자."

곰 석상을 보고 있는데 엘레로라 씨가 말을 걸었다. 확실히 계속 이곳에 머물고 싶진 않았다.

조금 전부터 곰 석상과 나의 옷차림 때문에 주위의 이목을 집중시키고 있던 참이었다.

"가게 안으로 들어가도 돼요?"

"이미 내부 인테리어는 끝나서 괜찮아."

조만간 개업 예정이라고 적힌 간판을 지나쳐 가게 안으로 들어갔다.

외관도 훌륭했지만 가게 안도 고급스러움을 자아내고 있었다.

일부를 빼고 말이다.

가게 안에도 데포르메 된 곰이 있었다.

내 가게와 달리 테이블에 작은 곰들을 배치한 것이 아니라, 커다란 곰이 중앙에 진을 치고 있었다. 이것이 가게로 들어선 순간에 보이니 꽤 임팩트가 있었다.

가게 안에 곰 장식물은 이거 하나밖에 없어서 그런지 좌우의 손에 포크와 스푼을 가지고 있었다. 바깥에 있는 곰 석상과 맞춘 것 같은 느낌이다.

"이것도 유나네 가게의 곰을 참고한 거야."

확실히 내 가게에도 곰은 장식되어 있다. 하지만 크기가 많이 다르지 않나?

"곰을 작게 하면 제멋대로 가지고 가는 손님들이나 갖고 싶어 하는 사람들이 있다고 들었거든. 그래서 크게 만들어 봤어. 이거라면 도둑을 맞거나 하지는 않겠지. 갖고 싶다고 해도 가격이 비싸니까 말이야."

이거라면 도둑을 맞을 일은 분명 없겠지만 가게 안에 이렇게 커다란 곰 장식이 있을 줄은 몰랐다.

"그러고 보니 엘레로라 씨는 가게에 뭐 하러 오셨던 거예요?"

"최종 확인을 하려고 왔어. 젤레프가 요리의 맛을 봐달라고 했거든. 유나도 괜찮다면 맛을 봐주지 않을래?"

"제가 해도 될까요?"

"물론이지. 최종 확인에는 요리를 만들어낸 유나가 최적이지."

최종 확인이라는 것은 가게의 개점일도 가깝다는 건가?

개점일에 가깝다고 한다면 곰을 철거하는 것도 어려워지려나.

애당초 철거를 부탁한다고 한들 응해줄 사람이 아니다. 게다가 장인이 열심히 만든 곰 석상을 철거해줬으면 좋겠다는 말은 아무래도 할 수 없다.

딜레마에 빠졌다.

나는 아무런 말도 하지 못하고 엘레로라 씨와 안쪽 조리실로 향했다.

263 곰 씨, 시식을 하다

조리실에 들어서자 젤레프 씨와 몇 명의 요리사가 움직이고 있었다.

"젤레프, 왔어요."

엘레로라 씨가 말을 건네자 젤레프 씨 일행이 우리 쪽을 바라봤다.

"엘레로라 님, 기다리고 있었습니다. 게다가 유나 님도?"

젤레프 씨는 내가 있는 것에 놀란 표정을 지었다.

"우연히 가게 앞에서 유나를 만났거든요. 그래서 유나에게도 시식을 부탁했는데, 괜찮죠?"

가게 앞에 있던 건 어쩌다가 있던 것도, 우연도 아니지만 말이다.

사냐 씨에게서 편지를 받아서 보러 온 것뿐이었다.

"물론이죠. 유나 님께서 시식을 해주신다면 저희 쪽에도 큰 도움이 될 겁니다."

"젤레프 씨, 안녕하셨어요. 시식이라고는 해도 상세한 답변 같은 건 못 해드릴 거예요."

나는 평범한 혀를 가지고 있는 15살 여자아이이니까.

"아뇨, 유나 님이 맛있게만 드셔준다면 그걸로 충분합니다. 만약 입에 안 맞으시는 요리가 있으시다면 언제든지 말씀해주세요."

뭐, 그걸로 괜찮다면 상관없겠지.

"그러면 시식을 하기 전에 유나 님께 소개를 하겠습니다. 여기 세 명이 이 레스토랑에서 일하게 된 사람들입니다."

젤레프 씨의 호출로 조리실에 있던 세 명이 젤레프 씨의 옆에 나란히 섰다.

남자가 두 명에 여자아이가 한 명이다.

남자 두 명은 20대 중반이고 여자아이는 18살 정도?

그리고 여자아이에게서 뜨거운 시선을 받고 있는 건 기분 탓인 건가.

아마도 기분 탓이겠지. 자의식 과잉은 좋지 않다. 분명 곰 옷차림이 신기한 것일 뿐일 거다.

"세 명은 신분도 요리 실력도 확실하니까 유나 님의 레시피가 외부에 누설되거나 요리의 평판을 떨어뜨릴 일은 없을 거라고 보증합니다."

그런 우수한 인재를 이곳에 배치해도 괜찮은 거야?

곰 가게일 뿐이잖아. 입구에 곰이 있는 가게일 뿐이라고. 세 명 모두 정말로 괜찮은 거야? 라고 물어보고 싶어진다.

"세 명 모두 유나 님에게 인사하도록."

남자 두 명이 내 옷차림을 바라보면서 인사를 했다. 이 두 명이 레스토랑의 주방장과 부주방장이 될 거라고 했다.

젤레프 씨가 고른 사람이라서 그런지 내게 불쾌한 시선을 보내

오는 일은 없었다.

그리고 남자 두 명의 인사가 끝나자 마지막으로 여자아이가 초롱초롱한 눈을 하고 내 앞에 섰다.

"저, 샤이라라고 해요. 세 명 중에서는 가장 어리지만 열정으로는 일등이죠. 설마 오늘 곰님을 만날 거라고는 상상도 못했어요. 곰님을 만날 수 있어서 감격이에요!"

샤이라라고 이름을 댄 여자아이는 곰님, 곰님이라고 연호하면서 내 곰 인형 장갑을 붙잡고 힘차게 인사를 했다.

"저기, 나는 **유나**라고 해요. 잘 부탁해요."

이름을 강조해서 인사를 했다.

"네, 곰님! 잘 부탁드릴게요."

일부러? 일부러 그러는 거야?

내가 이름을 강조해서 인사를 했는데도 불구하고 보기 좋게 무시당했다. 그녀의 순진무구한 웃는 얼굴을 보고 있으니 일부러 한 것으로는 보이지 않지만, 설마 마음속으로 웃고 있는 거 아니겠지?

"샤이라! 유나 님께 실례되는 짓을 해선 안 된다."

젤레프 씨가 지적하더니 샤이라의 머리에 약하게 꿀밤을 때렸다.

"죄송해요, 숙부님."

"숙부님?"

지금 놓쳐선 안 되는 단어가 들려왔는데.

숙부님이라고? 젤레프 씨, 이런 여자아이에게 숙부님이라고 불리고 있는 거야?

위험한 관계를 상상하는 건 내가 만화나 소설에 빠져 있기 때문인 거겠지.

"샤이라는 제 조카입니다. 솜씨는 좋은데 요리와 관련되면 앞뒤 생각 않고 달려들어서—."

젤레프 씨가 한숨을 내쉬며 소개했다.

"숙부님, 너무하세요."

"그리고 여기에선 숙부님이 아니라고 몇 번을 말했니. 주방장님이라고 불러라."

"죄송해요, 젤레프 주방장님."

지금 그 상황에선 「곰님」이라고 불렀던 부분을 주의를 시켜야죠.

"곰님, 저 최선을 다할게요. 잘 부탁드립니다."

"저기, 이름으로 불러줄 수 있을까요?"

이대로라면 앞으로도 곰님이라고 불릴 것 같아서 이름으로 불러 달라고 부탁했다.

어린아이에게 곰님이라고 불리거나 나이가 많은 사람에게 곰 아가씨라고 불리는 건 참을 수 있지만 나이가 비슷한 사람에게 불리면 바보 취급을 당하는 것 같았다.

"죄송해요. 저희 사이에선 『곰님』으로 통해서 그만."

샤이라는 이제야 눈치를 챘는지 고개 숙여 사과했다.

나도 금발의 여자아이라던가, 근육 아버지와 같은 특징으로 사람을 부른 적도 있으니까 남일처럼은 말할 수 없지만, 내 자신이 그런 식으로 불린다면 석연치 않다.

"항상 만나고 싶었는데 드디어 만나게 됐네요."

어쩐지 감격을 하는 것처럼 보인다.

"국왕 폐하께도 「성에 곰이 나타나도 위험하지 않으니 접근하지 말라」라고 경비하는 병사들이나 고용인들에게 명령이 내려왔거든. 그래서 모두 유나에게 다가갈 수 없었던 거야."

지금까지 플로라 공주님을 만나러 갔을 때 아무에게도 저지 당하지 않았던 이유를 드디어 알게 됐군.

보통이라면 일반인(심지어 곰 옷차림을 한 사람)이 혼자서 성 내부를 활보하고 있으면 도중에 저지를 당하거나 의심을 받을 거다. 스쳐 지나가도 고개를 숙이고 시선을 보내기만 할 뿐 아무도 내가 플로라 공주님의 방으로 가는 걸 막지 않았다.

일반적으론 「거기 수상한 녀석, 멈춰」라거나 「뭐야 그 수상한 옷차림은」이라는 말을 들으리라. 하지만 한 번도 들은 적이 없었다.

"이것도 유나에게 민폐가 되지 않도록 하라는 국왕 폐하의 배려지."

그런 거였다니…….

"그래서, 유나 님은 어디에서 그런 요리들을 배우신 거예요? 혼자서 생각하신 거예요? 어떻게 하면 그런 요리를 떠올릴 수 있는 거죠? 어째서 곰님 옷차림을 하고 계신 건가요?"

내가 성에서의 일을 혼자서 납득하고 있는데 샤이라의 입에서 점점 질문이 나왔다.

그리고 샤이라는 한 발자국, 두 발자국, 거리를 좁혀왔다. 나는 기세에 눌려 뒤로 물러서고 말았다.

"샤이라!"

젤레프 씨가 재차 콩, 하고 샤이라의 머리에 꿀밤을 때렸다.

"숙부님, 아파요."

"주방장이다. 그리고 진정해라."

샤이라는 몸을 움츠리고 뒤로 물러갔다.

"유나 님, 죄송합니다. 조심성이 없는 아이라."

"너무하세요, 젤레프 주방장님. 저, 유나 님과 만나는 걸 기대하고 있었단 말이에요."

"기대라니?"

"항상 젤레프 주방장님에게 요리를 가지고 와주셨잖아요."

플로라 공주님의 점심을 방해해서 사과의 의미로 젤레프 씨에게는 메이드인 안쥬 씨에게 부탁해서 요리를 건네줬었다.

하지만 새로운 건 푸딩과 케이크, 피자 정도였다. 나머진 모린 씨가 고안한(나도 같이 고안한) 새로운 빵 정도였다.

"나중에 똑같은 걸 만들어줬잖니."

"그렇지만 원래의 것은 더 맛있었다고 젤레프 주방장님이 항상 말했는걸요."

“당연하지, 나는 연습 삼아 만들었던 거니까.”

“그래서 같은 여자아이인데 이렇게 맛있는 요리를 만들 수 있는 유나 님과 이야기를 나눠보고 싶었던 거예요.”

샤이라는 눈을 초롱초롱 빛내며 다시 슬그머니 다가왔다.

이 아이, 텐션이 너무 높아. 무서워. 전직 은둔형 외톨이었던 나로서는 이런 사람이 익숙하지 않다.

“그러니까, 진정하라니까.”

젤레프 씨가 샤이라의 머리를 콩, 하고 때렸다.

“으으, 아파요.”

“유나 님, 만약 가게로 오실 일이 있으시다면 이 샤이라를 불러 주세요. 같은 여자아이라 이야기를 나누기 쉬울 거예요.”

가능하다면 조금 더 어른스러운 아이를 부탁하고 싶었지만 그런 희망을 본인 앞에서 말할 수도 없으니 수긍할 수밖에 없었다.

“그러면 유나 님, 시식을 잘 부탁드리겠습니다.”

이미 준비는 마쳤던 건지 곧바로 테이블 위에 나열되었다.

……양이 많잖아.

다른 테이블에도 케이크와 빵이 나열되어 있었다.

설마 전부 시식하는 거야?

처녀의 배에 이렇게 많은 음식이 들어가진 않는다고.

어차피 시식을 하는 거라면 내 레시피의 것이 아닌 레스토랑에서 낼 왕족이 먹는 음식을 먹는 편이 좋았다. 하지만 그쪽 요리는 이미 예전부터 몇 번이고 만들고 있어서 시식을 할 필요는 없는 모양이다.

으~ 아쉽다.

"유나 님, 이건 제가 만든 거예요. 드셔보세요."

내 마음을 알지 못하고 샤이라가 작게 자른 케이크를 내밀었다.

내밀어진 건 딸기 쇼트케이크였다. 겉으로 보기엔 잘 만들었다. 생크림의 데코레이션도 예뻤다.

나는 포크로 케이크를 한 입 사이즈로 잘라 입안으로 넣었다.

응, 맛있어. 생크림도 잘 만들어졌다. 네린이 만든 케이크와 비교해도 밀리지 않는다. 충분히 가게에서 선보일 만한 맛이다.

"어때요?"

"맛있네요."

두 입, 세 입 먹어보았다.

"정말인가요. 다행이다~."

내 말에 샤이라는 기뻐했다.

"그러면 다음 케이크를 부탁할게요. 이건 제가 생각한 거예요."

딸기가 아니라 다른 과일을 사용한 것 같았다. 나는 조금 전과 마찬가지로 케이크를 포크로 잘라 시식을 했다. 입안으로 딸기와 다른 맛이 퍼졌다.

"응, 새콤달콤해서 맛있네요."

과일을 바꾸면 케이크도 바뀐다.

"유나 님, 이것도 부탁드립니다."

"이것도요."

연달아서 남자 요리사 두 명까지 자신들이 만든 요리를 가지고 왔다.

이것도 맛있네.

그 뒤로도 선보여지는 요리를 계속 먹었다.

나는 입에 발린 말은 하지 않고 「어디까지나 제 취향인 거니까요」라고 전제를 둔 후 「맛있네요」, 「제 입에 안 맞아요」, 「꽤 맛있어요」, 「너무 달아요」, 「매운맛이 부족해요」라고 생각한 그대로 대답했다.

세 명은 각각 종이를 손에 들고 우리의 감상을 적었다.

레시피가 있다고는 해도 착실하게 마음을 담아 만들고 있는 게 느껴졌다.

"유나, 인기가 많네."

"웃지 말고 엘레로라 씨도 드셔주세요."

"먹고 있어."

확실히 엘레로라 씨 앞에 놓인 그릇은 비어있었다.

이상하다. 나와 똑같은 양을 먹고 있을 텐데 엘레로라 씨는 태연했다.

아무래도 엘레로라 씨의 위장은 나보다 큰 모양이다.

264 곰 씨, 엘레로라 씨에게 그림책을 보여주다

마지막으로 푸딩을 먹고 시식회는 끝이 났다.

푸딩도 맛있었고 문제는 없었다.

여기에 과일 같은 걸 토핑해서 호화롭게 만들 거라고 한다. 아이스크림 같은 걸 추가해도 좋을지도…….

"유나 님, 오늘은 신세를 졌습니다."

일단 어디까지 참고해 줄지는 모르지만 말이다.

오리지널 케이크도 있어서 신선하게 느껴졌다. 레시피를 배워서 네린에게도 알려줄 수 있게 됐다.

"아뇨, 전부 맛있었는걸요."

"그렇게 말해주시니 저희는 기쁠 따름입니다."

내 말을 듣고 안도하는 세 명. 그렇게 진지하지 않아도 괜찮은데…….

한 차례 시식은 끝났으나 케이크는 크게 만들어서 남아 있었다.

남은 요리들은 어떻게 할 건지 젤레프 씨에게 물어보니 성으로 가지고 가서 병사들과 직원들에게 나눠줄 거라고 했다. 그럴 거면 처음부터 말해줬으면 좋았을걸. 알았다면 시식으로 나온 음식들을 무리해서 먹지 않았을 텐데. 나는 배를 가볍게 문질렀다. 인형 옷 때문에 잘은 모르겠지만 분명 괜찮겠지.

배를 문지르면서 음식들에 관해 생각하고 있는데 저번에 만들었던 음식이 떠올랐다.

"젤레프 씨, 이거 새로 만든 요리인데 드셔보실래요?"

그렇게 말하고 곰 박스에서 달걀찜을 하나 꺼냈다.

달걀찜을 본 순간 젤레프 씨의 표정이 바뀌었고 내 말을 듣고 있던 세 명의 요리사들과 엘레로라 씨가 내 쪽을 바라봤다.

"어머, 유나, 내 몫은 없니?"

엘레로라 씨가 무서운 말을 꺼냈다. 그 많던 음식을 시식해놓고 아직도 먹을 수 있다니 믿기지 않는다.

"……더 드실 수 있으세요?"

농담일지도 모르니까 일단 확인해 봤다.

"물론이지, 유나의 새로운 요리라면 먹어야지."

아무래도 진심으로 먹으려나 보다. 내 위장과는 성능이 다른 것 같다.

"살펴도 모릅니다."

어쩔 수 없으니 달걀찜을 하나 더 꺼냈다.

그러자 샤이라와 남자 요리사 두 명의 시선도 달걀찜으로 옮겨졌다.

역시, 먹고 싶은 거로군.

"저기, 드실래요?"

"괜찮나요?!"

“먹어도 된다면…….”

“네.”

달걀찜 세 개를 추가로 꺼냈다.

“뜨거우니까 조심하세요.”

곰 박스 덕분에 뜨끈뜨끈한 상태다.

엘레로라 씨는 달걀찜의 뚜껑을 집었다.

“정말 뜨겁잖아. 유나의 아이템 봉투는 편리하다니까.”

“이것도 달걀을 사용한 요리군요.”

젤레프 씨는 달걀찜을 관찰하고 냄새를 음미했다.

“따뜻할 때 드세요.”

식어도 먹을 수 있지만 따뜻한 편이 맛있다.

전원이 스푼을 들고 달걀찜을 시식했다.

식재료는 엘프 마을에서 얻은 버섯과 미릴러 마을에서 채취한 죽순에 고아원에서 키운 꼬끼오 고기 등이 들어가 있었다.

그 밖에도 새우가 들어간 달걀찜도 있었다.

“푸딩처럼 부드럽지만, 전혀 다르네.”

“그러게요. 뜨끈하니 맛있네요.”

“유나 님, 맛있어요!”

가게의 주방장도 부주방장도 맛있게 먹었다.

“안에 여러 가지가 들어있네.”

“꼬끼오 고기에, 이건 버섯인가요? 이 식감은?”

죽순을 말하는 건가?

다른 세 명도 고민해봤으나 알지 못하는 것 같다.

역시 죽순을 경험해보지는 못한 건가?

뭐, 그 녹색의 단단한 통 같은 걸 먹을 수 있을 거라곤 생각되지 않겠지.

"유나 님, 이건 뭔가요?"

젤레프 씨는 포크 위로 죽순을 들어 올렸다.

정말로 죽순을 모르는 모양이다.

"죽순이에요. 어쩌면 이쪽에선 드셔본 적 없을지도 모르지만요."

나는 곰 박스에서 죽순을 꺼냈다.

먹을 수 있는 시기엔 땅속에 묻혀 있다. 자라게 되면 단단한 대나무가 된다.

나는 대나무 그림을 그리고 땅속에서 자라는 과정일 땐 먹을 수 있으며 땅 밖까지 자라게 되면 먹을 수 없다는 것을 알려줬다.

"대나무는 알고 있습니다. 그렇지만 그걸 먹을 수 있을 줄은 몰랐네요."

젤레프 씨는 신기한 듯 죽순을 손에 들었다.

"볶아도 맛있어요. 원하신다면 몇 개 드릴게요."

"그렇게 해주신다면 감사합니다."

나는 곰 박스에서 죽순 몇 개를 꺼냈다.

"고맙습니다. 여러 가지 새로운 요리들을 만들어 볼게요."

젤레프 씨는 새로운 식재료를 얻게 되어 기뻐했다.

그런 뒤 나는 죽순의 기본적인 요리 방법을 알려줬다. 떫은맛을 제거하는 방법을 알려주지 않으면 맛있게 먹을 수 없으니까.

"젤레프 씨, 이게 달걀찜 레시피예요. 속 재료는 구하실 수 있는 재료들로 다양하게 시험해보세요."

곰 인형 장갑에 물려놓은 달걀찜 레시피가 적힌 종이를 젤레프 씨에게 건넸다.

"항상 생각하는 거지만, 정말 괜찮은가요?"

"젤레프 씨를 위해서랄까, 플로라 공주님에게 만들어 주세요."

내 대답에 젤레프 씨는 조금 생각했다.

"알겠습니다. 하지만 처음은 유나 님이 플로라 님께 선보여주세요. 제가 먼저 만들어 드리면 제가 만든 건 줄 아실 겁니다."

젤레프 씨의 말에 수긍하자 레시피를 받아줬다.

"유나는 플로라 님에게 너무 약한 거 아니니?"

"그런가요?"

"피나나 우리 딸에게도 그렇고. 설마, 아이들에게 약한 건가?"

그럴 의도는 없는데.

"아마, 피나도 노아도 좋은 아이들이라서 그럴 거예요. 만약 노아가 제멋대로인 아이였다면 친절하게 굴지 않았을걸요."

그 바보 귀족의 아들과 같은 느낌이었다면 다가가지도 않고 친절하게 굴지도 않았을 거다.

"후훗, 딸을 칭찬해주니까 기분 좋네."

내 대답이 마음에 들었는지 엘레로라 씨는 미소를 지었다. 그런 와중에 샤이라의 눈이 젤레프 씨가 가진 레시피로 향해 있었다.

"젤레프 주방장님!"

샤이라가 기세 좋게 손을 들어 올렸다.

"뭐지?"

"그 레시피를 알려주실 수 있나요?"

"당연히 안 되지."

젤레프 씨는 레시피가 적힌 종이를 주머니에 넣었다.

"너무해요~."

젤레프 씨의 즉답에 샤이라는 바닥에 손을 짚고 섭섭해했다.

섭섭해하는 모습도 리액션이 크군.

"숙부님만 아시고, 비겁해요."

얼굴을 들어 올려 원망스럽다는 듯 젤레프 씨를 쳐다봤다.

"주방장님이다."

정정하는 젤레프 씨.

어느 쪽이든 상관없잖아, 라고 생각하는 건 나뿐인 건가?

"유나 님."

몸을 일으킨 샤이라가 내 쪽을 바라봤다.

눈은 알려달라고 호소하고 있었다.

"나는 플로라 공주님을 위해서 알려준 것뿐이야."

“제가 플로라 공주님을 위해서 만들게요!”

“플로라 공주님의 요리를 너에게 맡길 리가 없잖아.”

샤이라는 힘차게 대답했지만 젤레프 씨는 바로 거부했다.

샤이라가 침울해했고 나와 젤레프 씨의 말을 듣고 있던 주방장과 부주방장도 아쉬워하는 표정을 지었다.

젤레프 씨는 그런 세 명은 신경 쓰지 않고 레시피를 봤다.

“역시 이것도 달걀을 사용하는군요.”

최근에 가져다준 레시피는 달걀을 사용한 게 많았다.

“그러고 보니 달걀 쪽은 괜찮은 거예요?”

“그거라면 걱정 마. 왕도 근방에 달걀을 취급하는 마을이 있거든. 지금까진 마을에서 먹는 몫 정도밖에 생산하지 않았지만 말이야. 이 마을에 새를 늘려서 달걀은 성에서 매수하기로 했으니까 괜찮아.”

“쉽게 허락을 해줬네요.”

“정비에 소비되는 금액은 전부 나라에서 내주거든. 따로 하는 일도 있지만 받아들여 줬어.”

확실히 평범하게 지냈더라면 원래의 일이 있을 거다. 그것을 소홀히 할 수는 없다.

“일단 아까도 말했지만, 달걀의 생산은 점차 늘려갈 생각이야. 그러니 그 때문에라도 모두 열심히 해서 돈을 벌어줘야 해.”

엘레로라 씨는 이 가게에서 일하는 세 명을 바라봤다.

세 명은 「네」라고 대답했다.

달걀찜의 시식도 끝나고 슬슬 쉬러 가기로 했다.

"유나 님, 기다리고 있을 테니까 가게에도 와주셔야 해요."

샤이라의 말에 주방장과 부주방장도 고개를 끄덕였다.

"응, 또 올게요."

샤이라는 내 말에 기뻐했지만 곰 석상이 있는 가게에 곰 옷차림을 하고 들어가는 건 용기가 필요하다. 다음에 올 때는 피나도 같이 와야 하나…….

엘레로라 씨와 나는 가게를 나섰다.

가게를 나오자 입구에 놓인 커다란 곰 석상이 눈에 들어왔다.

결국, 곰 석상을 없앨 수는 없었다. 이대로 왕도에도 곰 가게가 생길 것이다.

샤이라에게 또 오겠다고 했지만 곰 인형 옷차림으로는 가까이 다가오기 힘들단 말이지.

"그래서, 유나는 왕도까지 뭐 하러 온 거야? 설마 플로라 님을 만나러 와준 거니?"

눈앞에 있는 곰을 보러 왔다고는 말하기 어려웠다.

알게 된 건 사냐 씨의 소환수 때문이었고 이동은 곰 이동문이었다.

"그게…… 맞아요. 새로운 그림책을 그려서 플로라 공주님에게 드리려고요."

"그림책? 플로라 님도 기뻐할 거야."

뭐, 거짓말은 아니다. 원래 플로라 공주님에게 그림책을 건네줄 생각이었다.

단지 오늘로 예정했던 게 아닐 뿐이다.

우리는 걸으면서 얘기를 나눴다.

"그래서, 그림책은 어떻게 하면 될까요?"

"어떻게 한다니? 안 건네줄 거야?"

"복사해야 하는 거 아니에요? 플로라 공주님에게 건네버리면 불가능할 거라고 생각해서요."

"그런 생각을 했었어? 괜찮아. 플로라 님은 부탁하면 잘 빌려주니까. 그리고 새로운 그림책은 유나가 플로라 님에게 직접 건네드려. 그러는 편이 플로라 님도 기뻐할 거야."

그림책의 복사는 플로라 공주님에게 건네준 뒤에 하는 걸로 정해졌다.

"그래도, 조금은 읽어보고 싶네. 보여줄 수 있니?"

"상관은 없어요."

엘레로라 씨에게 그림책을 보여주기 위해 엘레로라 씨의 저택에 잠깐 들르기로 했다.

저택으로 들어서자 메이드인 스릴리나 씨가 맞아주었다.

“유나 님, 어서 오세요.”

“스릴리나 씨, 실례할게요.”

골렘 사건 때 봤었지만 그 후 여러 일이 있어서 그런지 오랜만인 느낌이다.

“스릴리나, 차를 준비해줘.”

“네, 알겠습니다.”

응접실로 가자마자 곧장 엘레로라 씨에게 그림책을 보여줬다.

“여전히 귀엽네.”

엘레로라 씨는 미소를 지으며 그림책을 넘겼다.

“이 자매는 피나랑 슈리구나.”

그림책에 나오는 자매의 그림을 가리켰다.

“피나랑 닮아서 귀여운 꼬마였어. 다음번에 왕도에 같이 오게 된다면 집으로 데리고 와줘.”

지금으로선 그런 예정은 없지만 왕도로 올 일이 있으면 데리고 와야겠다.

이어서 페이지를 넘기는 엘레로라 씨.

“여자아이는 이사를 하게 됐구나. 그래서 곰님이랑 헤어져야만 했고.”

다음 페이지로 옮긴다.

“마물에게 습격을 당할 때 곰순이의 등장이라. 후훗, 귀여워.”

팔랑.

"어머, 유나의 곰돌이랑 곰순이처럼 작아져서 같이 살게 됐구나. 작아질 수 있는 곰이라면 함께 살 수 있지."

그림책을 다 읽었다.

나는 스릴리나 씨가 가지고 온 차를 마시면서 물었다.

"어떠셨어요?"

"당연히 재밌었지. 그런데, 한 가지 물어도 될까?"

"뭔데요?"

"마차에 타고 있던 다른 사람들은 어떻게 됐니?"

피나에게도 들은 질문인데 그 부분이 궁금한가?

"딱히 정해지지 않아서 자유롭게 해석하시면 돼요."

"자유롭게, 란 말이지. 유나도 어려운 걸 시키는구나. 사람에 따라서 해석이 달라질 거야."

내가 피나에게 설명한 것과 같은 걸 엘레로라 씨에게 얘기했다.

마물에게 죽임을 당했을 거라고 생각하는 사람, 도망쳤을 거라고 생각하는 사람. 읽는 사람에 따라 바뀔 거다.

엘레로라 씨에게 그림책에 담긴 나의 마음이 전해진 것 같아 조금은 기뻤다.

"혹시, 바꿔 그리는 게 나을까요?"

"아니, 그럴 필요는 없어. 다만 플로라 님이 물어볼 경우를 생각했던 거야. 그래서 유나 나름의 대답이 있다면 미리 물어보려고 했던 거고."

엘레로라 씨는 다 읽은 그림책을 돌려주었다.

뭐, 읽는 사람이 고민할 문제겠지.

용감하게 자라길 바란다면 도망치지 않고 여자아이를 지켜야 한다고 가르칠지도 모른다. 상인이라면 빨리 판단해서 도망치도록 가르칠 수도 있다. 왕족의 경우엔 어떻게 가르치려나?

왕족의 입장이라면 도망치는 것도 중요하다. 하지만 국민을 내버려 둔 채 도망치라고는 할 수 없겠지. 교육이란 어렵군.

엘레로라 씨와 그림책 내용에 관해 이야기를 나누고 있는데 문밖이 소란스러워지더니 갑자기 문이 열렸다.

나타난 건 교복을 입은 시아였다.

"어머님, 유나 님이 있다던데 정말이에요?!"

"시아, 오랜만이야."

"유나 님!"

시아는 내가 인사를 건네자 기뻐하며 내 쪽으로 다가왔다.

그런 시아가 들어온 문으로부터 같은 교복을 입은 카틀레야, 마릭스, 티몰 세 사람이 들어왔다.

265 곰 씨, 학원 축제에 관해 알다

모두 교복을 입고 있었다. 하굣길인 모양이다.

"유나 님, 어째서 왕도에? 일 때문에 오셨나요?"

"아니, 볼 일이 있어서. 모두 시아네 집에는 무슨 일이야?"

사이좋게 숙제라도 하려는 건가?

외톨이었던 나는 친구와 함께 공부해 본 적이 단 한 번도 없다.

필요 없었기도 하다. 인정하지 않는 게 아니다. 정말로 숙제 정도는 혼자서 할 수 있었기 때문에 필요 없었던 거다.

"저희는 학원 축제에서 뭘 선보일지 의논하려고 왔어요."

"학원 축제?"

공부 모임이 아니었던 모양이네.

"이번에 학교에서 학생들이 이것저것 준비해서 선보이는 축제가 있거든요. 거기에 저희도 참가하게 됐어요."

내 질문에 시아가 대답해줬다.

이쪽 세계의 학교에서도 축제가 있구나.

초등학교 시절엔 학원 축제 같은 건 없었고, 중학교 시절에는 은둔형 외톨이로 지냈기 때문에 당연하게도 나는 참가한 적 없었다. 학원 축제에 대한 지식은 만화나 텔레비전에서 본 게 전부다.

이세계의 학원 축제는 원래 세계의 학원 축제와 같은 건가?

가게를 운영하거나, 연극을 하거나, 연주를 하거나.

이세계에서 선보일 만한 특별한 게 있을까?

마법이나 검이 평범하게 있는 세계니까 조금 흥미가 생기네…….

"재밌겠네."

"괜찮다면 유나 님도 보러 오실래요?"

"가도 돼?"

"그럼요, 꼭 와주세요."

으음, 가고 싶긴 한데, 그런 사람 많은 곳에 곰 옷차림으로 가도 되려나? 학원 축제에서 선보이는 작품으로 오해를 사진 않을까? 오히려 그러는 편이 이상하게 여겨지지 않을지도?

"그래서 너희는 뭘 선보이는데?"

"그게, 모두의 의견이 제각각이라, 그래서 오늘은 의논하러 모인 거예요."

시아가 세 명을 바라봤다.

"나는 다른 멤버들과 함께 검 겨루기를 하고 싶어."

마릭스는 검 시합.

"마법 시합도 좋을 거 같아."

카틀레야는 마법 시합을 하고 싶은 모양이다. 역시 이세계였다. 검과 마법을 이용한 이벤트라니 재밌는 걸 하는군.

"나는 뭔가 만들어서 팔고 싶은데."

티몰은 그렇게 말했다.

"시아는?"

"나는 시합도 좋지만…… 그건 평소 수업에서도 하는 거니까, 학원 축제에서만 할 수 있는 걸 해 보고 싶어."

"시합으로 하자. 시합이라면 눈에 띌 거야."

"그런데 시합은 수업에서도 하잖아."

"그렇지만 다른 사람들에게 보여줄 기회는 없잖아."

마릭스는 그렇게 눈에 띄고 싶은 건가.

그런 거라면 곰 인형 옷을 입으면 될 텐데, 라고 마릭스에게 어드바이스를 해주고 싶어진다.

"가게를 내서 뭔가 팔자."

"뭐를 팔 건데?"

"그거야, 포장마차에 있을 법한 음식이겠지?"

"다른 반이 이미 포장마차를 낼 거라고 했는데?"

"맞아, 맛있는 음식을 팔 수도 있다고 했어."

마릭스와 카틀레야가 티몰의 제안에 반대 의견을 냈다.

"그런데, 너희 네 명끼리만 준비하는 거야? 반이 다 같이 하는 게 아니라?"

"반끼리 한다고 하기보단 동아리끼리 해요. 나머진 사이좋은 친구들끼리 참가하기도 하고요."

사이좋은 친구…… 난 마음에 상처를 받았다.

보통은 친구와 이런 재밌는 학교생활을 보내는구나.

"그래서, 마릭스랑 카틀레야는 시합 형식의 이벤트를, 티몰은 가게를, 시아는?"

세 사람의 생각을 듣더니 엘레로라 씨가 나와 이야기를 하는 시아에게 물었다.

"둘 중 고르라면 가게가 더 나은 것 같아요. 이럴 때 아니면 못 하기도 하고."

보기 좋게 2대 2로 나뉘었다.

"그런데, 시합을 펼치기엔 네 명으론 부족하지 않아?"

"시합은 여러 사람이 선보일 거라서 거기에 참가하면 돼요."

"그렇다는 건 이기지 못하면 눈에 안 띄잖아."

"이길 거예요!"

"이겨요."

마릭스와 카틀레야는 그렇게 말했지만 티몰은 싫은 표정이었다.

"시아는 시합 쪽을 선택할 거라고 생각 했는데……."

"시합이라면 수업 중에도 하니까 다른 걸 해 보고 싶었거든."

확실히 가게를 내는 경험은 간단하게 할 수 있는 게 아니다.

"두 사람은 가게를 하기 싫은 거야?"

"싫은 건 아니지만, 기왕에 하는 거 눈에 띄고 싶어요. 가게라면 눈에 안 띄잖아요."

"저는 재밌는 가게라면 괜찮은데 다른 사람들이 할 법한 가게라면 거절하고 싶어요."

즉, 마릭스는 눈에 띄는 가게라면 좋고, 카틀레야는 독특한 가게라면 상관없다는 게 되는 건가?

눈에 띄고 독특한 것에 잘 팔리는 것…… 그렇게 잘 들어맞는 물건이 있다고?

"그렇다면 시아와 티몰은 시합 쪽은 어떻게 생각해?"

"가게를 할 수 없다면 어쩔 수 없겠죠."

"저도요."

"즉, 서로 상황에 따라서 괜찮은 거네."

어째선지 학생 네 명의 이야기인데 엘레로라 씨가 정리하기 시작했다.

혹시, 직업병?

엘레로라 씨는 정리하는 거라던가 재밌어 보이는 일에는 꼭 끼고 싶어 하는 타입이란 말이지. 그렇지만 성가신 일은 하지 않는 타입이기도 하다.

"그런 거라면 우선은 가게를 하는 걸로 생각해보는 건 어때? 학원 축제가 아니면 가게를 낼 경험은 할 수 없으니까."

"그렇긴 하지만, 티몰도 가게를 하자고만 했지 좋은 아이디어를 가지고 있진 않은걸요."

"그러니까 그건 다 같이 생각하자는 거야."

"이대로라면 이야기가 정리되지 않을 거예요. 얼른 정해야 하는데……."

시아가 곤란한 표정을 지었다.

"그러면 시아도 아이디어를 내줘."

"맞아. 만약 가게로 결정하는 거면 뭐를 할지 제안을 해줘야지."

시아가 생각에 잠기더니 얼굴을 들어 도움을 청하듯 내 쪽을 바라봤다.

"유나 님, 뭔가 좋은 생각 없으세요?"

"나?"

갑자기 화살이 내게로 향했다.

"유나 님, 크리모니아에서 가게를 하신다면서요. 뭔가 독특하고 간단한데 인기가 있을 법한 거 없나요?"

"시아, 그건 유나에게 부탁할 일이 아니잖니."

엘레로라 씨는 시아를 꾸짖었다.

그런데 인기가 있을 법한 가게라. 역시 음식 장사겠지. 푸딩은 만드는 데 시간도 걸리고 달걀 문제도 있으니까 안 되고……. 준비해줄 수는 있지만 그렇게 되면 자력으로 한 게 아니다.

피자는 화덕을 준비해야 하고 교실에서 가게를 낼 예정이라면 무리일 테니까, 다른 건 뭐 없나?

"유나, 그렇게 진지하게 생각하지 않아도 돼. 시아의 문제잖아."

엘레로라 씨의 말에 모두가 입을 다물어버렸다.

하지만 아주 조금 설레하고 있던 나는 생각을 하게 된다.

딱히 학원 축제라고 생각하지 않아도 되겠지.

예를 들어 마을 축제 같은 거라면 금붕어 건지기라거나 링 던지기에, 사격? 음식이라면 볶음국수, 빙수, 사과 사탕, 타코야키, 오징어구이, 옥수수구이, 소시지……?!

아아, 잊고 있었네.

간단하게 만들 수 있는 게 있었다.

전에 피나와 슈리에게 만들어 줬던 과자가 있었다.

두 사람 모두 모르고 있었는데, 이쪽 세계에는 없는 건가?

하지만 그 두 사람은 힘들게 자랐기 때문에 모르는 걸지도 모른다. 피나의 집이 먹을 것에 곤란하지 않게 된 건 나와 만난 이후부터였다. 그전까지는 병상에 있던 티루미나 씨와 셋이서 지내고 있어서 가난했다.

"한 가지, 좋은 게 있는데."

"정말요?!"

내 말에 시아가 기쁜 목소리를 냈다.

"어쩌면 모두가 모를 수도 있지만……."

"그건 뭔가요?"

"설탕으로 만드는 솜 같은 과자인데. 알고 있니?"

"설탕으로 만드는 솜 같은 과자요? 저는 모르는 거네요. 너희는 알고 있어?"

시아는 모두에게 물었지만 모두 고개를 저었다. 마지막으로 엘레로라 씨 쪽을 바라봤다.

"나도 떠오르는 게 없네."

엘레로라 씨도 모르는 모양이다.

이 멤버의 말만 들어선 알 수 없다.

귀족의 딸에, 기사의 아들에, 재무 관계자 직원의 아들이다. 서민의 과자에 관해 알지 못할 가능성은 높았다. 이거는 일반 시민의 말을 듣고 싶었다.

그렇게 생각하고 있는데 문이 열리고 스릴리나 씨가 시아 일행에게 건넬 차를 가지고 방으로 들어왔다.

"실례합니다. 차를 가지고 왔습니다."

스릴리나 씨는 시아 일행 앞에 차를 놓았다.

"달리 필요하신 게 있으시면 불러주세요."

고개를 숙이고 방에서 나가려고 한다.

메이드라는 건 일반 시민이잖아. 이 안에서는 스릴리나 씨의 말이 가장 신빙성이 있었다.

"스릴리나 씨, 물어보고 싶은 게 있는데 괜찮으세요?"

방에서 나가려는 스릴리나 씨를 붙잡았다.

"물어보고 싶으신 거요? 제가 대답할 수 있는 거라면 괜찮습니다."

"굵은 설탕으로 만든 솜처럼 생긴 과자를 아세요?"

"솜처럼 생긴 과자 말씀이신가요?"

스릴리나 씨는 고개를 갸웃거리며 생각에 잠겼다.

"잘 모르겠네요."

“그렇다면 잠시 시간 괜찮으신가요? 스릴리나 씨에게도 보여주고 싶어서 그런데, 같이 있어 주시겠어요?”

“사모님.”

스릴리나 씨가 엘레로라 씨를 바라봤다.

“상관없어.”

엘레로라 씨의 허가를 받았으므로 곰 박스에서 솜사탕 기계를 꺼냈다.

“유나 님, 이게 뭔가요?”

“솜사탕 기계란 거야. 이거로 솜처럼 생긴 과자를 만드는 거지.”

이걸 만드는 것은 의외로 힘들었다.

이전에 가게에서 굵은 설탕을 발견했을 때 손쉽게 솜사탕을 만들 수 있을 거라고 생각했지만 좀처럼 능숙하게 만들지 못했다.

하지만 고생한 끝에 솜사탕 기계가 완성됐다.

그러나 고생해서 만든 건 좋았지만 한 번밖에 사용한 적이 없었다. 솜사탕이 쉽게 질리는 걸 어떡해…….

솜사탕은 가끔 먹어서 좋은 거지 매일 먹는 게 아니다. 그것만큼은 단언할 수 있다.

다음으로 나는 가게에서 산 굵은 설탕을 꺼내, 솜사탕 기계 중심의 원형으로 되어 있는 곳에 넣었다.

“그건 평범한 굵은 설탕이잖아?”

“크리모니아에서도 왕도에서도 일반적으로 팔고 있는 거예요.”

발견한 건 왕도였지만 나중에 피나에게 크리모니아에서도 팔고 있다는 말을 들었다.

달콤한 과자를 만들 때 사용한다는 것 같다.

"이걸로 솜 같은 과자를 만들 수 있는 건가요?"

"일단 보고 있어 봐."

솜사탕 기계에 있는 마석에 마력을 담자 중앙의 불 마석이 열을 냈고, 설탕이 들어간 중심부가 고속으로 회전하기 시작했다.

조금 시간이 지나자 중앙에 있는 통의 옆 구멍에서 하얀 실 같은 게 나오기 시작했다.

"유나 님! 뭔가가 나왔어요!"

"이게 솜사탕이란 거야."

점점 하얀 실 같은 게 나왔다.

이런, 보고만 있을 때가 아니다. 게다가 젓가락이 아니라 나무 봉을 준비하는 걸 깜빡했다.

곰 박스에서 몇 개의 나무 봉을 꺼냈다.

그리고 그중 하나를 집어 돌돌 돌리면서 실을 봉에 휘감았다. 서서히 실이 붙더니 솜뭉치가 만들어졌다.

처음엔 고생했지만 지금은 능숙하게 만들 수 있다.

솜사탕은 점점 커졌다.

"정말로 솜처럼 되네요."

나는 나무 봉을 돌돌 돌리며 솜을 더욱더 크게 만들어갔다.

이 정도면 괜찮을까. 축제 포장마차에서 팔 법한 솜사탕이 완성됐다. 나는 솜사탕 기계를 멈췄다.

"완성이야."

모두는 놀란 듯 나와 솜사탕을 바라봤다.

"왜 그래?"

"아뇨, 이상해서요."

"유나 님, 이건 마법인가요?"

"아니야, 설탕으로 만든 과자야."

시아에게 솜사탕을 건넸다.

"정말 솜 같네요."

"정말이야."

모두가 솜사탕을 바라봤다.

"유나 님, 이건 어떻게 먹는 거예요?"

귀족 아가씨는 손으로 집어 먹거나 하지 않겠지.

"손으로 한 입 사이즈만 집어서 먹으면 돼."

"손으로 말인가요?"

"혹시 귀족은 손으로 음식을 먹으면 안 되니?"

"아뇨, 그런 건 아니지만."

시아는 솜사탕을 바라보더니 솜사탕을 손가락으로 떼어내서 입에 넣었다.

"달아……."

"뭐, 설탕이니까."

그 외의 재료는 사용하지 않았다.

"시아, 내게도 주겠니?"

엘레로라 씨는 시아에게 건네받은 솜사탕을 떼어내어 입으로 옮겼다.

"정말로 달잖아."

"시아, 나도 먹어도 돼?"

"나도 줘."

"나도."

카틀레야, 마릭스, 티몰 세 사람이 솜사탕에 흥미를 가졌다.

시아가 솜사탕을 건네자 세 사람은 똑같이 집어서 입에 넣었다.

"입안에서 한 순간에 녹잖아."

"이상하네."

"응, 그래도 맛있어."

시식을 한 다섯 명은 역시 처음 보는 과자였던 모양이다.

"스릴리나 씨, 이런 과자인데, 아세요?"

시아가 스릴리나 씨에게도 솜사탕을 건네자 조금 떼어내서 입으로 넣었다.

"아뇨, 이런 과자는 모릅니다. 먹은 적도 본 적도 없어요."

"그렇다면 괜찮을까? 이걸 학원 축제에서 선보이면 어때?"

내 질문에 시아네 아이들은 서로의 얼굴을 바라보더니 모두 내

쪽을 바라봤다.

"마릭스가 말한 눈에 띄는 것도 할 수 있고, 카틀레야의 독특한 것을 파는 것, 티몰의 가게를 열고 싶다는 의견에도 부합한다고 생각해요."

"판매하면 분명 잘 팔리겠지만……."

시아와 티몰이 미지의 과자에 당황했다.

"확실히 눈에 띄고 잘 팔릴 것 같아요. 그렇지만 정말 괜찮나요? 이렇게 귀한 걸 알려주셔도."

딱히 대단한 과자인 것도 아니고 축제에서 먹는 거니까 상관없다.

"유나, 내가 말하긴 뭣하지만, 이것도 가게에서 파는 게 낫지 않겠어?"

"이 과자는 축제용이라서 가게에서 팔 생각은 없어요."

"축제용? 그런 거니?"

뭐, 슈퍼 같이 과자 파는 곳에서 팔기도 하지만 내가 가진 이미지로는 솜사탕은 축제용이다.

그런 이유로 학원 축제에 선보이는 건 솜사탕으로 결정되어 곧장 만들기 연습에 돌입했다.

266 곰 씨, 시아에게 의뢰를 받다

솜사탕 만드는 방법을 알려준 나는 슬슬 플로라 공주님이 있는 곳에 그림책을 전달하러 가기로 했다.

"그러면 모두 당일까지 열심히 연습해."

"유나 님, 잠시만 기다려주세요!"

돌아가려는 나를 시아가 붙잡았다.

"왜 그래?"

"저기, 모험가 길드에서 유나 님에게 호위를 의뢰하면 얼마 정도로 맡아 주실 수 있어요?"

"호위?"

의뢰비라는 건 내가 정할 수 있는 건가?

지명 의뢰로 하면 가능하던가?

분명 모험가 길드에서 규정하는 최소 금액이 있고 의뢰 내용에 따라 금액이 달라진다. 호위할 인원수, 거리, 위험한 길인지. 게다가 높은 랭킹의 모험가를 고용하면 그에 알맞은 금액이 지정된다. 지명하면 상대방과 이야기를 나눠 금액을 정하나? 그런 의뢰는 받은 적이 없어서 자세히는 알지 못한다.

"시아, 어딘가 가고 싶은 거니?"

시아라면 얘기에 따라서는 돈은 필요 없다.

"아뇨, 그런 게 아니라 만약 유나 님이 학원 축제에 와 주신다면 노아를 데려오고 싶어서요. 그 아이도 앞으로 왕도에 있는 학교에 입학할 테고, 작년에도 보고 싶다고 했는데 못 와서 보여주고 싶거든요."

즉, 내게 왕도까지 노아를 호위해달라는 거군.

착하고 좋은 언니네.

그런 이야기를 들으면 무료로 해주고 싶어지잖아.

게다가 시아에게 돈을 받기에는 저항감이 있다.

애초에 호위의 시세를 알지도 못하고 저번의 호위 대금도 얼마를 받았는지 기억하고 있지 않았다.

"그런 거라면 내가 낼게."

"어머니?"

"유나, 학원 축제에 데리고 와준다면 의뢰비는 내가 낼 테니까 노아도 함께 데리고 와줄 수 있니?"

이야기를 듣고 있던 엘레로라 씨가 의뢰비를 내주겠다고 했다.

뭐, 시아에게 받기보다는 엘레로라 씨에게 받는 편이 마음은 편하다.

"그리고 피나랑 슈리도 데리고 와줄래?"

"피나랑 슈리요?"

"일전에 유나네 가게에 갔을 때 피나에게 신세를 졌거든. 그렇다고 피나만 데리고 오면 슈리가 가엽잖니."

확실히 슈리만 내버려 두는 건 가엽다.

가끔 너무하다고 말하지만 보통은 순순히 받아들이고 얌전히 집을 지키고 있으니까.

"얼마 전 일의 답례도 할 겸 두 사람을 저택이랑 학원 축제에 초대하고 싶어."

엘레로라 씨는 좋은 생각을 떠올렸다는 느낌으로 이야기를 점점 진행했다.

나로서도 학원 축제를 볼 기회가 적어서 두 사람을 데리고 가 주고 싶었다.

문제는 두 사람이 올지 말지에 달렸지만 슈리라면 아무런 생각도 안 하고 왕도로 올 수 있다는 것에 기뻐할 것 같다. 피나는 귀족인 엘레로라 씨로부터의 권유인데 괜찮으려나? 하지만 데리고 온다고 해도 티루미나 씨와 겐츠 씨의 허락을 받아야 하겠지.

"그래도 어린아이를 세 명이나 호위하게 되면 유나에게도 부담이 크겠네."

곰 이동문을 이용하면 부담은 0입니다, 라는 말은 할 수 없다.

게다가 노아와 슈리에게 곰 이동문에 관해 알려줘야 하나 고민되는 부분이다.

딱히 노아와 슈리가 말하고 다닐 거라는 생각은 안 들지만 비밀을 아는 사람은 적은 편이 좋다. 어떠한 계기로 비밀이 누설될 가능성도 있다.

노아라면 잠꼬대로 「유나 님, 곰 이동문은 대단하네요, 냠냠」과 같은 말을 할 것 같다.

"유나는 세 명을 호위하면서 왕도로 오는 건 문제없니?"

"곰돌이랑 곰순이라면 두 명을 동시에 태울 수 있고, 만약 마물이나 도적들에게 습격을 받아도 도망칠 수 있어서 괜찮아요."

드래곤에게 공격을 당하지 않는 이상 도망칠 수 있다.

와이번과는 만난 적이 없지만 드래곤과도 한 번은 만나보고 싶다. 쉽게 만날 수 있는 상대가 아니다.

"유나가 강하기도 하고 곰돌이랑 곰순이가 있어서 평범한 모험가에게 부탁하는 것보다는 안심이 되네."

대화의 흐름은 이미 노아와 아이들을 데리고 오는 것으로 되어 있었다. 뭐, 딱히 데리고 오는 건 좋지만.

"그러면 3명을 부탁해도 될까?"

"상관없어요. 클리프 씨가 노아를 데리고 오는 걸 반대하면 피나 자매는 어떻게 해요?"

"그런 경우엔 피나 쪽만 데리고 와도 상관없어. 피나 자매에게 보답하고 싶은 건 정말이니까. 게다가 클리프도 유나가 호위한다고 하면 거절하지는 않을 거야."

뭐, 호위에 관해서는 신용 받는 것 같다. 문제는 노아의 상황에 따라서겠네.

만약 클리프의 허가가 안 떨어진다면 노아에겐 포기하라고 해야겠다.

"일단, 클리프에게 편지를 쓸 테니까 잠깐 기다려주겠니?"

엘레로라 씨는 자리에서 일어나 내 대답이 나오기도 전에 방에서 나가버렸다.

맡기로 했으니 이제는 이동 방법을 생각해봐야 한다. 그렇다고 해봤자 선택지는 두 가지밖에 없지만 말이다.

"유나 님, 고마워요. 그래도 이걸로 노아도 기뻐하겠네요."

"클리프 씨가 허락해주면 좋겠네."

노아도 시아도 귀족이지만 미사네 생일 파티 때 봤던 바보 귀족의 바보 자식과는 다른 것 같네. 비교하는 것도 가여울 정도로 같은 귀족이라고는 생각되지 않아.

"유나 님, 피나의 동생은 어떤 아이예요?"

"피나랑 똑 닮아서 착한 아이야. 게다가 노아랑 시아처럼 사이 좋은 자매이지."

"후훗, 학원 축제가 기대되네요. 노아를 만날 수 있다는 것도 기쁘지만 피나랑 동생인 슈리와도 만날 수 있으니 더 기대돼요."

시아가 노아를 만나는 것은 국왕의 탄신제 이후이기도 하고 피나는 골렘 사건 이후로 처음이 되는 건가.

"그러면 학원 축제에 초대해도 창피하지 않도록 솜사탕을 잘 만들 수 있게 해야겠네."

시아와 대화를 나누고 있는 동안에도 마릭스와 다른 아이들은 솜사탕을 만드는 연습을 하고 있었다.

"으으, 너무 달아서 못 먹겠어."

"나도."

마릭스와 티몰이 연습 삼아 만든 솜사탕을 열심히 먹고 있지만, 포기 직전이었다.

솜사탕이라는 게 몇 개나 먹을 수 있는 것은 아니긴 하지. 설탕을 입에 집어넣는 것과 같으니까.

"어서 먹어, 둘 다 먹지 않으면 다음 걸 만들 수가 없어."

카틀레야가 만든 모양이 이상한 솜사탕을 마릭스에게 건넸다.

"카틀레야도 먹어."

"살찌니까 거절합니다."

"너 말이야……."

아무리 여자아이가 단 것을 좋아한다고 해도 한계는 있을 테고 체중이 신경 쓰일 거다. 나도 조금 전 가게에서 시식으로 너무 많이 먹은 게 신경이 쓰인다. 여자아이라면 어쩔 수 없는 부분이다. 그러니 이 부분은 마릭스와 티몰이 힘내주길 바라자.

"이걸로 입가심하면 돼."

곰 박스에서 간식인 포테이토 칩을 꺼내서 줬다.

소금 맛이라 입가심으론 좋았다.

"유나 님, 고마워요."

마릭스는 포테이토 칩을 입에 넣었다.

"어쩌면, 이걸 파는 것도 괜찮지 않을까?"

마릭스는 포테이토 칩을 먹으면서 말했다.

확실히 좋을지도 모른다. 마릭스의 말을 듣고 깨달았다.

아무래도 학원 축제에서 포테이토 칩을 판매할 것 같지는 않았다.

"응, 그러게. 이것도 맛있으니까."

"세트로 팔면 엄청날 거야."

티몰과 카틀레야가 찬성하며 포테이토 칩을 먹었다.

"그런데, 감자는 팔고 있나?"

"파는 곳은 있어요."

내 질문에 스릴리나 씨가 대답해줬다.

"가격도 저렴해서 빈곤층이 자주 사 먹어요."

그렇구나. 내가 몰랐던 것뿐인가.

"그렇다면 다행인데."

"하지만 그만두시는 편이 좋을 거예요."

"왜요? 이렇게 맛있는데."

마릭스는 포테이토 칩을 먹으면서 스릴리나 씨에게 물었다.

"만약 포테이토 칩을 먹은 손님들이 복통을 일으킨 경우엔 마릭스 님과 여러분들이 의심을 받게 될지도 몰라요."

감자를 먹으면 복통이 일어난다고 생각하는 사람이 있긴 하지. 실제론 싹이 난 부분만 먹지 않으면 괜찮다.

"그렇네. 나도 유나 님에게 감자라고 들었을 때 놀라긴 했으니까."

"그래서 귀족들이나 부유층이신 분들이 오시는 학원 축제에서는 팔지 않는 편이 나을 것 같아요."

스릴리나 씨가 포테이토 칩을 학원 축제에서 선보이는 것의 단점을 알려주었다.

"분명 그렇긴 하네."

"만드는 건 좋지만 불평을 들으면 기분이 안 좋잖아요."

"게다가 유나 님이 모처럼 솜사탕을 알려주기도 했으니까."

네 명은 의논을 한 결과, 포테이토 칩은 그만두기로 했다.

"그러면 저는 입가심으로 새로운 음료를 가지고 오겠습니다."

스릴리나 씨는 방에서 나갔다.

그리고 네 명은 포테이토 칩을 먹으면서 솜사탕 만들기를 재개했다.

그런 네 명을 보고 있는데 편지를 든 엘레로라 씨가 돌아왔다.

"그러면 유나, 이걸 클리프에게 전해줘."

클리프 앞으로 적힌 편지를 받은 나는 잃어버리지 않도록 곰 박스에 담았다.

이것으로 내가 이곳에 있을 이유는 사라졌다.

마지막으로 학원 축제의 날짜를 묻고서 자리를 뜨기로 했다.

"그러면 학원 축제를 기대하고 있을 테니까 열심히 해."

"유나 님, 오늘은 고마웠어요."

시아가 감사 인사를 하고 이어서 세 명에게도 감사 인사를 받았다.

저택을 뒤로하고 이번에야말로 성으로 향했다.

어라, 엘레로라 씨는 성으로 안 돌아가도 되나?

267 곰 씨, 플로라 공주의 질문에 곤란해하다

나는 저택을 나온 뒤 플로라 공주에게 그림책을 건네주러 성으로 향했다.

노아와 슈리를 왕도로 데리고 온다라…… 어떻게 하면 좋으려나.

곰돌이와 곰순이로 이동하게 되면 아무런 문제는 없다. 피나만 있다면 곰 이동문으로 올 수 있겠지만 노아와 슈리가 있으니까 그렇게는 할 수 없었다.

반대로 곰 이동문을 두 명에게 알려주게 되면 시간은 단축되고 귀찮은 이동도 하지 않고 끝난다.

어떻게 할지 생각하면서 성을 향해 걸어가니 성문에 도착했다.

그리고 언제나처럼 문 앞에 서 있는 병사가 내 쪽을 바라봤다.

그래, 내 복장은 멀리 떨어져 있어도 눈에 띄지.

내가 문 앞에 선 병사에게 인사를 하려고 했더니 병사는 시선을 내 뒤로 보내고 입을 열었다.

"엘레로라 님이시군요."

"수고가 많아요."

바로 뒤에서 그런 목소리가 들려왔다. 뒤돌아보자 엘레로라 씨가 웃으며 서 있었다.

"엘레로라 씨? 언제부터 거기에 있었어요?"

"물론, 유나가 집을 나섰을 때부터지."

즉, 처음부터 뒤에 있었다는 거군…….

"같은 곳에 가는데 남의 뒤를 따라오다니 이상한 사람이네요."

생각에 잠겨 있어서 엘레로라 씨가 뒤에서 따라오고 있는 것을 알아차리지 못했다.

"걸어가는 유나의 뒷모습이 귀여웠거든. 작은 꼬리가 흔들려서 말이야."

"남의 엉덩이를 보지 말아주시겠어요?"

엉덩이에 있는 꼬리를 손으로 가렸다.

곰돌이와 곰순이의 꼬리를 보는 건 나도 좋아한다. 하지만 자신의 꼬리를 누군가 쳐다본다고 생각하니 창피했다.

"귀여웠는데……."

꼬리를 숨기자 아쉬워한다.

"그래서, 어째서 뒤를 따라오신 거예요? 말이라도 해주세요."

"처음에는 말을 걸까 했었어. 그런데 유나의 꼬리가 신경 쓰여서 쳐다보고 있었더니 성에 도착해버렸지 뭐야."

이 사람은…….

"그래서, 엘레로라 씨는 일로 오신 거예요?"

"그렇지. 유나네 가게만이 내 업무는 아니니까."

"제대로 일을 하고 계시긴 하군요."

"유나, 너무해. 나는 항상 열심히 일하고 있는걸."

『항상』은 믿기지 않는 부분이지만 가게 이야기랑 달걀 이야기를 들어보니 일은 하는 것 같다. 하지만 평소 엘레로라 씨의 행동을 보면 농땡이를 치고 있는 것으로밖에 보이지 않는다.

"이런 곳에서 서서 수다 떠는 것도 조금 그러니까 플로라 님이 계신 곳으로 가자. 그림책을 드리러 가는 거지?"

아니, 일하러 성에 온 거 아니었어? 라고 지적하지는 않을 거다. 피곤해지니까 무시했다.

설령 엘레로라 씨가 일을 내팽개치고 있다고 해도 곤란한 건 국왕 쪽 사람들이지 내가 아니다.

나와 엘레로라 씨는 병사의 허가를 받고 성 내부로 들어섰다.

"그건 그렇고, 설탕만으로도 그런 과자를 만들 수 있을 줄은 꿈에도 몰랐어. 유나는 어째서 그런 걸 알고 있는 거야?"

무언가를 캐내려고 하는 건가?

그렇다고 해서 이세계에서 왔습니다, 라고는 말 못 한다.

"물론 비밀이에요."

"이런, 아쉽네. 그래도 조심해. 유나의 요리는 신기한 것들이 많으니까 궁금해하는 사람들도 있을 거야. 만약 무언가 새로운 것을 할 땐 되도록이면 나한테 말해줘. 힘이 되어줄 수 있는 부분은 도와줄게."

설마, 엘레로라 씨는 솜사탕 만드는 법을 알려준 것에 관해 걱정해주고 있는 건가?

"그때는 잘 부탁드릴게요."

순순히 부탁해 두자.

"그러니까 새로운 음식이 있으면 곧바로 가지고 와야 한다?"

그게 목적인가요?

도무지 엘레로라 씨의 진심을 알아차리기가 어렵다.

노아와 시아는 엘레로라 씨와 안 닮고 잘 자랐으면 좋겠다.

"유나, 지금 무척 실례되는 생각을 한 건 아니지?"

"엘레로라 씨는 상냥하다고 생각했는데요."

"정말?"

의심의 눈초리로 바라보지만 조금 전 마음속으로 했던 말을 내뱉을 수는 없었다.

시선을 피하면서 플로라 공주의 방을 향해 걷기 시작했다.

"유나, 제대로 이쪽을 봐줄래?"

"안 가시면 저 혼자 갑니다."

"갈 거야."

"일은 괜찮으세요?"

물을 생각은 없었는데 물어버렸다.

"괜찮아. 할 일은 했으니까."

정말인가?

익숙한 통로를 걷고 있는데 앞에서 곰돌이 인형이 이족 보행으로 걷고 있었다.

그 옆에는 안쥬 씨가 있다.

"이런, 엘레로라 님과, 유나 님?"

"곰님?"

안쥬 씨의 말에 곰돌이 인형이 말을 했다.

어느새 인형에게 대화 기능이…… 마법이란 무서워…….

자, 농담은 여기까지만 하고 플로라 공주가 내가 선물한 곰돌이 인형을 안고 있는 것뿐이었다. 플로라 공주가 곰돌이 인형의 뒤에서 얼굴을 내보였다.

"곰님!"

플로라 공주는 나를 발견하고 기뻐하며 달려왔다.

곰돌이 인형을 안고 있어서 달리는 게 위태로웠다.

그러고 보니 내 이름을 듣고 『곰님』이라고 반응했으니 내 이름은 인지하고 있는 거겠지?

크고 나면 『곰님』이라는 호칭은 사라질까?

"그런데 두 분은 왜 이곳에 계신 거예요?"

끌어안는 플로라 공주의 머리를 쓰다듬으면서 안쥬 씨에게 물었다.

"산책하고 돌아가는 길이었습니다."

"산책이라니, 곰 인형을 가지고요?"

"곰님이랑 산책이야."

플로라 공주는 곰돌이 인형을 끌어안았다. 곰순이가 없는 게 가엽게 느껴지지만 어쩔 수 없지. 플로라 공주의 작은 몸으로는 곰 인형을 두 개나 가지고 걷는 건 불가능하다.

"그래서, 유나 님은 플로라 공주님을 만나러 와주신 건가요?"

"새로운 그림책이 만들어져서 가지고 왔거든요."

"그림책?!"

"그림책이요?!"

플로라 공주는 기뻐했고 안쥬 씨도 기쁜 것 같았다.

플로라 공주는 이해가 가는데 안쥬 씨까지 그렇게 기뻐 보이는 얼굴을 하다니.

"그러면 플로라 공주님. 유나 님이 그림책을 가지고 와주셨으니 방으로 돌아가실까요?"

"산책 끝나고 가도 괜찮아요."

"방으로 갈래."

플로라 공주는 곰돌이 인형을 안고 작은 손으로 내 옷을 잡았다.

아무래도 플로라 공주도 그림책이 보고 싶은 모양이다.

"그러면 방으로 갈까요."

플로라 공주의 손을 곰 인형 장갑으로 붙잡고 플로라 공주의 방으로 향했다.

"역시 유나는 어린아이한테 약하다니까."

이제까지의 내 행동을 되돌아보면 엘레로라 씨의 말에 「안 그런데요」라고 부정할 수 없었다.

역시 약한 건가. 하지만 이 미소를 보고도 거절할 수 있는 사람이 있을까?

엘레로라 씨도 플로라 공주의 미소를 보면 무시할 수는 없을 거다. 그렇게 생각하면 내가 무르다고 해도 문제가 될 건 없다.

방으로 돌아오자 플로라 공주는 침대로 향했다.

침대의 머리맡에는 곰순이 인형이 놓여있었다. 산책하러 같이 가지 못하고 혼자서 방을 지키고 있던 모양이다. 플로라 공주는 곰돌이 인형을 머리맡에 두더니 이번엔 곰순이 인형을 끌어안았다.

……?

플로라 공주의 행동이 이해가 안 갔다.

"방 밖에 가지고 가는 건 검은 곰님이고, 방 안에서는 하얀 곰님이에요."

플로라 공주의 행동을 보고 있던 내게 안쥬 씨가 알려주었다.

"왜 그렇게 구별을 했죠?"

"그게, 밖으로 가지고 갈 경우엔 더러워지기도 해서…… 그, 검은 곰님 쪽이 더럽혀져도…… 눈에 띄지 않아서……."

안쥬 씨가 조금 말하기 곤란한 듯 설명을 했다.

확실히 곰돌이는 검어서 더럽혀져도 눈에 띄지 않는다.

"그래서 방에서는 하얀 곰님. 밖에서는 검은 곰님을 데리고 다니시게 되었습니다."

곰순이가 외톨이 취급을 받는 게 아니라는 건 알았는데, 그런 이유면 곰돌이가 불쌍하다.

곰돌이가 더럽혀져도 된다는 이유로 검은 게 아니지만, ……그래도 하얀 곰순이가 더럽혀지는 것보다는 좋은 건가?

곰순이 인형을 안은 플로라 공주가 그림책을 읽기 위해 테이블이 있는 장소로 이동했다.

"여기, 새로운 그림책이에요."

"곰님, 고마워요."

플로라 공주는 기뻐하며 그림책을 받아 의자에 앉더니 그림책을 읽기 시작했다. 그 뒤에 안쥬 씨가 자리를 옮겨 플로라 공주의 뒤에서 그림책을 훔쳐봤다.

안쥬 씨도 내용이 궁금한가 보네.

"엘레로라 님, 이 그림책은……?"

"그래, 물론 배포할 거니까 안심해도 돼."

"고맙습니다."

안쥬 씨는 기뻐했다. 플로라 공주는 천천히 그림책을 넘겼다. 안쥬 씨도 함께 읽고 싶은 듯했으나 우리에게 차를 내려주기 위해 잠시 자리를 비킨 후 비치된 도구로 차를 준비해줬다.

"고맙습니다."

나는 차를 마시며 잠시 쉬었다.

오늘도 국왕이 오는 건가? 병사가 달려가는 모습을 봤다.

차를 마시면서 그런 생각을 하고 있는데 플로라 공주가 슬퍼하는 표정을 지었다.

"곰님이랑 헤어져……."

팔랑.

페이지가 넘겨졌다.

"곰님!"

이번엔 기뻐했다.

곰이 등장했나?

그리고 전부 다 읽더니—.

"곰님은 작아질 수 있어?"

그 질문에 이 방에 있던 전원의 움직임이 멈췄고 바로 대답을 할 수 없었다.

보통의 어른이라면 곰이 작아지지 않는다는 것을 알고 있다.

피나나 노아 정도의 나이는 설명하면 이해해준다. 하지만 플로라 공주 정도의 나이면 어려울지도 모른다.

그거야 플로라 공주는 작아지는 곰에 관해 알고 있기 때문이다.

"플로라 님, 곰은 작아지지 않습니다."

안쥬 씨가 나 대신 설명을 해줬다.

"하지만, 곰님의 곰님은 작아졌어."

"그건……."

안쥬 씨는 곤란한 듯 나와 엘레로라 씨를 바라봤다. 플로라 공주는 소환수인 곰돌이와 진짜 곰을 똑같이 생각하고 있었다.

애초에 구별이 어렵기도 하고 설명을 할 수가 없다.

“플로라 님, 보통의 곰은 작아지지 않는답니다. 유나의 곰은 특별한 거예요. 그리고 그림책에 나오는 곰도 특별하죠.”

엘레로라 씨가 안쥬 씨를 대신해서 설명했다.

“특별?”

“네, 특별한 곰이에요. 그러니까 평범한 곰은 작아지지 않아요.”

하지만 플로라 공주는 고개를 갸웃거렸다.

설명이 어렵다.

이것은 이상한 인식을 심어준 나의 책임이다.

이 상황이 곰돌이와 곰순이의 존재를 알지 못하는 어린아이였다면 그림책 속에서만의 이야기로 끝이 나지만…… 플로라 공주는 곰돌이와 곰순이가 작아지는 것을 알고 있었다.

“곰님, 작아지지 않는 거야?”

플로라 공주는 곰순이 인형을 끌어안았다.

“제 곰이 특별한 거예요. 그래서 보통의 곰은 작아지지 않죠.”

한 번 더 부드럽게 설명을 해줬다.

플로라 공주는 이해한 듯하면서도 안 한 것 같은 미묘한 표정을 짓고 있었다.

설마 곰이 작아지는 것에 관해 질문을 해올 줄은 몰랐다.

만약 도망간 사람에 관해 물어봤다면 엘레로라 씨나 국왕에게 떠넘기려고 했었는데 이번 질문은 예상 밖이었다.

그리고 언제나처럼 한발 늦게 왕비님과 국왕이 찾아왔다. 오늘은 곧바로 일에서 빠져나올 수 없었던 모양이다.

플로라 공주가 읽고 있는 그림책을 보더니 감사 인사를 했다.

그리고 젤레프 씨와의 약속을 떠올려 플로라 공주와 다른 사람들에게 달걀찜을 내보이자 맛있게 먹어주었다.

268 곰 씨, 노아를 만나러 가다

플로라 공주에게 그림책을 전달한 나는 크리모니아로 돌아왔다. 자, 어떻게 할까?

노아와 슈리에게 곰 이동문에 관해 말을 할지 아직도 고민 중이다.

"그래서 어쩌면 좋을 것 같아?"

"그런 걸 물어보셔도 저는 잘 몰라요."

상담 역할로 피나를 집으로 불러 상담을 했더니 그런 대답이 돌아왔다.

차와 과자를 내주며 대접을 해주고 있으니 상담을 받아주면 좋겠는데. 아무리 그래도 「상담해주지 않으면 과자 안 줄 거야」라고는 말 못 하고 새로운 과자를 피나 앞에 놓아주었다.

"그런데 저와 슈리도 왕도에 가는 건가요?"

"엘레로라 씨가 두 사람에게 신세를 졌으니까 보답하고 싶대."

"저, 보답 받을 만한 일은 하지 않았는걸요."

"가게 안내랑 설명을 해줬잖아?"

"어머니 대신 조금만 했을 뿐이에요."

티루미나 씨는 긴장해서 의지할 수 없었기에 피나가 열심히 해줬을 거라는 건 상상이 간다.

"그다지 깊게 생각하지 않아도 돼. 정말로 평범하게 보답을 하고 싶은 것 같아. 아니면, 피나는 왕도에 가는 게 싫은 거야?"

"학원 축제라는 건 시아 님이랑 다른 학원 학생들이 하는 축제인 거잖아요?"

"그렇겠지. 나도 본 적은 없어서 잘은 모르지만, 학생들이 가게를 오픈하거나 공연을 한다고 들었어."

나는 원래 세계의 학원 축제도 경험한 적이 없다. 어디까지나 지식으로써 알고 있는 것뿐이다. 하물며 이세계의 학원 축제에 관해 알 리가 없었다.

"가보고 싶긴 하지만 저와 슈리가 가도 괜찮을까요? 유나 언니에게 폐가 돼버리는 건……."

그런 생각을 하고 있던 거야?

"폐 같은 거 생각하지도 않아. 오히려 와주지 않는 쪽이 곤란하다고 해야 하나……."

내 말에 피나는 의미를 모르겠다는 듯 고개를 갸웃거렸다.

"만일 피나를 데리고 가지 않으면 엘레로라 씨에게 「어째서 데리고 와주지 않은 거야?」라든가, 「정말로 제대로 물어본 것 맞아?」, 「이상한 말을 한 건 아니겠지?」라는 등의 싫은 소리를 들을 것 같거든."

뭐, 실제로는 그런 말을 하지 않겠지만 아쉬워하는 건 틀림없을 거다.

"으, 그런 말씀을 하시면 거절 못 하잖아요."

상냥하다, 착한 아이야.

"농담이야. 강요는 하지 않을 테니까 정말로 가고 싶지 않으면 말해줘. 엘레로라 씨에게는 적당히 둘러댈게."

정말로 싫다면 데려갈 생각은 없다.

나로서는 피나와 슈리가 학원 축제를 즐겨주길 바라는 마음이다. 억지로 오게 만든다면 즐길 것도 못 즐기게 될 테니까 말이다.

"정말로 민폐가 아니에요?"

"피나가 함께여서 폐가 된다는 생각은 한 번도 해 본 적 없어. 반대로 여러 곳에 데리고 다녀서 피나에게 폐를 끼친 건 아니야?"

"저도, 그런 생각은 한 적 없어요! 저, 유나 언니가 여러 곳에 데리고 가주시는 거 기뻐요."

"정말?"

"네, 첫 왕도도 그랬지만, 두 번째의 왕도, 바다와 다른 마을. 꿀벌 나무와 미사 님의 생일 파티. 긴장하거나 지치기도 했지만 다 지나고 보면 전부 재밌었어요."

피나의 얼굴을 보니 거짓말이 아니라는 걸 알 수 있다.

"고마워. 그렇게 말해주니 기뻐. 그러면, 이번에도 가는 건 문제 없지?"

"네, 학원 축제에 가보고 싶어요."

"그러면 같이 가자. 나도 피나가 없으면 쓸쓸할 거야."

머리를 쓰다듬고 싶었으나 맞은편에 앉아 있는 피나에게는 손이 닿질 않는다. 대신 미소를 보내주었다.

"그래도 이번엔 슈리도 같이 가는 거죠?"

"두 명 모두 데리고 와 달라고 엘레로라 씨에게 부탁을 받았거든. 그 전에 티루미나 씨와 겐츠 씨의 허락도 받아야 하겠지만 말이야."

"어머니는 허락해주실 것 같은데. 아버지가 허락해주실까요?"

피나는 항상 데리고 다니니까 괜찮을 것 같지만 슈리의 외박은 바다에 갔을 때 한 번뿐이었다.

하지만 나도 함께이기도 하고 일단 모험가로서 나름대로 강한 마물도 쓰러뜨려 왔기 때문에 겐츠 씨의 신용은 받고 있을 거다.

"그래서 피나의 생각으로는, 슈리에게 이동문에 관해서 얘기해도 될 것 같니?"

"그 아이는 약속은 지키니까 떠들고 다니진 않을 거예요. 그래도 슈리는 곰돌이와 곰순이랑 외출하는 편을 좋아할지도 모르죠."

그건 노아에게도 적용되는 말이다.

곰돌이와 곰순이를 좋아하는 노아가 함께 외출할 수 없다는 걸 알게 된다면 어떻게 생각할까?

결국, 피나에게 상담을 받긴 했지만 답은 나오지 않아서 노아에게 직접 물어보기로 했다.

"유나 님, 어서 오세요."

노아의 저택에 도착하자 라라 씨가 맞아주었다.

"클리프 씨랑 노아는 있나요? 엘레로라 씨에게 편지를 받았는데, 만날 수 있을까요?"

"두 분 말씀이신가요? 노아 님은 방에 계셔서 가능하지만, 클리프 님은 업무 중이실 거라서 여쭤보지 않는 이상 모르겠습니다. 확인해볼 테니 집 안에서 기다려주세요."

라라 씨에게 방으로 안내를 받아 기다리고 있는데 노아가 방으로 뛰어 들어왔다.

"유나 님?!"

방으로 들어오더니 미소 지으며 다가온다.

역시 새삼 얼굴을 봐도 자매라서 그런지 시아와 쏙 닮았네. 이대로 성장하면 엘레로라 씨처럼 되는 건가?

성격은 엘레로라 씨를 닮지 않기를 빌자. 노아는 이대로 올곧게 성장하길 바란다.

"유나 님, 왜 그러세요?"

가만히 노아의 얼굴을 바라보고 있으니 노아가 곤란한 표정을 짓고 있었다.

"아무것도 아니야. 노아가 귀엽다고 생각한 것뿐이야."

"저보다도 유나 님 쪽이 귀여워요!"

"고마워."

노아의 머리를 쓰다듬어 주자 노아는 그대로 내 옆에 앉는다.

"라라가 유나님이 어머님의 편지를 가지고 계신다고 하던데요?"

"노아에게, 라기보다는 클리프 씨 앞으로 보낸 거야. 시아가 학원 축제를 노아에게 보여주고 싶다고 해서 데리고 와 달라는 부탁을 받았거든."

"언니가……."

노아는 기뻐하는 표정이다.

노아와 시아, 두 사람은 피나와 슈리처럼 사이가 좋은 자매라서 보고 있는 것만으로도 마음이 누그러진다.

"그 허락을 클리프 씨에게 받기 위해 엘레로라 씨가 편지를 써 주셨어."

"그래서 노아는 어떻게 할래? 학원 축제에 가고 싶니?"

"무, 물론, 가고 싶어요!"

예상대로의 대답이다.

"그러면, 나머진 클리프 씨의 허락만 받으면 되네."

"꼭 아버님을 설득할게요."

노아는 강력하게 선언을 했다.

엘레로라 씨의 편지가 있기도 하고 나도 부탁을 해 볼 생각이긴 하다. 만일 내키지 않아 보이면 빚졌던 것을 갚게 할 거다. 여러 가지로 민폐를 끼치고 있어서 이미 다 깎여서 제로가 되어 있을 것 같긴 하지만, 조금은 남아 있겠지?

"이걸로 또 곰돌이랑 곰순이와 함께 외출할 수 있는 거네요."

기뻐하는 미소를 나에게 보냈다.

역시, 노아는 곰돌이와 곰순이를 타고 가고 싶은 모양이다.

"그렇게 곰돌이와 곰순이랑 같이 나가는 걸 기대하는 거야?"

"물론이죠! 이야기를 들은 것만으로도 벌써 기대돼서 어쩔 수가 없는걸요. 이번엔 곰돌이랑 곰순이를 독점하겠네요."

"이번엔 피나랑 슈리, 두 사람도 같이 갈 거라서 곰돌이와 곰순이를 독점하는 건 불가능해."

설령 두 사람이 없어도 한쪽은 내가 탈 거니까 독점은 할 수 없지.

"피나와 슈리도 함께요?!"

"엘레로라 씨에게 부탁을 받았거든. 두 사람이 같이 가도 되니?"

"당연하죠. 혼자 독차지를 할 수 없는 건 아쉽지만 두 사람이랑 왕도에 갈 수 있는 건 기뻐요."

"뭐가 기쁘지?"

클리프가 문을 통해 들어왔다.

"유나, 기다리게 했네."

"노아랑 이야기 나누고 있어서 괜찮았어요."

클리프는 피곤한 듯 내 앞의 소파에 앉았다.

피곤한가?

영주의 일도 힘들어 보인다.

"그래서, 유나가 엘레로라의 편지를 맡고 있다고 라라에게 들었는데."

곰 박스에서 엘레로라 씨에게서 받은 편지를 꺼내어 클리프에게 건넸다. 클리프는 받아들더니 편지로 눈을 옮겼다. 편지를 읽으면서 점점 눈이 치켜 올라가는 느낌이 드는데, 기분 탓인가?

"학원 축제라. 벌써, 그런 시기인 건가."

"아버님, 부탁드려요. 저, 학원 축제에 가고 싶어요. 유나 님이 호위해주실 거예요. 가면 안 돼요?"

노아는 진지한 표정으로 클리프에게 부탁을 했다.

"확실히, 왕도까지 무사히 데리고 가줄 수 있으니까 허락해주면 안 돼요?"

이동문을 이용하면 한순간이지만 곰돌이와 곰순이로도 안전하게 왕도로 갈 수 있다.

"호위에 관해서는 걱정하지 않아. 너만큼 노아를 지켜주는 모험가는 없어."

신용해주고 있구나.

그러면 어째서 왕도 이야기를 싫어하는 표정을 지은 거지?

"노아, 공부는 하고 있니?"

"네. 착실히 하고 있습니다."

클리프는 잠깐 생각에 잠겼다.

"뭔가, 걱정되는 거라도 있어요?"

클리프는 노아를 바라본다.

"저번에 국왕 탄신제 때 노아의 혼약에 관한 이야기가 몇 가지 들렸거든."

"제 혼약이요?!"

노아의 얼굴이 불안한 표정으로 바뀌었다.

그야 그렇다. 갑자기 혼약이라는 말을 듣는다면 누구든 동요할 거다.

"물론 전부 거절했지."

클리프의 말에 노아는 안도한 표정을 보인다.

나도 안도했다.

갑자기 혼약이라는 말이 나와서 놀랐다.

"그래도 혼약이라면 언니가 먼저잖아요?"

"시아는 내 뒤를 이을 거라서 데릴사위를 얻어야 해. 그러니 나와 엘레로라의 연줄이 필요한 자들이 노아를 노리지. 그런 녀석들에게 딸을 넘겨줄 생각은 없어."

아무래도 노아에게 다가오는 남자들이 있을까봐 걱정하고 있는 모양이다.

엘레로라 씨와 클리프와의 연줄을 가지려면 딸과의 결혼이 가장 좋다는 것은 귀족 사회에 관해 자세히 알지 못하는 나도 안다.

하지만 10살인데 그런 이야기가 나오다니 서둘러 얻어 놓으려는 심산인가. 이쪽 세계에서는 상식일지 모르지만 그다지 좋은 기분은 들지 않네.

"아버님, 걱정하지 않으셔도 돼요. 저, 아무와도 결혼하지 않을 거예요."

노아는 진지한 얼굴로 아버지인 클리프에게 단언했다.

"……노아, 그건 그거대로 곤란해."

"결혼한다면, 유나 님과 할 거예요."

"…………."

"…………."

클리프와 나의 눈이 동그래졌다.

잘못 들은 거겠지.

"노아, 나는 여자야."

어떤 부분이 작다고 해서 남자로 생각하는 건 아니지?

같이 목욕도 하고 했으니까 그럴 일은 없겠지.

나, 오늘 밤에는 눈물로 베개를 적실 거야.

"물론, 알고 있어요."

그렇지. 다행이다.

원래의 세계에도 동성끼리 결혼할 수 있는 나라가 있지만, 설마 이쪽 세계도 여자끼리 결혼할 수 있는 거야?!

경악스러운 사실이다.

"유나 님과 결혼하면 곰돌이와 곰순이랑 쭉 같이 있을 수 있잖아요."

내가 아니라 곰돌이랑 곰순이가 목적이구나. 노아답긴 하네. 헷

갈리게 만드는 말은 하지 않으면 좋겠다.

"알았어. 그러면 유나, 노아를 부탁할게."

"노아랑 결혼하라고요?!"

"아니! 여자끼리 가능할 리가 없잖아. 왕도까지의 호위를 말하는 거야. 이 모양이라면 이상한 남자가 다가가도 괜찮겠지. 그리고 유나, 학원 축제도 노아와 함께 행동해주는 거지?"

"그럴 생각이에요. 시아랑 엘레로라 씨가 같이 움직이겠다고 하면 떨어질 수도 있지만요."

"그러면 같이 있을 때만이라도 좋아. 노아에게 다가오는 자가 있으면 엘레로라가 준 포슈로제 가문의 문장을 상대에게 보여줘. 그걸 보고도 물러나지 않으면 조금은 따끔한 맛을 보여줘도 좋아."

"괜찮아요?"

"포슈로제 가문의 문장을 보였는데 물러서지 않는다면 상대방이 잘못한 거잖아."

"높은 사람이 나온다거나 하지 않는 거예요?"

"지금으로서는 없을 거야. 그런 일이 생긴다면 나나 엘레로라 쪽으로 직접 이야기가 올 거야."

확실히 클리프와 엘레로라 씨와 이야기를 할 수 있는 높은 사람이라면 먼저 클리프네 부부에게 말을 해두겠지.

즉, 노아에게 다가오면 문장인 나이프를 보여준 뒤에 그런데도 다가오는 자가 있다면 때려눕히면 되는 거네. 간단한 일이군.

우선 노아가 학원 축제에 가는 허가는 받았다. 아무리 그래도 갑자기 「부탁하지」라고 말해서 결혼을 말하는 건가 싶었잖아. 말을 확실하게 하지 않으면 오해를 산다고요.

노아한테도 클리프한테도 앞뒤를 자른 말 때문에 놀랐어.

269 곰 씨, 피나 자매를 학원 축제에 초대하다

이야기를 마치고 클리프가 눈자위를 눌렀다.

"설마, 피곤한 거예요?"

방에 들어왔을 때도 피곤한 느낌은 있었다. 많이 피곤해 보인다.

"어떤 사람 때문에 인구랑 유통량이 늘었거든, 그리고 그것과 세트로 내 업무가 늘었고 말이야."

"영주라는 건 힘든 일이네요."

"남 일처럼 말하네."

"영주님의 일이잖아요. 남 일이죠."

나와 영주의 일은 관계가 없다.

"확실히 영주의 일은 내 일이지. 하지만 그 일을 늘리고 있는 원인은 너잖아."

"제가 원인이라고요?"

어째서 클리프가 바쁜 게 내 탓이 되는 거지?

"……너 말이야, 자신이 한 일을 잊은 거야?"

"……?"

클리프가 어이없다는 표정으로 나를 바라봤다.

그런 얼굴로 쳐다봐도 내가 무슨 짓을 한 기억이 없는데. 생트집 잡는 것은 그만했으면 좋겠다.

"저기요, 유나 씨가 미릴러 마을의 터널을 발견하신 거 아닌가요?"

나는 탁, 하고 곰 인형 장갑을 낀 손으로 손뼉을 쳤다.

아아, 미릴러의 터널 건이구나.

나와는 상관없으니까 적당히 흘려 넘기려고 했는데, 전에 밀레느 씨와 만났을 때 다른 마을에서 상인들이 와서 바쁘다는 말을 했던 게 떠올랐다.

"드디어 기억이 났나보군."

응, 완전히 잊고 있었어.

미릴러 마을에 가더라도 곰 이동문을 사용하고 있어서 터널의 존재를 머릿속에서 지워버렸다.

곰 석상이 세워져서 머릿속에서 지워버렸다. 사람은 싫어하는 걸 본능적으로 잊기 마련이다.

"터널 덕분에 크리모니아랑 미릴러를 오가는 사람들이 늘기 시작했어. 바다를 보고 싶어 하는 사람들이 늘거나, 장사를 하려는 사람도 있지. 그래서 숙소가 모자라. 게다가 사람이 늘면 문제도 생기지. 경비하는 사람을 늘려서 경계를 서도록 하는데 그런데도 수가 부족해. 그것도 크리모니아, 미릴러 양쪽에서 말이야. 예상은 했었지만 생각보다 빨라."

듣고 있는 것만으로도 힘들어 보인다. 높은 사람은 되면 안 되겠네. 왕족이나 귀족으로 다시 태어나지 않아서 다행이다. 그런 걸로 태어났으면 자유롭게 놀지도 못했을 거야.

"그렇게 많이 늘었구나."

"예상했던 것 이상으로 늘고 있어."

티루미나 씨에게 그런 이야기를 들은 기억이 있지만 흘려들었다.

게다가 숙소에 묵고 있지 않아서 그 부분의 정보는 입수하지 못했다.

"힘들어 보이네요."

그래서 클리프는 피곤했던 거구나.

무사히 의문이 풀렸다.

"역시 남 일인가 보군."

"네? 남 일 맞는데요?"

원인은 나일지 모르지만. 사람이 오가는 건 나와는 상관없는 일이다. 그걸 관리하는 게 클리프의 역할이고 일이다. 일반인인 나와는 분명 상관이 없다.

"분명 그렇긴 하지만 네가 발견한 터널로 인해 이렇게 되었다고. 조금은 미안한 모습을 보여야지. 그것 때문에 딸이랑 함께 있는 시간도 줄고 있잖아."

즉, 노아와의 시간을 보내지 못해서 화를 내는 모양이군.

"그러면 터널을 막아버릴까요?"

농담으로 말해 봤다. 물론 할 생각은 없다. 그런 짓을 한다면 크리모니아에 해산물이 들어오지 못하게 될 테고, 안즈가 곤란해질 거다. 무엇보다 내가 곤란하다.

"하지 마. 그러면 나는 쓰러질 거야."

그렇게 단언을 해도 곤란한데.

아무래도 지금의 클리프에게는 농담은 통하지 않는 모양이다.

"유나 님, 안 돼요. 그런 짓을 하시면 바다에 갈 수 없게 돼요."

이쪽에도 농담을 진지하게 받아들이는 사람이 있었네.

"농담이야."

노아를 진정시켰다.

"뭐, 힘든 것도 인재가 자라날 때까지 참는 거지. 일을 맡길 수 있는 인재가 자라면 내 일도 줄겠지. 밀레느 녀석도 열심히 하는 모양이니 조만간 편해질 거야. 누군가가 이 이상 귀찮아지는 일을 가지고 오지 않는다면……."

누군가라는 건 나를 말하는 거겠지.

사람을 가는 곳마다 살인이 일어나는 탐정이나, 차례차례로 강적이 나타나는 배틀 애니메이션의 만화 주인공처럼 취급하지 말아줬으면 좋겠는데.

나는 신님 때문에 이세계로 오게 된, 인형 옷을 입은 어디에나 있을 법한 평범한 15살의 여자아이다.

내가 클리프에게 민폐를 끼친 건 미릴러의 터널 건과 마물 만 마리, 미사의 생일 파티 때에 귀족을 때려눕히러 가고 난 후의 처리, 그 정도였다.

……이 마을에 오고 나서 지낸 기간을 생각해보면, 어쩌면 많

은 건가?

"저기…… 무언가 도울 일은 있나요?"

조금 미안해져서 그렇게 물어봤다.

"아니, 괜찮아. 예상은 했지만, 그것보다 빨랐을 뿐이야. 나도 말이 심했어. 사과하지."

"그렇다면 다행인데. 무슨 일 있으면 말하세요. 할 수 있는 일이면 도울게요."

"노아를 학원 축제에 데리고 가주는 것만으로도 도움이 돼. 노아를 즐겁게 해줘."

"그건 물론이지만요."

도울 수 있는 건 없는 모양이다.

클리프는 눈자위를 재차 눌렀다. 상당히 지쳐있는 모양이다. 회복 마법을 써주고 싶지만 귀찮은 일이 일어나도 곤란하니. 무언가 해줄 수 있는 게…….

그렇지! 좋은 게 있었다.

"맞다. 클리프 씨에게 이걸 줄게요."

곰 박스에서 신성수의 찻잎을 꺼내어 조금 나눠서 클리프에게 선물했다.

"이건 뭐지?"

"피로를 풀어주는 차예요. 나중에 라라 씨에게 타 달라고 하세요."

"이상한 건 아니겠지."

의심스러운 듯 신성수의 찻잎을 받았다.

"제가 한 번이라도 클리프 씨에게 이상한 걸 준 적이 있어요?"

의심하다니 너무해.

클리프에게 이상한 것을 먹인 기억은 한 번도 없다.

……없을 거다.

……없겠지.

"확실히 그렇긴 하지. 트러블을 가지고 오지만 네 녀석이 가지고 오는 음식들은 전부 맛있었어. 의심해서 미안하네. 이건 고맙게 받도록 하지."

클리프는 조금 생각하더니 신성수의 찻잎을 받아 들었다.

"그러면 마시고 나서 다음에 감상을 들려주세요."

"뭐야. 너는 마신 적 없는 거야?"

"마셔봤어요. 그런데 피로가 풀리는 것을 실감하지 못해서 저 대신 감상을 물어보려고 한 거예요."

곰 인형 옷을 입고 있으면 기본적으로 달리거나 해도 지치지 않고, 흰 곰인 상태로 자면 아침에는 피로가 풀려 있으니까 차의 효과를 확인할 수 없었다.

일부러 인형 옷을 벗고 시험해볼 생각은 없다.

"유나 님, 저도 마셔보고 싶어요."

"딱히 상관없는데 맛은 평범한 차야."

"그러면 나중에 라라에게 타 달라고 하지. 나는 일하러 돌아갈

게. 노아를 부탁하마."

클리프는 찻잎을 가지고 방에서 나갔다.

"노아, 학원 축제에 갈 수 있게 돼서 다행이네."

"네! 이것도 유나 님의 덕분이에요. 그래서 언제 출발하는 거예요?"

그게 가장 문제였다.

"으음, 그것에 관해서 말인데. 조금 상담하고 싶은 게 있으니까 내일 우리 집으로 와줄래?"

"……유나 님의 집이요? 네, 상관없지만, 왜 그러세요?"

"피나랑 슈리도 간다는 건 말했지?"

"네."

"그래서 세 명에게 해두고 싶은 말이 있어."

노아 이외의 사람이 있는 곳에서 곰 이동문에 관한 이야기는 할 수 없으니까.

"말이요? 알겠어요. 내일 유나 님의 집으로 찾아갈게요."

"고마워. 그러면 내일, 점심을 같이 먹으면서 얘기하자."

노아네 집을 뒤로한 나는 한 번 곰 하우스로 돌아가 겐츠 씨가 일을 마칠 시간을 계산한 뒤 피나의 집으로 갔다.

물론 두 사람을 왕도로 데리고 가는 것을 설명하기 위함이다.

피나와 슈리를 위해서라도 겐츠 씨와 티루미나 씨를 이해시켜야 한다. 그러기 위한 재료로 「제가 지킬 테니 안심하세요」, 「일단은 랭크 C인 모험가잖아요」, 「블랙바이퍼를 쓰러뜨렸으니 마물에게 습격을 당해도 걱정 없어요」, 「만약 공격을 당해도 곰돌이와 곰순이가 있으니까 도망칠 수 있어요」 등 여러 가지 설득의 말을 준비했다.

기합을 넣고 피나의 집으로 갔다.

"유나가 함께라면 괜찮아."

"유나가 같이 가는 거면 안심할 수 있겠네."

"……."

열렸던 입이 닫히지 않는다.

이렇게 간단히 허락이 떨어질 줄은 몰랐다.

겐츠 씨와 티루미나 씨의 말에 슈리는 기뻐했고, 피나도 기뻐하는 듯했다.

"괜찮아요?"

"그래, 피나가 왕도에 갔을 때도 슈리는 크리모니아에서 참고 있었으니까. 만약 피나와 슈리, 두 사람끼리만 가는 거라면 말릴 거야. 그런데 유나가 함께라면 안심하고 맡길 수 있어."

신뢰해주고 있다. 그렇게 생각하니 기쁘다.

"게다가 엘레로라 님의 초대를 거절할 수도 없잖니."

"딱히 거절해도 엘레로라 씨는……."

화내진 않겠지만, 슬퍼하려나?

"저번에 만나 뵀는데, 엘레로라 씨는 화를 내시거나 하진 않으시겠지. 그렇다고 해서 귀족님의 초대를 거절해도 되는 건 아니야."

"엘레로라 씨는 상냥한 분이야. ……휘둘리긴 해도."

확실히 피나는 내가 골렘 퇴치를 하는 동안 이곳저곳에 끌려다니거나, 옷 갈아입히기 인형처럼 됐었다는 이야기를 들었던가. 피나가 옷을 갈아입은 모습은 보고 싶었는데 내가 당한다고 생각하면 몸이 떨린다.

"게다가 우리랑 같이 왕도에 다녀오는 건 어렵잖아. 피나도 그렇지만 슈리에게도 좋은 경험이 될 거라고 생각해. 다만, 두 사람이 엘레로라 님에게 민폐를 끼치진 않을지 걱정이 되네."

"나, 폐 안 끼쳐."

"저도요."

슈리는 볼을 부풀렸다.

피나도 부정한다.

예전엔 귀족이라는 것만으로도 몸을 떨던 피나가 그립다.

성장했구나. 언니는 조금 쓸쓸하네.

"후훗, 둘 다 착한 아이라는 건 알고 있어. 그래도 부모로서는 걱정이란다."

티루미나 씨는 옆에 앉은 슈리의 머리를 쓰다듬었다.

"그래도 유나에게는 민폐가 되진 않고?"

"피나와 슈리는 응석을 부리지 않아서 괜찮아요."

"안 부려~."

"저도 안 그래요."

"후훗, 그러면 유나, 두 사람을 잘 부탁할게."

무사히 피나와 슈리의 왕도행의 허락이 떨어졌다. 돌아가려고 했지만 티루미나 씨가 저녁 식사를 권해서 티루미나 씨가 만든 요리를 감사히 먹기로 했다.

돌아갈 때 피나와 슈리에게 내일 집으로 오도록 말해두었다.

270 곰 씨, 왕도로 가는 방법에 관해 의논하다

다음 날, 이른 아침에 집으로 찾아온 피나와 함께 점심 준비를 하면서 노아를 기다리고 있었다. 슈리는 꼬맹이화 된 곰돌이와 곰순이랑 같이 놀고 있다.

"유나 언니, 그릇은 다 두었어요."

"고마워. 그러면 차 준비를 부탁할게."

"슈리, 슬슬 노아 님이 오실 거니까 곰돌이와 곰순이랑 노는 것도 정리하자."

"응, 곰돌이, 곰순이, 다음에 또 놀자."

그런 이야기가 뒤에서 들려온다.

그리고 점심 준비가 다 끝날 무렵 노아가 찾아왔다.

"기다리고 있었어."

"혹시, 지각한 거예요?"

피나와 슈리 두 사람이 식사 준비를 하는 모습을 보고 노아가 그렇게 물어왔다.

"시간 맞춰 왔어. 두 사람은 빨리 와줘서 점심 준비를 도와주고 있던 거야."

"그랬구나. 그렇다면 저도 빨리 왔으면 좋았겠네요."

"신경 쓰지 마. 자, 점심이라도 먹으면서 얘기 나눌까."

오늘의 점심은 쌀을 사용한 요리로, 볶음밥에 수프와 샐러드를 준비했다.

각자가 자리에 앉자 꼬맹이화 한 곰돌이와 곰순이는 내 옆에서 몸을 동그랗게 말았다.

"그래서, 출발하는 날짜를 정한다고 했죠?"

볶음밥을 먹으면서 노아가 물어왔다.

"그렇긴 한데, 그것보다 우선 노아랑 슈리, 둘 다 잠깐 괜찮을까?"

"네."

"왜 그래?"

두 사람은 스푼을 들은 채로 내 쪽을 바라봤다.

"두 사람은 곰돌이와 곰순이랑 같이 외출하고 싶은 거지?"

"네!"

"응!"

두 사람은 망설임 없이 대답했다.

역시 그렇겠지.

"온종일 곰돌이와 곰순이랑 같이 있을 수 있다고 생각하니 행복해요."

"맞아."

노아의 말에 슈리가 고개를 끄덕인다.

이 두 사람 쪽이 자매인 게 아닌가 싶을 정도로 호흡이 잘 맞지 않아?

물론 피나도 곰돌이와 곰순이를 좋아한다는 걸 알고 있다. 소환하면 기뻐하며 쓰다듬는다.

"그리고 왕도까지 곰돌이와 곰순이랑 같이 갈 수 있다고 생각하니까 기뻐요."

"얼른 곰순이 등에 타고 싶어."

두 사람은 진작에 곰 모드로 들어가 있었다.

이동문을 사용하면 한순간에 갈 수 있어서 곰순이와 곰돌이를 타고 가는 건 시간을 헛되이 보내는 기분도 들지만, 곰 이동문에 관해서는 비밀로 한 채 곰돌이와 곰순이를 타고 왕도까지 가는 편이 나으려나?

"유나 님, 왜 그러세요?"

스푼을 입에 물고 생각에 잠겨 있는데 노아가 물어온다.

"응? 잠깐 생각 좀 했어. 한 번에 왕도까지 갈 수 있으면 좋겠다 싶어서."

"한 번에요? 만약 그런 게 가능하다면 언제든지 어머님을 만나러 갈 수 있겠네요."

곰 이동문을 이용하면 간단하게 엘레로라 씨가 있는 왕도로 갈 수 있지, 라고는 말하지 못하고 말을 삼킨다.

비밀을 말할 타이밍이라는 건 참 어렵네.

피나에게 말할 때는 알고 있을 거라고 생각해서 말해버렸지만, 새삼 곰 이동문에 관해 말하려고 하니 좀처럼 하기 어렵다.

"만일 그런 게 가능하다면 노아랑 슈리라면 어떨 것 같아? 그래도 곰돌이와 곰순이랑 같이 가고 싶어?"

"곰돌이, 곰순이랑 가고 싶어!"

슈리는 즉답했다.

"그런 방법이 있다면 좋겠지만 저도 곰돌이와 곰순이랑 같이 가고 싶어요."

슈리는 곰을, 노아는 반반이라는 건가?

"그런데 어째서 그런 질문을 하시는 거예요?"

"참고삼아 물어보는 거야."

두 사람의 마음은 알았다. 곰 이동문을 사용하는 것보다는 곰돌이와 곰순이와의 여행을 하는 편이 좋을 것 같다.

"유나 언니, 왕도로 가는 건 곰돌이와 곰순이로 이동하면 어때요? 돌아오는 길엔, 그, 사용해서 돌아오면……."

피나가 곰 이동문에 관해 어물쩍 넘기면서 제안했다.

확실히 그렇긴 하네.

두 사람은 곰돌이와 곰순이랑 같이 가는 것을 기대하고 있었다.

그런 거라면 갈 때는 곰돌이와 곰순이를. 돌아오는 길엔 곰 이동문을 사용하는 게 좋을지도 모른다.

장거리 이동과 학원 축제니까 돌아갈 때는 피곤하겠지. 이동문은 그때 사용하면 된다.

피나의 아이디어에 찬성했다.

"피나는 무슨 말을 하는 거야?"

"그게, 아무것도 아니에요."

피나는 나와의 약속을 지키고 곰 이동문에 관해서는 발설하지 않았다.

노아는 의심하려 들지도 않고 볶음밥을 입으로 옮겼다.

"그러면 다 같이 사이좋게 곰돌이와 곰순이랑 같이 왕도로 갈까."

학원 축제가 열리는 날보다 여유를 가지고 며칠 전에 도착할 수 있도록 예정을 세운 뒤 출발하기로 했다.

세 사람이 기뻐해 주는 것이 제일이다. 이번엔 그게 목적이기도 하고…….

곰 이동문에 관해서는 피나가 말한 대로 돌아가는 길에 알려줘도 된다. 무슨 일이건 타이밍이 제일 중요하다.

호평을 받은 볶음밥을 다 먹고 디저트로 푸딩을 내주었다.

그리고 세 사람은 해가 저물 때까지 꼬맹이화 된 곰돌이와 곰순이랑 놀았다.

놀다 지친 세 사람은 마지막엔 곰돌이와 곰순이를 껴안고 잠들어 있었다.

다음 날, 나는 학원 축제에 가기 위해 준비를 했다.

어린이가 세 명이나 있다. 놀 거리도 필요하다.

오셀로도 있지만 그건 너무 긴 시간 동안 하면 질려버린다. 그러니 여행할 때의 놀 거리 중 제일 무난한 트럼프 카드를 준비하기로 했다.

시간이 있을 때 틈틈이 만든 트럼프 카드.

킹, 퀸, 잭의 그림은 2등신 캐릭터인 미니 곰으로 되어 있다.

킹은 왕관을 썼고, 퀸은 여왕처럼 보이게 그렸으며, 잭은 검을 가지고 있다. 물론 조커도 곰이다.

뒷면의 그림은 아이들이 좋아할 만한 미니 곰을 그리려고 했으나 지금은 백지인 그대로이다. 아무래도 54장이나 똑같은 걸 그릴 수는 없어서 인쇄를 하고 싶다.

게다가 모처럼 그린 트럼프 카드가 찢어지거나 없어진다면 그림을 그린 수고가 물거품이 되어버릴 거다.

그래서 트럼프 카드의 그림을 크리모니아에서도 복사할 수 있는지 확인하기 위해 상업 길드로 향했다.

상업 길드의 근처로 가자 클리프가 말한 대로 다른 마을에서 온 상인들이 많았다.

어째서 다른 마을의 상인들이라는 걸 알았냐고?

그거야, 크리모니아의 상인들은 나를 한 번만 봐도 익숙해진 건지 금방 눈을 피한다. 하지만 나에 관해 모르는 상인들은 내게로 시선을 보낸 뒤 이상한 눈초리로 바라보기 때문이다.

이전에 상업 길드마스터인 밀레느 씨에게 들은 이야기로는, 이 마을에 사는 상인 중에 나에 관해 모르는 사람은 거의 없다고 했다.

블랙 바이퍼의 소재 때 곰이 쓰러뜨렸다는 소문이 난 것과, 나아가 곰이 가게를 냈다며 화제가 되기도 했고 이미 달걀에 관해서도 퍼져있었다.

그래서 이 마을의 상인들은 나의 존재를 이상하게 쳐다보거나 하지는 않는다. 그래서 이상한 눈으로 나를 보는 건 다른 마을에서 온 상인인 것이다.

참고로 이 마을의 상인들도 알지 못하는 게 있다. 『곰』으로 통하기 때문에 내 이름을 알지 못한다고 한다.

실례란 말이지.

상업 길드 안으로 들어가서 접수대를 확인했다.

몇 명의 접수대 아가씨가 앉아 있지만 밀레느 씨의 모습은 보이지 않았다. 아무래도 바쁜 와중에 길드마스터인 밀레느 씨가 접수대에서 놀고 있는 일은 없는 모양이다. 접수대에는 벌꿀 사건 때 신세를 졌던 리아나 씨가 있었지만 손님 응대를 하고 있었다. 리아나 씨와 눈이 마주쳐서 고개를 숙이고 인사만 해뒀다.

어느 접수대도 몇 명의 상인들이 순서를 기다리고 있었다.

으음, 기다리는 것도 귀찮으니까 내일 다시 와야 하나?

그렇게 생각하고 상업 길드를 나서려는데 리아나 씨에게 저지당했다.

"유나 씨!"

뒤돌아보자 대응을 하고 있던 고객이 끝이 난 모양이다. 하지만 순서로 봤을 때 내 순서는 아니었다.

"오늘은 어쩐 일이세요?"

"잠시, 밀레느 씨와 상담할 게 있어서요."

주변을 봤다. 사람이 많이 있었다.

"밀레느 씨를 만날 수 있을까요?"

"길드마스터는 지금 일을 하는 중이라 만나실 수 없으세요. 혹시 저라도 괜찮으시다면 이야기를 들을게요."

"괜찮아요? 다른 사람의 순서도 있는데."

"괜찮아요. 다른 사람이 대신할 거니까요."

간단하게 말하는데 괜찮은 거야?

리아나 씨가 안에 있는 직원에게 말을 하자 리아나 씨를 대신해서 직원이 접수를 이어받는다.

"그러면 이쪽에서 이야기를 들을게요."

나는 다른 방으로 옮겨졌다.

우대를 받는 기분이 드는데, 괜찮나?

그 점에 관해 물어보자.

"어느 길드여도 그렇겠지만 길드에 공헌을 하고 있는 사람은 우대를 받아요. 마을의 중요한 사람이라면 더욱더 그렇고요. 기다리게 해서 화를 내신다면 큰일이니까요."

"저는 딱히 화내거나 하지 않는데요."

"알고 있죠. 그래도 그만큼 유나 씨가 상업 길드에서는 중요한 분이라는 거예요."

"제가, 그런 입장이라고요?"

"마물 소재는 물론이고, 가게를 세우시거나 달걀의 유통, 무엇보다도 미릴러 터널의 공헌이 크죠. 그 덕분에 상업 길드는 꽤 많은 이익을 얻고 있답니다. 그렇게 길드에 공헌하고 계시는 유나 씨를 기다리게 만들 수는 없죠."

그런 말을 들으니 높은 사람이 된 것 같은 기분이 드네. 가게는 모린 씨와 안즈 덕분이다. 달걀은 고아원 아이들이 열심히 하고 있다. 그것을 서포트 해주고 있는 티루미나 씨와 다른 어른들. 터널은 구멍을 파기만 했을 뿐이다. 깔끔하게 길을 정리하거나 터널에 빛의 마석을 달고 통행이 가능하도록 한 것은 클리프이다.

그렇게 생각하니 내가 한 것은 마물의 소재와 터널을 판 것뿐인가. 그것도 곰 장비 덕분이고…….

으음, 그런 내가 우대를 받아도 되는 건가?

그래도 곰 장비는 내 힘이기도 하고 가게도 오너와 같은 입장이니까 괜찮다고 해석하자.

"그래서, 상담이라는 건 어떤 거죠?"

"종이에 인쇄를 할 수 있는 곳을 알려주면 좋겠는데요."

"인쇄요?"

"이거랑 같은 걸 만들고 싶어서요. 어디에 부탁하면 되죠?"

곰 박스에서 트럼프 카드를 꺼냈다.

"카드 게임인가요?"

곰 트럼프 카드를 보고 리아나 씨가 물었다.

이 세계에도 카드 게임 같은 게 있는 모양이다.

다음에 알아보는 것도 괜찮을지도…….

"네, 이거랑 같은 걸 만들고 싶어요. 가능한 곳이 있나요?"

"네, 있어요. 일단 맡은 다음 상업 길드에서 부탁해볼까요?"

그러면 도움이 된다.

나는 트럼프 카드를 설명했다.

백지로 되어 있는 뒷면에는 따로 준비한 곰 그림을 인쇄해주면 좋겠다고 전했다.

"대금은 얼마라도 상관없지만, 재질은 찢어지지 않고 단단한 종이로 부탁할게요. 그리고 같은 걸 100세트 부탁해요."

"100세트요?!"

"그렇게 필요하진 않겠지만 필요해졌을 때 또 부탁하는 건 귀찮잖아요."

고아원의 인원수를 생각하면 10세트는 필요할 테고 트럼프 카드는 소모품이다. 예비로 몇 개 있어도 문제 될 건 없다.

"알겠습니다. 유나 씨가 괜찮다고 하신다면 그 수량으로 발주를 넣을게요."

"시간은 얼마나 걸릴 것 같아요? 이번에 왕도로 가야 해서 그때까지는 받고 싶은데."

리아나 씨에게 출발 일정을 알려줬다.

"알겠습니다. 그때까지는 만들 수 있도록 하겠습니다."

"부탁드릴게요."

"그건 그렇고 귀여운 곰 그림이네요."

리아나 씨는 내가 그린 트럼프 카드를 봤다.

"혹시 이걸 판매하시게 된다면 말씀해주세요. 상업 길드가 도울 수 있도록 할게요."

"만약 그렇게 된다면 부탁할게요."

"완성되면 유나 씨 집으로 보내드리겠습니다."

무사히 트럼프 카드 이야기가 끝나서 상업 길드를 뒤로했다.

271 곰 씨, 신성수의 효과를 알게 되다

트럼프 카드의 발주를 마친 며칠 후 곰 하우스에서 곰돌이, 곰순이와 놀아주고 있는데 노아네 집 메이드인 라라 씨가 찾아왔다.

"유나 님, 바쁘신데 죄송합니다."

라라 씨는 고개를 숙였다.

"괜찮아요. 그래서, 오늘은 무슨 일이에요? 노아라면 안 왔는데."

가끔 노아가 집으로 놀러 오는 일이 있어서 라라 씨가 데리러 온 적이 있었다. 하지만 오늘은 노아가 오지 않았다.

"아뇨, 오늘은 느와르 님에 관한 게 아니라 저번에 클리프 님이 받으신 찻잎에 관해 여쭤보고 싶은 게 있어서 왔습니다."

"아아, 찻잎이요. 혹시 컨디션이 나빠진 거예요?"

라라 씨, 어쩐지 말을 꺼내기 어려운 모습인데 그런 건 아니겠지.

"아뇨, 컨디션이 나빠지진 않았습니다. 클리프 님도 처음엔 반신반의하시면서 마시기 시작했는데, 지금은 맛있게 드시고 계세요."

틀린 모양이다.

그렇다면 왜 말을 꺼내기 어려운 모습인 거지.

"차가 맛있다면 라라 씨의 차 내리는 솜씨가 좋았던 거겠죠."

"고맙습니다. 그렇지만 맛있는 건 유나 님이 가지고 와주신 찻잎이 좋아서 그런 거예요."

"마음에 든 모양이라 다행이네요. 그래서, 클리프 씨의 몸 상태는 어때요? 일단 피로가 풀리는 차라고 듣긴 했는데."

신성수의 차를 마신 클리프의 상태가 알고 싶다.

"유나 님께 받은 차를 마시게 되신 클리프 님의 몸 상태는 좋아지셨습니다. 지금은 아침, 점심, 저녁으로 마시고 계시고 활기차게 일하고 계십니다."

"그렇게나 많이요?"

"네. 평소라면 아침에 일어나셔도 피로가 덜 풀린 모습이었습니다만, 요 며칠 동안엔 눈도 잘 뜨시고 하루 업무가 순조롭다고 말씀하셨습니다."

이야기를 들어보면 에너지 드링크와 같은 효과인 건가.

그래도 잠을 잘 자는 점은 에너지 드링크의 효과와는 다른 것 같은데?

나는 마신 적 없지만 에너지 드링크에서는 피로를 풀어주는 것과, 만화가가 졸음을 쫓고 밤샘으로 만화를 그리는 이미지가 떠오른다.

하지만 클리프는 잘 자는 모양이다.

"그래서 똑같이 피곤해하셨던 클리프 님의 보좌역인 론드 씨도 마셨는데, 이쪽도 건강해지셨어요."

"효과가 있는 모양이라 다행이네요."

이것으로 신성수 찻잎의 효과는 증명되었군.

그러나 나에게는 흰 곰 옷이 있어서 의미가 없었다.

"……그래서, 유나 님에게 받은 찻잎 말인데요……, 다 떨어져 버려서, 찻잎을 더 나눠주실 수 있으신지 여쭤보러 온 것입니다. 물론 돈을 지불할 건데 조금 나눠주실 수 있으신가요."

찻잎을 더 받으러 온 모양이군. 그래서 말하는 게 힘들었나보다.

그런데, 찻잎이라. 아직 많이 있으니까 줘도 상관은 없지만 많이 마셔도 괜찮은 건가?

에너지 드링크와 비슷한 것이라면 과음은 좋지 않을 것 같다. 엘프는 자주 마신다고 했는데, 몸에 안 좋은 일이 생겼다는 이야기는 듣지 못했다.

다만, 종족이 다르기도 하고 하루에 마시는 양을 정확하게 물어본 건 아니었다.

어쩌면 좋지?

"줄 수는 있는데, 과음에는 주의하시는 편이 좋을 거예요."

"몸에 좋지 않나요?"

라라 씨가 불안한 얼굴을 해서 당황하며 고개를 가로로 저었다.

"몇 년이나 마시고 있는 사람이 있으니까 괜찮을 거예요. 단지, 과음은 좋지 않을 것 같아서요."

부작용은 없을 거다. 곰 관찰안을 사용해서 봐도 피로 해소와 마력 회복이라고만 적혀 있다. 그러니 위험한 것은 아니라고 단언할 수 있다. 하지만 과음에는 주의해야 한다.

예를 들어, 설탕과 소금을 대량으로 섭취하면 몸에 나쁘다는 것은 알고 있다. 하지만 하나하나 주의하라는 글귀는 적혀 있지 않다. 술도 그렇다. 소량이라면 몸에 좋다고 하지만 많이 마시면 몸에 좋지 않다.

신성수의 찻잎도 똑같을 가능성이 있다. 무엇이든 균형 있게 먹고 마시는 편이 좋을 것이다.

“무엇이든 균형이 중요하잖아요. 게다가 정말로 몸의 피로를 풀 거면 찻잎의 힘을 빌리지 말고 몸을 쉬게 하는 게 가장 좋죠.”

“네, 그건 맞는 말씀입니다.”

“하루 1회라고 약속하실 수 있으면 드릴게요.”

“알겠습니다. 약속할게요. 클리프 님께는 그렇게 전하도록 하겠습니다.”

라라 씨와 약속을 하고 신성수의 찻잎을 건넸다.

“몇 번이나 말하지만, 적당히 드셔야 해요.”

“네, 알겠습니다.”

라라 씨가 머리를 숙인 후 저택으로 돌아갔다.

클리프 덕분에 신성수 찻잎의 효과는 증명됐는데 많이 마시면 어떻게 되려나.

이건 가게에서 팔지 않는 편이 좋겠어. 효과를 알게 된 사람들이 많이 와도 곤란하니까.

그런 후 왕도로 출발하기 전까지 곰돌이와 곰순이랑 놀거나, 피나와 슈리랑 놀거나, 가끔은 노아가 와서 놀았다.

바로 전날에는 솜사탕 기계를 새롭게 만들어서 고아원 아이들에게 솜사탕을 만들어주었다.

"유나 언니, 이 구름, 맛있어."

"폭신폭신해."

"녹으면 끈적끈적해지니까 조심해야 해."

"입안에서 녹아."

"달아서 맛있어."

고아원 아이들이 맛있게 먹는 모습을 보니 학원 축제에서도 성공할 거라고 확신했다.

그런 느낌으로 며칠을 보내고 오늘은 보통 사이즈인 곰돌이의 배에서 낮잠을 자고 있었다. 그러자 곰돌이가 팔을 뻗어 깨우려고 했다.

"조금만 더 자게 해줘."

곰돌이의 커다란 팔을 끌어안는다.

끌어안는 베개네.

하지만 곰돌이는 포기하지 않고 다른 한 쪽의 팔로 나를 깨우려고 했다.

"왜 그래?"

곰돌이에게 묻자 밖에서 나를 부르는 목소리가 들렸다.

"으~음, 누구야?"

작게 하품을 한 후 곰돌이의 배에서 떨어졌다.

조금 더 자고 싶었다.

눈을 비비며 밖을 확인하니 상업 길드의 리아나 씨가 있었다.

"유나 님, 부탁받았던 물건이 완성돼서 가지고 왔습니다."

"리아나 씨, 고마워요. 후암~."

작게 하품을 한다.

"혹시, 주무시고 계신 걸 깨운 건가요?"

"신경 쓰지 말아요. 할 게 아무것도 없어서 자고 있었을 뿐이에요."

시간이 남아서 곰돌이와 곰순이를 소환하고 놀았더니 졸렸던 것뿐이다. 쓸모없는 인간이 되어 가고 있다.

"그렇다면 다행이지만……."

"그래서, 트럼프 카드가 완성됐다는 게 정말인가요?"

"네, 여기요."

리아나 씨는 아이템 봉투에서 작은 나무 상자를 꺼냈다.

내가 나무 상자를 받아 들고 뚜껑을 열자 안에는 트럼프 카드가 들어있었다.

곰이 확실하게 인쇄되어 있다. 상자에서 트럼프 카드를 꺼내 확인했다.

오오, 제대로 만들어졌다.

"어떠신가요?"

"응, 고마워요. 생각했던 것보다도 잘 만들어졌어요."

만져 보니 단단한 종이가 사용되었다. 이거라면 쉽게 찢어지지 않겠지.

"그렇게 말씀해주시니 기쁘네요."

"리아나 씨, 고마워요."

다시 감사 인사를 했다.

"아뇨, 일이니까 신경 쓰지 않으셔도 돼요."

집 앞에서 이야기하는 것도 조금 그래서 리아나 씨를 곰 하우스 안으로 초대했다.

"오늘 일은 괜찮아요?"

미릴러 마을의 건으로 상업 길드는 바쁠 거다.

그러니 가져다주는 것은 업체 사람이나 손이 비는 길드 직원이 올 거라고 생각했다.

"괜찮아요. 오늘은 휴무라서요."

"휴무인데 가지고 와준 거예요?"

"다른 사람에게 부탁할 수가 없었거든요."

왠지 여러 가지로 폐를 끼쳐 버린 것 같다.

"그래도, 소문으로만 들었던 유나 님의 집에 들어올 수 있었는걸요. 그것만으로도 충분해요."

"소문이라니……."

"모두 이 곰 형태를 한 집을 흥미로워하고 있거든요."

"안은 평범한 집인데요."

냉장고에서 음료를 꺼냈다.

일이 쉬는 날인데 전해주러 왔으니 차 정도 내줘야지.

리아나 씨를 의자에 앉히고 나도 맞은편 의자에 앉는다.

의자에 앉자 리아나 씨는 테이블 위에 나머지 트럼프 카드를 꺼냈다. 100개쯤 되니 꽤 많은 양이었다.

"대금은 얼마 정도인가요?"

"네, 이쪽이 명세서입니다."

인쇄비와 종이 대금이 적혀 있었다.

"음? 나무 상자의 대금은요?"

케이스에 관해서는 잊고 있어서 부탁하지 않았는데 흩어지지 않도록 하기 위해 필요하다. 이건 리아나 씨가 챙겨줘서 고마웠다.

"그건 서비스예요."

"그러면 미안하잖아요. 확실하게 계산해야죠."

"그 대신이라고 말하기 뭐하지만, 이 카드는 어떻게 가지고 노는지 알려주실 수 있으신가요?"

"노는 방법이요?"

"네, 상업 길드에서 일하는 사람으로서 매우 궁금해서요. 당연히 다른 사람에게는 말하지 않겠습니다."

게임이라고 하면 궁금해지는 건 어쩔 수 없겠지.

나도 게임이라는 말을 들으면 어떤 게임인지 궁금해진다.

"딱히 상관은 없어요. 아니면 놀다 가실래요?"

"괜찮은가요?"

"괜찮아요. 오늘은 아무것도 할 게 없거든요."

할 일이 없어서 곰돌이를 끌어안는 베개로 쓰며 자고 있었다.

"감사합니다."

나는 트럼프 카드가 든 나무 상자를 하나 남기고 전부 곰 박스에 담았다.

인터넷에서 트럼프 카드 게임을 했던 적은 있지만 실제 카드로는 초등학교 이후 처음 하는 거였다.

나무 상자에서 트럼프 카드를 꺼내고 테이블 위에 카드를 나열했다.

"봤으니까 알겠지만, 카드는 전부 다 해서 54장이에요. 그리고 이 2장은 특수한 카드죠."

테이블 위에 불, 물, 바람, 흙의 문양에 맞춰 숫자 순서대로 나열하고 조커 2장을 옆에 두었다.

"가지고 노는 방법은 여러 가지가 있는데 기본적인 것만 알려드릴게요."

나는 카드를 일단 모은 뒤 카드를 섞었다.

그리고 모든 카드를 뒤돌려 놓았다.

우선은 그림 맞추기부터…….

"기억력을 겨루는 게임에요. 서로 카드를 뒤집어서 같은 번호가 나오면 자신의 것이 되는 거예요. 마지막에 가지고 있는 카드가 많은 사람이 이기는 거죠."

"그렇군요. 자신의 카드만이 아니라 상대가 넘긴 카드도 기억해야겠네요."

"참고로 맞추게 되면 이어서 넘길 수 있어요."

시험 삼아 게임을 해봤는데 리아나 씨는 기억력이 좋아서 처음인데도 불구하고 좋은 승부가 되었다.

"꽤 어렵네요. 그래도 아이들의 기억력 성장에 도움이 될 것 같아요."

다음으로 7늘어놓기[#1]를 알려줬다. 이것은 간단한 전략 게임이다.

"그렇게 되면 『A(에이스)』와 『K(킹)』을 가지고 있으면 불리하겠네요."

"뭐 그 부분은 운에 따르지만요. 얼마나 자신의 카드를 내기 쉽게 만드는지가 승부의 관건이죠."

다음으로 도둑 잡기. 이것도 7늘어놓기와 똑같이 둘이서 하면 재미없는 게임이지만 설명을 해줬다.

"과연, 마지막에 이 조커라는 카드를 가진 사람이 지는 건가요."

"조커를 가지고 있는지, 가지고 있지 않은지를 들키지 않아야 하는 게임이에요."

포커페이스라는 것이다.

뭐, 포커와는 달라서 그 정도로 중요하지는 않지만 감정을 드러

#1 7늘어놓기 각 문양의 7을 중심으로 두고 같은 문양의 이어지는 숫자를 순서대로 나열하여, 먼저 카드를 없애면 승리하는 게임.

내지 않는 편이 좋다.

내 경우, 곰 후드를 깊게 눌러쓰는 방법이 있어서 필요 없었다.

마지막으로 대부호 게임[#2]을 알려주었다.

"이건, 조금 어렵네요."

"옆 사람의 카드와 자신의 카드에 따라 승부가 좌우되니까요."

게임의 방법을 알려주는 건 여기까지 하기로 했다.

포커와 블랙잭은 룰이 성가시기도 하고 도박의 이미지가 있었다.

"유나 님, 다른 것도 있나요?"

"있긴 하지만 룰이 복잡할 거예요."

"그렇군요. 이 카드에는 여러 가지로 노는 방법이 있네요."

"두 명부터 복수의 인원까지 같이 놀 수 있어요."

리아나 씨가 트럼프 카드를 보고 생각하기 시작했다.

"이쪽을 판매하려고 한다면 게임하는 방법을 적은 종이가 필요하겠네요."

확실히 판매할 거라면 룰북이 필요할지도 모른다.

노는 방법을 모른다면 아무도 사지 않을 테니까.

"만약 판매하시게 되면 연락해 주세요. 상업 길드가 도와드릴게요."

"그땐 부탁할게요."

어떻게 될지는 모르지만 그렇게 대답을 해두었다. 리아나 씨는

#2 대부호 게임 오픈된 카드보다 강한 카드를 내서 자신이 가진 카드가 먼저 사라진 순서로 계급이 나뉜다. 그 다음 경기는 할당된 계급에 따라 자신보다 계급이 높은 사람에게 강한 카드를 건네줘야 한다.

슬슬 돌아간다고 했다.

"그러면, 실례했습니다."

"저야말로, 고마워요."

리아나 씨는 감사 인사를 하고 돌아갔다.

272 곰 씨, 왕도를 향해 출발하다

오늘은 왕도로 출발하는 날이다. 집합 장소는 우리 집이었고 집합 시간은 아침 식사를 마친 무렵이라고 전달해 두었다. 그리고 나는 지금 막 일어난 참이었다.

"저기, 다들 너무 이른 거 아니니?"

내 옷차림은 이제 막 일어났기 때문에 아직 흰 곰인 상태였다. 그런데 이미 세 사람은 우리 집에 있었다. 아직 옷도 안 갈아입었고 아침도 먹지 않았다. 딱히 내가 늦잠을 잔 것은 아니다.

평소보다 빨리 일어나 아침 식사를 할 예정이었는데도 불구하고 세 사람은 벌써 우리 집에 와 있었다.

"슈리, 그러니까 아직 빠르다고 말했잖아."

"그렇지만……."

피나가 슈리에게 말했다.

이 모습을 보고 슈리가 빨리 오고 싶어 했다는 것을 알았지만 피나가 말려주길 바랐다.

그리고 나는 약속 시간보다 빨리 온 다른 인물에게로 시선을 옮겼다.

"그러면 노아는 왜 일찍 온 거야?"

"그거야 당연하죠. 조금이라도 빨리 곰돌이랑 곰순이를 보려고요."

노아는 망설임 없이 대답했다.

그렇지.

저번에도 노아는 약속 시간보다 빨리 저택 앞에서 기다리고 있었지.

집합 장소를 우리 집으로 하면 기다리지 않고 찾아올 거라는 건 뻔했다.

피나와 슈리를 위해서 우리 집으로 해둔 건데 집합 장소는 노아의 집으로 해두는 게 좋았을지도 모른다.

하지만 이미 와버린 세 사람을 쫓아낼 수는 없었다.

"뭐, 여기서 기다리고 있어. 옷 갈아입고 올게."

일단 방으로 돌아가 검은 곰으로 갈아입었다.

세 사람 모두 들뜬 건 이해하지만 너무 빠르잖아.

옷을 다 갈아입고 아침 식사를 준비했다. 준비한다고 해도 모린 씨가 만들어 준 빵과 음료를 준비하는 것뿐이다.

여전히 모린 씨의 빵은 맛있다.

사실은 밥을 먹고 싶었지만 세 사람이 기다리고 있어서 간단하게 먹을 수 있는 것으로 정했다. 빵을 먹고 있는데 세 명이 뚫어지게 내 쪽을 바라봤다.

"저기, 먹을래?"

세 명에게 물어보자—.

"응, 먹을래!"

"괜찮아요?"

"네!"

집으로 오기 전에 먹고 왔을 거라고 생각했는데, 세 명의 뱃속에는 아직 음식이 들어갈 공간이 남아 있는 모양이다.

성장기인 걸까.

곰 박스에서 세 명에게 빵을 꺼내주자 맛있게 먹기 시작했다.

이것으로 차분히 아침 식사를 할 수 있겠구나.

아침을 다 먹은 나는 세 명을 데리고 곰 하우스에서 나왔다.

"기대돼요."

노아가 발을 번갈아 통통 튀기면서 앞을 걸었다.

"얼른, 왕도에 가고 싶어."

슈리도 피나의 손을 잡고 기뻐하고 있었다. 물론 피나의 얼굴도 미소를 짓고 있다. 기뻐하고 있는 세 사람을 보니 나도 즐거워진다. 학원 축제에 초대해 준 시아와 엘레로라 씨에게 감사해야겠다.

크리모니아 마을 밖으로 나오자마자 곰돌이와 곰순이를 소환했다.

나타난 곰돌이와 곰순이를 향해 노아와 슈리가 달려들었다. 피나는 미소를 지으며 두 사람을 바라보고 있었다.

"피나는 안 가?"

"가고 싶지만, 오늘은 두 사람에게 양보할래요."

피나는 어른스러워. 외관으로는 꼬마 아이지만 마음은 어른이야.

"유나 님, 어서요."

"언니도 얼른."

노아와 슈리가 나와 피나를 부른다.

"그러면 가볼까?"

"네."

피나의 손을 잡고 두 사람이 있는 쪽으로 향했다.

곰순이에는 피나와 슈리, 나와 노아가 곰돌이에 올라타게 됐다.

슈리는 기뻐하며 곰순이의 등에 올라탔고, 그 뒤에 피나가 탔다.

내가 곰돌이에 타자, 내 뒤에 노아가 탔다.

"노아, 앞에 안 앉아도 되겠어?"

"네, 유나 님에게 꼭 붙어 있을 거예요."

그렇게 말하더니 노아는 뒤에서 나를 끌어안았다.

"노아 언니, 치사해. 나도 유나 언니를 안고 싶은데."

"후훗, 유나 님이랑 같이 타는 사람의 특전입니다."

얼굴을 등에 푹 묻는다.

"노아, 그렇게 세게 안지 않아도……."

"떨어지지 않으려고 그러는 거예요."

그것을 본 슈리는 더욱 부러워했다.

어째서?

슈리도 항상 끌어안고 있잖아?

"나중에 교대로 탈 거야."

만약 내가 남자였다면 「나 때문에 싸우지 마」라는 말을 해야하나?

애초에 그런 말을 현실에서 하는 사람은 없겠지.

있으면 배가 아플 거야.

준비를 마친 우리는 왕도를 향해 출발했다.

"빠르다."

"슈리, 움직이면 안 돼."

슈리가 설레어하자 피나가 진정시켰다.

그 옆을 나란히 달리듯이 나와 노아가 탄 곰돌이가 달렸고, 도중에 휴식을 취하면서 왕도로 향했다.

점심을 먹고 곰돌이와 곰순이를 바꿔 탄 뒤에 출발했다. 아침엔 활기찼던 세 사람은 서서히 조용해졌다. 슈리는 곰돌이 위에서 자고 있었다. 그것을 떨어지지 않도록 받치고 있는 피나. 노아도 나에게 몸을 맡긴 채 자고 있었다.

"슈리는 기뻐서 어젯밤에 좀처럼 잠을 자지 못했어요. 그런데 아침 일찍 일어나서 유나 언니 집으로 가자고 말을 꺼내서."

"아마, 노아도 같겠지."

그런 뒤 두 사람이 깨지 않도록 달렸다. 물론 곰돌이와 곰순이의 휴식도 잊지 않았다.

그리고 순조롭게 나아가던 중 해가 저물기 시작했다.

야영을 하기 위해 곰돌이와 곰순이의 속도를 늦추고 길가에서 조금 멀어졌다. 그런 다음, 약간 먼 곳에 보이는 바위산의 뒤쪽으로 향했다.

"유나 님, 오늘은 이곳에서 자는 건가요?"

어느샌가 일어나 있던 노아가 질문했다.

"여기라면 집을 세워도 보이지 않을 것 같아."

되도록이면 곰 하우스는 보이고 싶지 않았다.

길가에서 보이지 않는 바위산의 뒤로 이동하고 나와 노아는 곰돌이의 등에서 내렸다.

"언니, 왜 그래?"

눈을 비비면서 슈리가 물었다.

"오늘은 여기서 야영을 할 거야. 곰순이 등에서 내려올래?"

"응."

피나와 슈리도 곰순이의 등에서 내려왔다.

나는 곰 박스에서 여행용 곰 하우스를 꺼냈다.

"곰 집이에요!"

슈리가 곰 하우스를 보고 놀랐다.

그러고 보니, 슈리는 곰 박스에서 곰 하우스가 나오는 장면을 보는 건 처음인가. 곰 하우스를 본 덕분에 슈리의 잠은 달아난 모양이다.

"그러면, 안으로 들어가서 쉴까."

곰돌이와 곰순이를 꼬맹이화 시키고 세 명을 데리고 곰 하우스 안으로 들어갔다.

슈리는 이리저리 곰 하우스 안을 둘러보고 있었다.

"식사를 준비할 테니까 세 사람 모두 앉아 있어."

"도울게요."

"나도~."

"저도 도울게요."

세 사람이 말해줬다.

하지만 손이 가는 요리를 하는 것도 아니다. 곰 박스에서 차려져 있는 음식을 꺼내기만 할 뿐이었다.

"혼자서도 괜찮아. 세 사람은 곰돌이, 곰순이랑 같이 쉬고 있어."

세 사람은 곰돌이와 곰순이랑 함께 소파가 있는 곳으로 이동했다. 세 명이 쉬고 있는 동안에 나는 따뜻한 식사를 준비했다. 오늘의 저녁 식사는 밥에 함박스테이크, 된장국과 샐러드이다. 아침 식사도 점심 식사도 빵이었기 때문에 저녁 식사는 밥으로 하기로 정했다. 모처럼 쌀도 손에 넣었으니 먹어야지.

밥은 막 지어진 것이 곰 박스에 들어있고 함박스테이크도 다 만들어 놓은 게 있었다. 샐러드만 없으니까 만들 거다. 티루미나 씨에게 피나와 슈리가 채소를 먹도록 해달라는 말을 들었다. 균형 좋게 먹는 것은 중요하지.

된장국도 만들어 놓은 게 없으므로 무와 당근, 감자를 넣어 된장국을 만들었다. 된장국은 세 사람 모두 안즈네 가게에서 먹어본 적이 있으니 괜찮겠지.

다 만들고 세 사람이 있는 곳으로 음식을 옮겼다.

세 사람은 곰돌이와 곰순이랑 즐겁게 놀고 있었다. 음식을 운반해 온 내 인기척에 피나가 서둘러 다가왔다.

"옮기는 거 도울게요."

"고마워."

"나도~."

"저도 옮길게요."

두 사람도 피나에게 지지 않고 돕겠다고 나섰다.

"세 사람 모두 고마워."

음식을 다 옮기고 다 같이 먹기 시작했다.

"맛있어요."

"응, 맛있어."

"유나 님은 뭐든지 잘하시네요."

"모든 걸 다 잘하지는 않아."

그건 과대평가다.

"그렇지만 이렇게 맛있는 음식도 만드실 수 있고, 모험가로도 훌륭하고, 가게도 경영하고 있잖아요. 유나 님은 대단한 것 같아요."

"그렇지 않아. 요리는 연습만 하면 누구든지 만들 수 있고, 가게는 모린 씨랑 안즈, 티루미나 씨, 그리고 가게에서 일하고 있는 모두가 열심히 해주고 있는 덕분이야. 나는 아무것도 하고 있지 않은걸."

모험가로서 강하다는 건 게임에서의 경험 덕분이다. 그리고 곰 인형 옷이 없었더라면 만약 게임의 경험이 있었다고 해도 무력한 나는 싸우지 못했을 거다.

"그렇게 말씀 하시면, 저는 아무것도 못 하는데요."

"노아는 10살이니까 이제부터 시작이지."

게다가 노아는 귀족 영애니까 나와는 필요한 능력이 다르다. 앞으로 모험가가 될 일도, 요리사가 될 일도 없다. 장래에 어떻게 될지는 모른다. 영지를 다스릴 예정인 시아를 돕거나, 다른 귀족과 결혼해서 다른 영지로 갈지도 모른다.

노아의 미래는 이제부터 시작이다.

저녁 식사를 마친 우리는 한숨 돌리고 다 같이 목욕을 하기로 했다.

그리고 어째서인지 노아와 슈리가 곰돌이와 곰순이를 데리고 왔다.

"어째서 곰돌이와 곰순이를 데리고 온 거야?"

"같이 들어갈 거니까 그렇죠. 하룻동안 태워준 보답이에요."

"곰순이랑 들어갈 거야~."

들어가는 건 좋지만 곰돌이와 곰순이는 한 번 송환하고 다시 소환하면 깨끗해진다. 그래서 목욕을 하지 않아도 깨끗하게 있을 수 있었다.

그렇다고 해서 거부하는 것도 그러니까 말리지는 않을 거다.

나도 가끔 감사의 마음을 담아 곰돌이와 곰순이의 몸을 닦아 주었다. 그러면 곰돌이와 곰순이는 기뻐한다.

그래서 두 사람이 닦아주고 싶다면 그렇게 하도록 두기로 했다. 감사의 마음을 전하는 건 중요하니까.

"그러면, 확실하게 씻겨줘야 해."

"네!"

"응!"

그런 두 사람을 나와 피나는 다정하게 지켜봤다.

나는 곰 인형 옷을 벗었다.

세 사람의 모습을 보고 있으니 피나는 슈리에게 벗은 옷을 접으라고 말하고 있었다. 슈리는 순순히 그 말에 따라서 벗은 옷을 깔끔하게 접고 상자에 담았다. 노아를 보니 이쪽도 귀족 영애인데도 불구하고 착실하게 옷을 개고 있다. 세 사람 모두 대단하네.

세 사람을 보고 있는데 노아와 눈이 마주쳤다.

"왜 그러세요?"

"아무것도 아니야."

"그렇지만, 유나 님의 얼굴이 제가 착한 일을 했을 때 칭찬해주시던 아버님과 어머님의 얼굴과 닮았는데요."

그럴 수가, 아이도 없는데 착한 자식을 바라보는 얼굴을 하고 있었다니…….

"나는 세 사람 모두 대견하다고 생각했을 뿐이야."

옷을 벗은 우리는 곰돌이와 곰순이를 데리고 욕실로 들어갔다. 우선은 자신들의 몸과 머리를 감고, 마지막으로 곰돌이와 곰순이를 닦았다. 곰돌이는 나와 노아가 씻겨주었다. 곰순이는 피나와 슈리, 두 사람이 씻겨주고 있다.

곰돌이와 곰순이가 하얀 거품에 둘러싸인 후 마지막으로 물을 끼얹어 거품을 씻어내니 말끔해졌다.

"곰순이가 쭈그러들었어."

뭐, 털이 젖으면 그렇지.

곰돌이와 곰순이도 깨끗하게 다 씻겼으니 우리는 탕으로 들어갔다.

아아, 기분 좋아.

일본인이라면 역시 목욕탕에 몸을 담가야지. 샤워로는 모자라.

나는 느긋하게 탕에 몸을 담갔다. 그 옆에서는 피나도 기분 좋게 있었다. 슈리와 노아는 물이 나오는 곰 석상을 재미있다는 듯 바라보고 있었고, 곰돌이와 곰순이는 탕에서 얼굴만 내밀고 기분 좋은 듯 앉아 있었다.

차분해지네.

곰 이동문으로 이동하는 것도 편해서 좋지만 이렇게 다 같이 이동하는 것도 좋아.

오늘 하루의 피로를 푼 우리는 목욕을 마쳤다.

"기분 좋았어요."

몸을 닦는 노아.

"곰순이, 잘 말려야 해."

곰순이를 수건으로 닦으려는 슈리.

"곰순이보다 너 먼저 닦아야지."

곰순이의 몸을 닦으려는 슈리를 뒤에서 피나가 닦아주고 있었다.

평화롭네.

나는 흰 곰 옷으로 갈아입고 거실로 갔다. 그리고 다 같이 욕실에서 나온 뒤 차가운 우유를 마셨다.

차가워서 맛있다.

그런 다음엔 모두의 머리를 드라이기로 말리고 마지막에 곰돌이와 곰순이도 말려주었다.

가끔은 이런 날도 괜찮네.

273 곰 씨, 트럼프 카드로 놀다

“그러면, 다들, 자자.”

“네.”

“네.”

“네~.”

세 사람은 순순히 대답했다. 어쩐지 먼 길을 인솔하는 선생님이 된 기분이었다. 세 명 모두 고분고분 말을 들어줘서 다행이지만 이렇게 말을 잘 듣는 아이만 있는 게 아니다. 그렇게 생각하니 교사는 힘든 직업인 것 같다.

“세 사람 모두 같은 방이어도 괜찮지?”

“네.”

“물론이죠.”

“그리고 알고 있겠지만, 내일 출발하는 시간이 빠르니까 밤늦게까지 놀지 말고 자야 한다.”

“네!”

“네!”

“응!”

세 사람은 좋은 대답을 하고 2층의 방으로 향했다.

나도 곰돌이와 곰순이를 데리고 내 방으로 들어갔다.

피곤한 건 아니지만 내일은 서둘러야 하니 자기로 했다.

"곰돌아, 곰순아, 만약 위험한 게 다가오면 알려줘야 해."

나는 침대 위에서 동그랗게 몸을 말고 자려고 하는 곰돌이와 곰순이에게 부탁했다.

그리고 나도 이불 속으로 들어갔다. 출발 전에 이불을 말려두어서 기분이 좋았다. 잠을 잘 자는 나는 곧장 꿈속으로 빠져들었다.

다음 날 아침, 곰돌이와 곰순이가 깨웠다.

밖을 보자 아직 어둑어둑하다. 평소라면 아직 자고 있을 시간이지만 일어나야 한다. 오늘은 빨리 출발하기 때문에 어쩔 수 없다. 조금 졸리지만 힘내서 일어나 하품을 하면서 1층으로 내려갔다. 그 뒤를 곰돌이와 곰순이가 따라왔다.

1층에는 아무도 없는 걸 보니 아직 세 사람은 자는 모양이네.

세 사람이 일어나면 곧바로 먹을 수 있도록 아침 식사를 준비해 두었다.

언제나처럼 빵과 수프와 우유였다. 여행길에는 아침을 너무 많이 먹으면 좋지 않기 때문이다.

준비를 마칠 무렵, 졸려 하는 세 명이 다가왔다.

슈리의 품 안에는 곰순이 인형이 있었다.

"좋은 아침, 아침 먹고 출발할 거야."

"유나 언니, 못 도와드려서 죄송해요."

“아이템 봉투에서 꺼내기만 했으니까 신경 쓰지 않아도 돼.”

세 사람은 자리에 앉은 뒤 아침 식사를 했다.

아침을 다 먹은 우리는 다시 왕도를 향해 출발했다.

마물과, 도적과도 만나는 일 없이 순조롭게 나아갔다.

아무런 일도 없다면 오늘 중에 왕도에 도착할 거다. 하지만 하늘을 보니 구름의 움직임이 수상했다. 비가 내리지 않으면 좋겠는데.

그 부탁은 하늘에 닿지 않았고 야외에서 점심을 먹고 있을 때 비가 내리기 시작했다.

“유나 언니! 비가 와요!”

“모두, 식사는 멈추고 이동하자!”

우리는 곰돌이와 곰순이에 타고 곧바로 이동했다.

그리고 곰 하우스를 꺼내도 좋은 장소를 발견하여 곰 박스에서 곰 하우스를 꺼내 안으로 들어갔다.

“다들, 괜찮아?”

“네, 괜찮아요.”

“조금, 젖기만 했어요.”

“괜찮아.”

아무래도 비에 조금 젖기만 한 모양이다.

곰돌이와 곰순이도 많이 젖지 않았다. 곰 하우스 덕분이었다. 정말로 편리해.

안으로 들어가 감기에 걸리면 곤란하기 때문에 목욕을 해서 몸을 데우기로 했다.

"비예요."

목욕을 마친 슈리가 창밖을 바라봤다.

그 뒤에서 노아도 똑같이 바라본다.

"오늘은 이 이상 이동은 불가능하겠네요."

"서둘러 왕도에 가지 않아도 학원 축제에는 맞춰서 갈 수 있으니까 괜찮아."

일주일 동안 계속 내리는 게 아니라면 문제없다.

그러니 오늘 이동하는 건 그만두고 쉬기로 했다.

처음엔 곰돌이와 곰순이랑 놀고 있던 피나와 아이들도 조금 졸려 했다.

특별하게 할 일이 없어서 트럼프 카드를 꺼냈다.

사실은 밤에 놀려고 했지만 저녁 식사를 하고 목욕을 하면, 다들 정해진 것처럼 잠자리에 들었기 때문에 이제까지 트럼프 카드를 선보일 기회가 없었다.

그런 이유로 오늘 처음으로 트럼프 카드를 꺼내게 된 것이다.

"트럼프 카드 게임이요?"

"응, 카드를 사용한 게임이야."

나는 테이블 위로 트럼프 카드를 꺼냈다.

"곰님의 그림이네요!"

"귀여워."

노아, 슈리가 트럼프 카드로 손을 뻗었다.

"어떻게 노는 거예요?"

"여러 방법이 있는데—."

나는 생각했다.

우선은 기억력 대결인 그림 맞추기를 하기로 했다. 가장 룰이 간단하고 외우기 쉬우니까.

나는 세 사람에게 룰을 가르쳤다.

"즉 기억력 대결이네요."

"여러분한테는 지지 않을 거예요."

"으으, 곰순아. 같이 열심히 하자."

슈리가 꼬맹이화 한 곰순이에게 말을 했다.

"슈리, 곰순이랑 같이 하는 건 금지야."

곰순이의 기억력이 어느 정도인지는 모르겠지만 곰돌이와 곰순이가 참가하면 이길 수 없을 것 같다. 어째서인지는 모르겠지만 보이지 않는 카드까지 곰 발바닥으로 톡톡 치며 맞출 것 같았다.

슈리에게서 곰순이를 떼어내어 조금 떨어진 위치로 이동시켰다. 슈리가 슬퍼하는 표정을 지었으나 곰돌이와 곰순이를 참가시킬 수는 없다.

자리의 순서는 시계 반대 방향으로 나, 슈리, 피나, 노아였다.

하지만 시작해보니 슈리의 기억력이 좋아서 새로운 면을 엿볼 수 있었다.

"여기랑 여기."

슈리가 트럼프 카드를 뒤집자 숫자가 일치했다.

"그리고 여기랑 여기."

"앗, 거기는……."

노아는 슈리가 뒤집은 트럼프 카드를 보고 놀랐다.

슈리가 뒤집은 트럼프 카드는 숫자가 일치했고 기뻐하며 뒤집은 트럼프 카드를 가져갔다. 노아는 슬픈 얼굴을 하고 있었다. 아무래도 노리고 있던 카드였던 모양이다.

슈리는 세 장째 카드를 뒤집었지만 이번에는 틀렸다. 하지만 충분히 건투하고 있었다.

다음으로 피나, 노아 순으로 뒤집었으나 둘 다 처음 나오는 숫자여서 일치시키지는 못했다. 내 순서가 되었고, 트럼프 카드를 뒤집자 운 좋게 조금 전에 나왔던 숫자가 나와 카드를 얻었다.

그리고 게임이 계속 진행되어 나는 간신히 승리했고 연상으로서의 명예를 지킬 수가 있었다.

위험했다. 처음하는 슈리와 아이들에게 질 수는 없지 않은가.

2등은 슈리였고 어린아이에게 진 피나와 노아는 분해하며 재대결을 신청했다.

그리고 몇 번인가의 그림 맞추기를 한 후 다음으로는 7늘어놓기를 했다.

"대체 누구야? 물 4를 가지고 있는 사람은……."

노아가 자신이 가지고 있는 트럼프 카드와 테이블에 나열된 트럼프 카드를 번갈아 보면서 중얼거렸다.

조금 전 아무것도 내지 않고 패스를 했다.

"물의 3, 2, 1을 나열할 수가 없어요."

그런 카드를 가지고 있구나. 그래도 입 밖으로 꺼내선 안 되지.

열쇠가 되는 장소를 아슬아슬하게 나열하지 않는 것은 7늘어놓기의 전략이다.

알아버리면 아무도 내놓지 않는다.

……저는 그렇게 생각했답니다.

"아, 저 가지고 있어요. 그러면 낼게요."

피나는 자신의 순서가 오자 물의 4를 내놓았다.

이런, 아니지, 내면 안 돼.

"아니, 피나, 그러면 대결이 안 되잖아."

"그래도 노아 님이……."

피나가 미안한 듯 노아 쪽을 바라봤다.

귀족과 평민이 같이 트럼프 카드를 하게 되면 이렇게 되어버리는군.

그림 맞추기는 자신의 기억과의 싸움이다. 하지만 7늘어놓기는 상대가 내고 싶어 하는 숫자를 방해하면서 자신에게 유리하게 만들어야 하는 게임이다.

방해하는 게임을 하면 아무래도 피나는 노아를 방해하는 것이 껄끄러운 모양이다. 7늘어놓기와 같은 게임은 피나에게는 어울리지 않을지도 모른다.

하지만 이건 게임이 되지 않기 때문에 노아에게 주의를 줬다.

"노아, 자기가 내고 싶어 하는 카드를 말하는 거 금지!"

나는 곰 인형 장갑으로 노아를 가리켰다.

"으으, 그렇지만……."

"피나도 대결이니까 껄끄러워하지 말고 해야지."

"죄송해요."

우선 노아가 원하는 숫자를 모르면 피나도 내놓지 않을 테니까.

그리고 처음엔 굳어있던 피나도 서서히 승부로 결론짓고 게임을 즐기게 됐다.

노아 쪽도 대등한 승부를 즐기고 있었다.

"후훗, 불의 곰, 킹입니다. 이것으로 A(에이스)로 연결됩니다."

노아가 기뻐했다.

이건 추가 룰이다. 킹이 나온 경우, A를 낼 수가 있다. 룰의 추가를 해서 늘어놓기 쉽게 했다.

노아에 이어서 나도 카드를 냈다.

"으으, 낼 수가 없잖아."

"그러면, 나는 여기에."

슈리가 자신의 카드를 보고 패스를 하고 피나가 카드를 냈다. 노아도 순조롭게 카드를 내며 트럼프 카드의 수를 줄여갔다.

그리고 노아가 마지막 1장을 냈다.

"이겼어요!"

노아는 기뻐했다. 승부는 진지하게 해야 이겼을 때 기쁘다. 편법을 쓰면 이겨도 즐겁지 않다. 같은 조건의 상대에게 이겨야지 기쁜 법이다.

나도 이제 막 재미있어지는 참이었다. 초보자를 이겨도 즐겁지 않다. 다 같이 능숙해져서 엎치락뒤치락이 가능하게 된 다음이 재미있다.

그리고 도중부터 조커를 넣어서 특수 룰을 추가했다. 이것으로 더욱 대결이 재밌어진다.

인접해 있는 곳이라면 마음에 드는 곳에 둘 수 있는 카드이다. 조커가 놓인다면 카드를 가지고 있는 사람은 꼭 내야만 한다.

이후, 대부호 게임도 하고 저녁 식사 때까지 즐겁게 보냈다.

밖을 확인하니 이미 비는 그쳤다.

이대로라면 내일은 문제없을 것 같다.

274 곰 씨, 왕도에 도착하다

비가 내린 다음 날, 곰돌이에 탄 채로 하늘을 올려다봤다.

파란 하늘에 하얀 구름이 떠 있으니 아무래도 비 걱정은 없을 것 같다.

길도 심한 상태가 아니었다. 어쩌면 트럼프 카드에 열중하느라 비가 빨리 그쳤던 것을 알아차리지 못했던 걸지도 모른다.

왕도로 가는 길은 순조로웠고 점심시간이 지날 즈음에는 왕도를 감싸는 벽이 보였다.

"크다."

왕도의 벽을 처음 보는 슈리는 작은 입을 연 채로 바라봤다.

처음 보면 크게 느껴지겠지. 나도 놀랐으니까.

"그러면, 곰돌이랑 곰순이를 보고 소동이 일어나면 곤란하니까 여기서부터는 걸어가자."

피나와 아이들에게는 왕도의 벽이 보이고 나서는 곰돌이와 곰순이에게서 내린 뒤 걸어가자고 말해두었다. 이유도 설명해둬서 다들 군말 없이 곰돌이와 곰순이의 등에서 내려줬다.

"곰돌아, 곰순아 고마워."

슈리가 곰순이와 곰돌이를 쓰다듬었다. 그것을 본 피나와 노아도 곰돌이와 곰순이에게 감사 인사를 했다. 곰돌이와 곰순이는 기쁜 듯「크~응」하고 대답을 했다.

마지막으로 나도 고맙단 말을 하고 곰돌이와 곰순이를 송환했다.

걸어서 왕도에 도착하자 탄신제 때와 달리 사람들의 출입은 적었지만 언제나처럼 호기심의 눈초리가 쏟아진다.

익숙해진 듯 익숙해지지 않는 시선.

심지어 이번엔 곰의 주변에 미소녀 세 명이 있어서 괜스레 더 시선을 모으고 있었다.

이것이 세간에서 일반적으로 말하는 미(소)녀와 야수일지도 모른다.

그런 피나와 아이들과 함께 왕도 안으로 들어섰다.

문제인 것은 이제부터의 이동이다. 왕도는 넓기 때문에 길에서 마차가 달릴 정도이고 엘레로라 씨의 저택까지는 꽤 거리가 멀었다. 승합 마차로 이동하는 방법도 있지만 왕도 견학을 겸해서 걸어가는 선택지도 있다. 모두에게 물어보려는데 노아가 입을 열었다.

"아 참, 유나 님, 어머님 편지에 왕도에 도착하면 문에 있는 경비소로 가라고 적혀 있었어요."

"경비소?"

"네, 아무래도 마차를 준비해 두셔서 사용하라는 말씀이신 것 같아요. 곰돌이랑 곰순이로는 왕도 안을 이동할 수 없을 거 아니냐면서요."

그건 고마운데. 그래도 그런 건 조금 더 빨리 알려주면 좋았을 텐데…….

마차가 준비된 것도 모르고 곰 이동문을 사용했다면 위험할 뻔했네.

"그래서 경비소라는 곳은 어디에 있는지 알아?"

"네, 여기예요."

그런 이유로 노아의 안내를 받아 경비소로 향했다.

경비소를 향해 걷는데 한 명의 남자가 다가왔다.

"역시, 곰 옷차림을 한 여자아이가 왔다는 이야기가 들린다 했더니 유나 님이셨군요."

다가온 건 국왕의 탄신제 때와 미사의 생일 파티 때 신세를 졌던 란젤 씨였다.

"란젤 씨, 안녕하세요."

"오랜만입니다. 저번 살바드 가문의 일로 신세를 졌습니다."

신세를 진 것은 내 쪽이다. 처음 왕도에 왔을 때도 도적 건으로 신세를 졌고, 저번의 귀족 건으로도 엘레로라 씨와 함께 찾아와 줘서 신세를 졌었다.

그 귀족에 관해 떠올리는 것만으로 기분이 안 좋아졌다.

지금 다시 생각해보면 때렸던 게 부족했을지도 모른다. 피나와 다른 아이들이 맞았으니 백배로 돌려줘야 했다.

"그래도 너무 무리하진 마세요. 유나 님은 모험가라고 하셔도 여자아이니까요."

오랜만에 여자아이 취급을 받은 기분이 든다. 최근엔 곰 취급을 받는 쪽이 많았다.

"그런데 란젤 씨는 왜 이곳에?"

"엘레로라 님께서 유나 님과 느와르 님이 오신다며 마차를 준비한 뒤에 기다리라고 하셨거든요. 그래서 요 며칠 동안 계속 경비소에 있었습니다."

그거는 직권남용이잖아. 괜찮은 거야?

뭐, 엘레로라 씨니까 문제없는 건가?

그래도 정말로 곰 이동문을 사용하지 않아서 다행이다. 란젤 씨의 며칠이 물거품이 될 뻔했다.

"그, 어머님이 무리한 부탁을 하신 것 같아서 죄송해요."

노아가 어머니의 행동을 사과했다.

"아뇨, 신경 쓰지 마세요. 이것도 일인걸요."

"그래도 저희를 기다리시는 거라면 다른 사람과 교대하면서 하셨어도 되지 않아요?"

"아마, 제가 부탁을 받은 건 알고 있는 사이였기 때문일 거예요. 얼굴을 아는 사이라면 유나 님도 느와르 님도 안심하고 마차에 타주실 거라는 엘레로라 님의 배려겠죠."

확실히 모르는 사람보다는 얼굴을 알고 있는 란젤 씨의 마차라면 안심하고 탈 수 있다.

엘레로라 씨의 마음 씀씀이에 감사해야겠네.

"그러면 마차를 준비했으니 이쪽으로 오시죠."

걸어가는 란젤 씨. 그 뒤를 우리가 따라간다.

"노아 덕분에 편해졌네."

"노아 님, 고맙습니다."

"노아 언니, 고마워."

"저는 아무것도 하지 않았는걸요. 전부 어머님이 하신 거예요."

노아는 모두에게 고맙단 말을 들었지만 고개를 저으며 부정했다.

"그래도 고마워."

"고맙습니다."

"고마워."

재차 감사 인사를 받은 노아는 곤란해한다.

이럴 때 으스대지 않는 게 노아의 좋은 점이지.

우리는 란젤 씨가 모는 마차를 타고 엘레로라 씨네 저택으로 향했다.

달리는 마차의 작은 창을 통해 우리는 밖을 바라봤다. 국왕의 탄신제 때와 비교하면 적긴 하지만 그런데도 왕도에는 사람이 많았다.

"우와~."

슈리는 눈을 반짝이며 밖을 바라봤다.

기뻐하는 슈리를 보니 데리고 와서 다행이라고 생각이 들었다.

"내일은 왕도 구경이라도 할까?"

"정말?!"

내 말에 슈리는 기뻐하며 고개를 돌렸다.

"학원 축제는 아직 멀었으니까 충분히 둘러볼 시간이 있어."

"그렇네요. 모처럼 왕도에 왔으니까 제가 안내해드릴게요. 슈리는 어딘가 가고 싶은 곳이 있어?"

노아가 연상의 언니처럼 자신 있게 묻는다.

"나, 성에 가고 싶어!"

슈리는 어처구니없는 말을 꺼냈다.

"성은……."

슈리의 부탁에 노아는 곤란한 표정을 지었다.

내가 말하는 것도 그렇지만 성 내부에는 간단히 들어갈 수 없지.

애초에 내 허가증이라는 건 어디까지 유효한 거지?

지인은 괜찮은 건가?

그 부분을 엘레로라 씨에게 물어보고 괜찮다면 성 구경을 하러 가자.

"안 돼?"

슈리가 조금 슬픈 표정을 보였다.

"어머님에게 부탁해 보겠지만 성 내부에 간단히 들어갈 수는 없어."

노아는 슈리의 부탁에 곤란한 표정을 지었다.

"슈리, 노아 님을 곤란하게 만들면 안 돼. 올 때 약속했지?"

왕도에 오는 것에 있어서 슈리는 여러 약속을 하게 됐다. 그중 하나로 떼를 쓰지 않기, 가 있었다.

"노아 언니, 떼써서 미안해. 다 같이 있는 거라면 나는 어디든 좋아."

그래도 피나도 들어간 적이 있고 나와 엘레로라 씨가 부탁하면 성 정도는 들어갈 수 있지 않나?

음식을 가지고 간다든가 플로라 공주를 위해서 그림책과 인형을 선물하기도 했다. 게다가 마물 토벌의 건도 있다. 그 보답으로 슈리와 아이들의 성 견학을 허락받을 수는 없을까.

나중에 엘레로라 씨와 상담해봐야지.

성에는 갈 수 있을지 모르지만 피나와 아이들은 마차의 진동을 느끼면서 어디로 갈지 즐겁게 의논하고 있었다.

여러 의견이 오가는 와중에 마차가 멈췄다. 작은 창문으로 밖을 보자 엘레로라 씨의 저택 앞이었다.

"크다."

마차에서 내린 슈리는 저택을 올려다봤다.

일단은 귀족님의 저택이니까.

"그러면 저는 이것으로 실례하겠습니다. 엘레로라 님께 안부 인사 잘 부탁드리겠습니다."

"란젤 씨, 고마워요."

내가 고맙단 말을 하자 다들 똑같이 감사 인사를 했다.

란젤 씨는 우리에게 미소를 보낸 뒤 마차를 움직여 떠났다.

다시 저택 쪽을 바라보자 문 앞에는 스릴리나 씨가 서 있었다.

"느와르 님, 기다리고 있었습니다. 유나 님, 이번엔 느와르 님의 호위를 해주셔서 감사합니다. 피나 님은 여전히 건강해 보이셔서 다행이에요. 그리고 그쪽의 귀여운 아이가 슈리 님이군요."

스릴리나 씨는 노아, 나, 피나와 말을 나누곤 마지막으로 슈리를 바라봤다. 슈리는 피나의 손을 세게 잡았다.

"이런, 슈리, 인사해야지."

"……슈리입니다."

작은 목소리로 이름을 말했다.

"저는 이 저택에서 메이드를 맡고 있는 스릴리나라고 합니다. 슈리 님, 잘 부탁드릴게요."

스릴리나 씨는 슈리의 긴장을 풀어주기 위해 미소로 인사를 했다. 그 미소에 슈리도 긴장을 풀고 미소를 지었다.

"여러분, 피곤하시죠. 저택으로 들어가세요."

스릴리나 씨의 안내를 받아 저택 안으로 들어갔다.

"스릴리나, 어머님과 언니는 계신가요?"

"사모님은 아직입니다. 시아 님은 슬슬 돌아오실 시간인 것 같아요."

엘레로라 씨라면 곧바로 올 것 같은 느낌이 드는데.

스릴리나 씨는 우리를 방으로 안내하더니 차와 과자를 내주었다.

그리고 스릴리나 씨와 시시콜콜한 이야기를 나누고 있는데 교복 차림의 시아가 방 안으로 들어왔다.

"노아가 있다고 들었는데……."

"언니, 오랜만이에요."

노아는 일어서서 인사를 했다.

"노아. 게다가 유나 님, 그리고 피나, 네가 피나의 동생인 슈리니?"

"시아 님, 오랜만이에요. 이번엔 학원 축제로 초대해 주셔서 고맙습니다."

"고맙습니다."

피나가 감사 인사를 전하자 슈리도 따라서 감사 인사를 했다.

"초대한 건 어머님이니까 신경 쓰지 말고 학원 축제를 즐기다 가."

"네."

피나는 기뻐하며 대답했다.

"그래서 시아, 학원 축제는 잘 될 것 같니?"

"유나 님 덕분에 잘되고 있어요."

"유나 님 덕분?"

아무것도 모르는 노아가 고개를 갸웃거린다.

"유나 님에게 학원 축제에 선보일 아이템을 제공 받았거든."

"조금, 재미있는 게 있어서 알려줬을 뿐이야. 그래서 솜사탕은 이제 잘 만들 수 있어?"

"네, 매일 연습해서 능숙해졌어요. 다만, 만든 건 좋은데 다 먹지 못하는 게 어려운 부분이라, 스릴리나 씨와 저택에서 일하는 다른 사람들이랑 마릭스와 다른 아이들의 가족들에게도 나눠주고 있어요."

솜사탕은 하루에 몇 개나 먹을 수 있는 음식이 아니니까.

"그래도 덕분에 다 같이 예쁘게 만들 수 있게 됐어요."

"설마, 솜사탕을 학원 축제에서 파는 거예요?"

"응, 학원 축제에서 판매하면 재미있을 것 같아서."

"솜사탕을 만드는 건 어려운데 능숙해졌다니 대단해요."

"응, 예쁘게 만드는 게 어려웠어."

슈리는 팔을 원을 그리듯 돌려 솜사탕을 만드는 흉내를 냈다.

저번에 고아원에서 솜사탕을 만들었을 때 피나도 슈리도 솜사탕을 만드는 경험을 했다. 그래서 만들기 어렵다는 점을 알고 있는 거다.

"저기, 조금 전부터 무슨 말씀을 하는 거예요? 솜, 사, 탕이라는 게 뭐죠?"

모두 즐겁게 솜사탕에 관한 이야기를 나누고 있는 동안에 혼자만 솜사탕에 관해 알지 못하는 노아가 모두에게 물었다.

그러고 보니 노아만 솜사탕의 존재를 모르네.

"구름 같이 몽실몽실하고 엄청나게 달아서 맛있고 이상한 과자야."

슈리가 솜사탕에 관해 설명했다. 그것을 듣던 노아가 전원을 바라봤다.

"다들, 그 솜사탕이라는 과자에 관해 알고 있는 거예요?"

시아는 물론, 피나도 고개를 끄덕였다.

"그러면 모르는 건 나 혼자인 거네요?"

모르는 건 노아뿐인 게 된다.

"설마, 저만 외톨이인 거예요?"

"그러려고 한 게 아니야."

그럴 생각은 없었지만 결과적으로 그렇게 되어버렸다.

"그래도 모르는 건 저 혼자인 거잖아요?"

노아는 조금 슬픈 표정을 지었다.

"후훗, 그럼 만들어 줄 테니까 잠깐만 기다리고 있어. 유나 님도 잘 만들 수 있게 된 모습을 봐주세요."

시아는 그렇게 말하더니 솜사탕 기계를 준비한 뒤 솜사탕을 만들었다. 확실히 손놀림이 능숙했다.

그리고 노아는 시아가 만들어 준 솜사탕을 맛있게 먹었다.

"정말 구름 같네요. 입안에서 녹아요. 이렇게 이상한 과자에 관해서 말해주지 않았다니 피나도 유나 님도 너무해요."

"죄송해요."

"그래도 고아원 아이들에게 한 번 만들어줬을 뿐이야."

"제게도 알려주셨으면 좋았을 텐데……."

노아가 조금은 주눅이 든 모습을 했다.

그런 다음 시아는 먹고 싶어 하는 피나와 슈리의 몫도 만들어 주었다. 두 사람 모두 맛있게 먹었다. 나는 정중하게 거절했다.

"그런데 정말로 신기한 과자네요. 부드럽고 입안에 들어가면 녹고, 달고 맛있어요."

"뭐, 재료는 설탕이니까."

"언니는 안 먹어요?"

"나는 괜찮아. 사실대로 말하자면 보는 것만으로도 입안이 달아져."

그건 너무 먹은 거다. 거부 반응이 나오고 있잖아. 솜사탕은 가끔 먹는 것이지 한 번에 몇 개나 먹는 게 아니다.

"그래도 가게를 낸다는 건 다 같이 학원 축제를 돌아보는 건 불가능한 건가요?"

"괜찮아. 우리도 교대로 학원 축제를 즐길 생각이니까 그때 같이 보자."

"네!"

시아의 말에 노아는 기뻐했다.

275 곰 씨, 앞으로의 일에 관해 의논하다

솜사탕을 먹는 것으로 노아의 기분도 좋아지고 시아와 학원 축제 이야기를 하며 분위기가 무르익었다.

우리가 스릴리나 씨에게서 새로운 차를 받고 느긋하게 있는데 엘레로라 씨가 방으로 들어왔다.

“다녀왔어.”

“어머님!”

“노아, 잘 왔네. 유나도 고마워.”

“다 같이 오는 것도 즐거웠어요.”

“엘레로라 님, 실례하고 있습니다.”

“실례하고 있습니다.”

피나가 고개를 숙여 인사하자 슈리도 따라서 고개를 숙이며 인사를 한다.

“피나랑 슈리, 얼마 전에는 크리모니아에서 가게 안내를 해줘서 고마워. 이번엔 보답하고 싶으니 학원 축제를 즐기다 가렴.”

“네, 고맙습니다.”

“고마워요.”

두 사람은 감사 인사를 했다.

"그러고 보니 우리는 어디서 머물면 되나요? 유나 언니의 집인가요?"

피나가 떠오른 듯 내게 물었다.

이번엔 엘레로라 씨의 초대니까 일반적으로 생각하면 엘레로라 씨네 집에서 묵는 것이 맞다.

하지만 귀족인 엘레로라 씨의 저택에서는 피나 자매가 차분히 지낼 수 없을지도 모른다.

"내 집이어도 상관없어."

"어머, 유나. 내 손님을 뺏을 생각이니?"

"딱히 뺏을 생각은 없어요. 오랜만에 노아가 왔으니까 가족끼리의 모임에 방해가 될 것 같았을 뿐인데요."

"방해라고 생각하지 않아."

"맞아요. 여러분들도 여기서 머물러 주세요."

엘레로라 씨와 노아까지 머물러 달라고 말했다. 클리프는 없지만 모처럼 가족끼리 모였는데 괜찮은 건가?

"두 사람에게 보답하기 위해서 내가 부른 거니까 우리 집에서 머무르다 가렴."

피나는 「그게……」라고 말하더니 곤란한 표정을 지으며 엘레로라 씨와 나를 보곤 조금 생각한 후에 슈리 쪽을 바라봤다. 슈리는 상황 파악이 안 되는 느낌으로 어리둥절해 있다.

"슈리, 이 저택에 머무는 거랑 유나 언니의 집에서 머무는 것

중에 어느 쪽이 좋아?"

피나는 슈리에게 선택을 맡길 모양이다.

"유나 언니의 집이 있어?"

"있어. 크리모니아의 집이랑 다르지 않은 곰 집이지만."

"보고 싶어!"

오오, 곰 하우스가 승리했다.

"슈리, 이 저택에 머무는 것도 좋아. 맛있는 음식도 있단다."

하지만 지지 않고 엘레로라 씨는 슈리를 불러들이려 했다.

"응, 머물고 싶어."

슈리의 말을 듣고 이겼다며 의기양양한 표정을 짓는 엘레로라 씨.

피나는 슬퍼하는 얼굴을 지었다. 이것은 도움의 손길을 뻗어 줘야 하는 건가.

"그러면, 곰돌이랑 곰순이와는 떨어져 지내는 거네."

"곰돌이! 곰순이!"

슈리가 크게 반응했다.

"유나, 곰돌이랑 곰순이를 여기서 말하는 건 비겁해."

먼저 먹을 것으로 유혹한 건 엘레로라 씨다.

"피나도 큰 저택이면 마음이 놓이지 않는 모양이니까 우리 집이랑 엘레로라 씨의 집에서 교대로 머물게 하는 건 어때요?"

내 제안에 엘레로라 씨는 생각에 잠겼다.

"어쩔 수 없네. 그렇게 하는 걸로 타협하자."

나와 엘레로라 씨는 악수를 나눴다.

이제 와서 하는 얘기지만 무슨 승부를 겨루고 있었던 거지? 단지 피나가 안심한 얼굴을 하고 있으니 이걸로 된 건가?

"그래서 어머님, 부탁이 있는데요."

"무슨 부탁이니?"

"피나와 슈리에게 성을 안내해주고 싶은데 어떻게 안 될까요?"

"성?"

"슈리가 성을 보고 싶다고 해서 가능하다면 보여주고 싶어서요."

노아가 조금 머뭇거리면서 부탁을 했다.

"그런 거라면 내가 데리고 가줄게."

"정말요?!"

"물론이지, 게다가 유나가 있으면 내 허락 없이도 성에 들어갈 수 있잖니."

"유나 님?"

엘레로라 씨의 말에 전원이 내 쪽을 바라봤다.

"어머나, 모르니? 유나는 입성 허가가 내려져 있어서 언제든지 성 내부로 들어갈 수 있어."

"그거는 저만 되는 거 아니에요?"

본 적 없는 사람을 데리고 들어가는 건 안 될 거라고 생각했는데.

"괜찮아. 몇십 명이나 데리고 들어가는 건 안 되겠지만 세 명 정도라면 들어갈 수 있어. 물론 무슨 일이 생긴다면 유나가 책임을 지게 되겠지만."

뭐, 내가 데리고 들어가는 거니까 일행이 무슨 짓을 한다면 내 책임이 되는 건 당연한 일이다.

"내가 함께라면 괜찮다는 것 같으니까 내일 다 같이 성에 갈래?"

"괜찮아요?"

"세 명 모두 민폐를 끼치거나 하지 않을 거잖아?"

내가 말하자 피나가 여동생인 슈리를 불안하게 쳐다봤다.

"나한테서 절대로 떨어지지 않겠다고 약속할 수 있어? 멋대로 돌아다니지 않겠다고 약속할 수 있어?"

"할 수 있어~."

뭐, 슈리의 손을 잡고 있으면 되겠지. 손을 잡고 있으면 멋대로 움직일 수도 없다.

"걱정되면 내가 따라가도 되는데."

"일은 괜찮아요?"

"잠깐 정도면 상관없어. 우수한 국왕 폐하도 있으니까."

그래도 되는 건가 싶으면서도 귀족이 참견해오면 귀찮아지니 엘레로라 씨에게 동행을 부탁했다.

"그러면 오늘 밤은 환영회를 열자."

저녁 식사를 대접받은 후 오늘은 이대로 엘레로라 씨의 집에서 머물게 됐다.

다음 날, 식사를 마치고 밖으로 나왔다.

"저도 같이 가고 싶어요."

교복 차림의 시아가 우리를 부러운 듯 바라봤다.

"너는 오늘 학원에 가는 날이잖니. 착실하게 공부해야지. 게다가 학원 축제 준비도 있잖아."

뭐, 학생은 공부가 본분이긴 하다. 착실하게 공부를 해야 한다. 그런 말을 학교에 가지 않고 방구석에 은둔해 있던 나에게는 듣고 싶지 않겠지.

"그러면 저는 학원에 가겠지만 노아도 유나 님에게 민폐 끼치면 안 된다."

시아는 노아의 머리를 쓰다듬은 후 학원으로 향했다.

"그러면 우리도 가볼까."

"네~."

슈리가 활기차게 대답을 했다.

성에 도착하자 슈리는 만면의 미소로 성을 올려다봤다.

"크다."

"안에서 소란을 피우면 안 된다."

"응."

피나는 제멋대로 행동하지 않도록 단단히 슈리의 손을 잡았다.

“그러면 다들, 안으로 들어가자.”

엘레로라 씨를 선두로 모두는 뒤를 따라갔다. 오늘은 엘레로라 씨가 인솔 선생님인 거네. 성의 문에 다다르자 병사가 우리를 바라봤다.

“엘레로라 님, 게다가 곰님까지.”

곰님?

그러고 보니 이름을 알려준 기억이 없다.

그렇다고 해서 곰님이라니…….

“이 아이들은 내 지인들이니까 안으로 들어가게 해줘.”

“네, 어서 들어가십시오.”

병사는 등을 꼿꼿이 펴고 길을 열어주었다.

역시 엘레로라 씨다.

“엘레로라 님, 대단해요!”

“그러니?”

엘레로라 씨는 슈리에게 칭찬을 받아 기분이 좋은 듯했다.

“아아, 그리고 그녀가 왔다는 건 국왕 폐하께는 알리지 않아도 돼.”

엘레로라 씨가 내 쪽을 바라보면서 병사에게 지시를 내렸다.

“그렇지만…….”

병사가 내 쪽을 바라봤다.

아마도 내가 오면 보고를 하도록 명령을 받았겠지. 그런데 엘레로라 씨에게 저지를 당해 곤란해하고 있다.

두 명의 상사에게 다른 지시를 받아서 곤란해하는 사원 같은 느낌이네.

"괜찮아. 이번엔 성을 견학하는 게 목적이니까. 만약 무슨 일이 있으면 내가 책임지지."

"알겠습니다."

병사는 엘레로라 씨의 지시를 따르기로 한 모양이다.

이번만큼은 엘레로라 씨의 지시가 옳다. 내가 왔다는 것을 국왕에게 보고를 해도 플로라 공주의 방으로 갈 예정은 없으니까. 국왕이 플로라 공주의 방으로 가도 나는 없다.

게다가 국왕이 플로라 공주에게 「곰이 온 모양이야」라는 말을 해서 플로라 공주가 기다리는 일이 생긴다면 가엽다. 그런 거라면 처음부터 알리지 않는 편이 낫다.

276 곰 씨, 모르는 사이에 불행해져 있었다

무사히 성 안으로 들어간 우리는 엘레로라 씨의 안내로 내부를 견학했다.

예쁜 두 건물을 잇는 복도를 지나 성 안으로 들어간다. 나로서는 익숙한 광경이지만 처음인 슈리는 눈을 반짝이며 봤다. 피나도 오랜만의 성에 긴장이 되는 모양이다.

엘레로라 씨는 저번에 우리가 견학했을 때와 같은 곳을 걸었다. 견학 코스라도 되는 건가?

뭐, 일반인이 들어오거나 보면 안 되는 장소도 있을 테니까 어느 정도 견학 코스는 정해놓았는지도 모른다.

그리고 여러 곳을 견학하고 병사와 기사가 훈련 중인 광장에 다다랐다.

이곳에서 처음으로 플로라 님을 만났었지.

그때는 갑자기 여자아이가 안겨들어서 놀랐었다. 그게 공주님이라고 해서 더욱 놀랐던 건 오래된 추억이다.

광장을 보니 이쪽도 저번과 똑같이 기사와 병사가 훈련 중이었다. 검과 검이 서로 부딪치고 커다란 소리를 내고 있다. 개인적으로는 검술 훈련 모습도 좋지만, 마법사의 훈련 모습을 보고 싶었다. 성을 섬기는 마법사의 실력이 알고 싶었기 때문이다.

"오늘은 제3 기사단의 훈련인 모양이네."

엘레로라 씨가 기사들의 훈련 모습을 보고 중얼거렸다. 그리고 눈을 치켜올려 조금 불편한 표정을 보였다.

"모두, 다른 곳으로 갈 거야."

오래 있지 않았는데 그런 말을 꺼냈다. 뭐, 아이들에게 많이 보여줄 게 아닐지도…….

"이런 엘레로라 님 아니십니까?"

그 장소에서 벗어나려 하는데 40대 정도의 수염을 기른 남자가 히죽히죽 거리면서 말을 걸어왔다. 본 순간 건들거리는 얼굴에 거부 반응이 나왔다. 얼굴을 마주하고 싶지 않아져서 곰 후드를 깊게 눌러 쓰고 피나와 슈리를 내 뒤로 물렸다. 노아는 이미 엘레로라 씨가 자신의 뒤에 숨기고 있었다.

"르톰……."

엘레로라 씨가 남자를 보고 작은 목소리로 이름을 말했다. 엘레로라 씨는 고충을 억누르는 얼굴을 하고 있었다.

"그쪽은 소문의 곰과 엘레로라 님의 따님이시군요."

나와 엘레로라 씨의 뒤에 숨어 있는 노아를 본다.

"딸이 무서워하니 보지 말아주겠나."

"이거 실례했군요. 언니와 쏙 닮아 귀여운 따님이네요."

"그래, 두 사람 모두 나와 닮아서 말이지."

엘레로라 씨가 남자의 말에 미소로 대답했다.

"그래서, 엘레로라 님은 견학을 하는 중이신가요?"

"맞네. 그래도 당신들의 훈련을 방해하지 않도록 떠나려던 참이니 신경 쓰지 말아 주면 좋겠는데."

"마음 쓰지 말고 천천히 견학해 주세요. 기사들도 엘레로라 님에게 보이는 편이 훈련에 도움 될 테니 말이죠."

"마음을 고맙지만 다른 곳도 견학할 예정이라 이것으로 실례하겠네. 다들, 가자."

걷기 시작하는 엘레로라 씨를 우리는 조용히 따라갔다. 뒤를 돌아 남자를 쳐다보니 엘레로라 씨를 노려보고 있었다.

"어머님, 괜찮으세요?"

"노아는 신경 쓰지 않아도 돼. 너에게는 손끝 하나 건들지 못하도록 할 테니까."

엘레로라 씨는 노아의 머리에 손을 올려 다정하게 미소를 지었다.

나에 관해서도 알고 있는 모양이었지만 기분 나쁜 눈이었다. 신경은 쓰여도 이곳에서 물어봤자 알려주지 않을 것 같았고, 피나와 아이들도 있으니 관여되지 않고 끝나는 게 좋겠지.

그리고 기분 전환을 하기 위해서인지 엘레로라 씨는 우리를 정원으로 데리고 갔다.

"우와, 꽃이 많아."

"예뻐요."

"이곳에서 잠깐 쉬도록 하자."

"피나, 슈리, 저기로 갈까."

"뛰다가 넘어지지 않도록 해."

"네~."

노아는 두 사람의 손을 잡은 후 안쪽으로 데리고 가버렸다.

남은 나와 엘레로라 씨는 정원의 중앙을 향해 천천히 걸었다.

"세 사람 모두 저렇게 즐거워하다니."

사이좋은 세 명을 보며 미소를 짓는다.

"엘레로라 씨, 조금 전의 남자는 누구죠? 어쩐지 엘레로라 씨를 대하는 태도가 안 좋았는데."

세 명이 없어졌기 때문에 물어본다.

만약 세 사람에게 위해를 가할 법한 인물이라면 나의 적이기도 하다.

"나는 그에게 미움을 받고 있어."

그건 보면 안다.

헤어질 때 엘레로라 씨를 노려보는 듯이 바라보고 있었다.

"역시, 귀족에게는 파벌이라는 게 있는 건가요?"

나로는 알지 못하는 세계이다. 더구나 사회인도 아니고 학교에도 가지 않았으니 그런 것과는 관계가 없이 살아왔다. 안다고 한다면 만화나 소설에 쓰여 있는 지식 정도밖에 없다.

"물론 파벌도 있긴 하지만 그의 경우엔 미움을 받고 있다는 것보다는 원한을 사고 있다고 말하는 편이 옳으려나."

설마, 엘레로라 씨가 무리한 지시를 내리거나 일을 농땡이 치고 있어서 원한을 산 건가?

이게 가장 가능성이 크다.

"아마도 유나가 생각하는 것과는 다를 거야."

"아무런 생각도 하지 않았는데요."

사람의 마음을 읽는 건 관둬줬으면 좋겠다.

"그, 르툼 롤랜드 백작에게 원한은 산 건 클리프가 원인이야."

"클리프 씨요?"

"조금 옛날이야기지만 클리프 쪽에서 일하던 사람이 꽤 나쁜 짓을 했었어. 그래서 클리프가 화를 내며 처형시켜버렸거든. 그 인물이 그의 친족이었어. 일단 겉으로는 도적에게 살해당한 것으로 되어 있지만……. 그래서 나도 원한을 사고 있는 거야."

클리프가 사람을 죽이다니 상상도 할 수 없었다. 하지만 그 클리프가 죽였다면 어지간히 심한 짓을 했다고 추측할 수 있다. 하지만 상대에게 있어서는 친족이 죽임을 당했으니 원망하는 것도 어쩔 수 없는 건가. 그래도 엘레로라 씨까지 원망하는 건 과한 것 같은데.

"참고로 유나도 그와는 관계가 있어."

"저도요?"

그다지 귀족과는 얽힌 적이 없어서 원한을 살 법한 일은 한 기억이 없다.

귀족인 지인은 클리프와 그란 아저씨 정도이다.

"유나, 살바드 가문의 일을 기억하니?"

살바드 가문, 떠올리고 싶지도 않지만 그런 귀족이 있긴 했지. 미사를 납치했던 바보 귀족.

"그 살바드 가문의 먼 친척이 롤랜드 가문이야."

"그러면 그때의 아들은……."

"맞아, 롤랜드 가문에 떠맡겨졌지."

"그러면 저에 관해서도 알고 있는 거예요?"

"으음, 그건 가쥴드의 아들인 란돌이 하기 나름이라고 생각하지만…… 롤랜드 가로 떠맡겨지기 전에 이번 일을 입 밖으로 발설하는 것을 금지한다고 국왕 폐하가 명령했거든. 그러니 친척이든 누구든 말하는 건 허용되지 않지. 만약 말한 게 알려진다면 처벌을 받게 되어 있어. 그래서 가쥴드의 아들은 유나에 관해서는 아무에게도 말하지 않을 거야. 게다가 가쥴드의 아들을 떠맡는 것과 동시에 자신의 영지로 보냈다고 해."

어느 영지인지 모르겠지만 그러면 안심해도 되나?

"다만, 먼 친척이라고는 해도 살바드 가문을 없애는 것에 포슈로제 가문이 관여되어 있으니 더욱 원한을 사게 된 거야."

그녀는 작게 한숨을 내쉬었다.

"민폐를 끼친 것 같네요."

"유나는 나쁘지 않아. 미사를 구해줘서 도리어 고맙지. 게다가 살바드 가문을 무너뜨리는 것도 가능했고. 그걸 생각하면 그에게 원한을 산 것 정도는 싼값이지. 그리고 원래부터 우리를 싫어하고 있었으니까."

그 사건에 관여되어 있다면 엘레로라 씨를 원망하는 것도 이해가 간다. 반은 나에게 책임이 있지만. 엘레로라 씨에게 민폐를 끼친 모양이다.

"그것만이라면 어쩔 수 없지만 원망을 받는 이유가 더 있어. 유나가 국왕 폐하의 탄신제 때 마물 토벌을 했던 걸 기억하니?"

"뭐, 일단은요."

만 마리의 마물을 쓰러뜨렸다. 잊을 수는 없다. 그때 쓰러뜨렸던 마물의 일부는 아직 곰 박스에 들어있다.

"그때 르툼은 공적을 쌓으려고 솔선해서 마물 토벌을 하러 갔었는데……."

엘레로라 씨가 내 쪽을 바라봤다. 하고 싶은 말이 뭔지 안다.

모든 마물을 내가 토벌했다.

"르툼은 공적을 쌓지 못하고 화를 냈어. 화가 난 르툼은 끈질기게 국왕 폐하에게 토벌한 모험가에 관해 물었지만, 국왕 폐하는 랭크 A인 모험가라는 것 이외에는 대답해주지 않았지."

국왕, 약속은 확실하게 지켜주는 모양이네. 감사해야겠어.

다음에는 매몰차게 대하지 않고 맛있는 음식을 줘야지.

"그래도 그 토벌을 한 모험가가 클리프와 관련되어 있다는 건 눈치를 챈 거야. 클리프가 모험가 길드의 사냐를 만났다는 건 알려져 있으니까."

"저도 같이 있었어요."

"그렇지만 유나는 당시에 랭크 D였잖니. 아무도 유나가 토벌했다고는 생각하지 않았어. 게다가 르툼은 국왕 폐하에게 토벌을 한 건 랭크 A인 모험가라고 들었으니까 랭크 D인 모험가가 쓰러뜨렸다고는 생각도 못 하지. 심지어 이렇게 귀여운 곰 옷차림을 한 여자아이가 쓰러뜨렸을 줄은 상상도 못 했을 거야."

확실히 랭크 D 모험가가 혼자서 만 마리의 마물을 토벌했을 거라고는 보통 생각하지 않겠지. 하물며 곰 옷차림을 한 여자아이가 쓰러뜨렸을 거라고 생각할 리가 없나.

"게다가 운이 나빴던 게 최근에 장사도 망해가고 있다는 모양이야. 광산에 마물이 출현해서 철광석을 채굴할 수 없게 됐을 때 철을 대량으로 독점해서 샀나봐. 철을 팔아서 돈을 벌려고 했던 모양인데 철을 다 팔아 치우기 전에 누군가가 광산 사건을 해결해 버렸던 거야. 철광석을 다시 채굴할 수 있게 된 탓에 꽤 손해를 본 것 같아."

엘레로라 씨가 미소를 짓고 내 쪽을 바라봤다.

그거는 골렘 사건의 일이겠지. 그렇지만 나는 나쁘지 않잖아. 모험가 길드의 의뢰로 평범하게 무찔렀던 것뿐이다. 게다가 쓰러뜨린 사람으로 되어 있는 건 제이드 씨 일행과 바보 레인저인 모험가 파티다. 응, 내가 쓰러뜨린 걸로 해놓지 않아서 다행이야. 말했다고 해도 믿어주지 않았겠지만 말이지.

하지만 클리프가 친척을 처형한 것 이외엔 모두 내가 관련되어 있었다. 그나마 다행인 것은 상대가 내가 했다는 사실을 알지 못하는 것 정도였다.

"후훗, 그래도 유나는 신경 쓰지 않아도 돼. 바보가 좋지 않은 방법으로 돈을 벌려고 했던 게 잘못된 거니까. 꼴좋은 거지. 이 이야기를 들었을 땐 오랜만에 웃었다니까."

엘레로라 씨는 미소를 띠었다.

"유나가 관계되어 있다는 건 모르겠지만 우리들의 관계자라고는 생각할 거야. 만약 그 남자가 괴롭힌다면 말해줘. 나도 국왕 폐하도 힘을 빌려줄 테니까."

이제까지 몇 번이고 성을 들락날락했지만 괴롭힘을 받은 기억은 없다. 앞으로도 무슨 일이 일어날 거라고는 생각이 들지 않지만……. 모처럼의 즐거운 학원 축제이다. 피나와 슈리, 노아도 있으니 신경을 써둬야겠다.

277 곰 씨, 곰투성이가 되다

엘레로라 씨와 이야기를 나누며 정원의 중앙으로 향했다. 성의 정원 가운데에는 의자와 테이블이 있어서 앉아서 주위 꽃들을 둘러볼 수 있다. 게다가 지붕도 있으니 쉬기에는 딱 좋은 장소였다.

코너를 돌아 목적지가 보이자 먼저 갔던 피나와 아이들의 모습이 보였다. 하지만 그곳에는 피나와 아이들만이 아니라 플로라 공주에 왕비님, 안쥬 씨의 모습도 있었다.

그리고 여기서도 보이지만 테이블 위에는 곰돌이와 곰순이 인형이 두 개씩 사이좋게 놓여 있었다. 곰돌이 인형은 플로라 공주와 피나의 앞에 있었고 곰순이 인형은 슈리와 노아의 앞에 있었다.

으음, 어째서 이런 상황이 되어버렸는지 모르겠는데…….

"어머나, 유나."

정면에서 걸어가던 우리를 왕비님이 알아차렸고 그 말에 반응한 플로라 공주가 내 쪽을 바라봤다.

"곰님!"

플로라 공주가 내게로 달려와 안긴다.

"안녕하세요."

플로라 공주에게 인사를 한 다음 왕비님과 안쥬 씨에게 인사를 했다.

“키티아 님과 플로라 님까지. 이곳에 계셨던 거예요?”

“그래, 플로라와 함께 이곳에서 차를 마시고 있었어. 그랬더니 이 아이들이 와서, 같이 차를 마시자고 했던 거야.”

피나와 아이들 앞에는 안쥬 씨가 내려준 차가 놓여 있었다.

“피나, 어떻게 된 거야?”

나는 피나에게 다가가 조그마한 목소리로 물었다.

“그게, 꽃을 보면서 걷고 있는데 이곳에 왕비님이랑 플로라 님이 계셨어요. 그래서 플로라 님이 곰돌이 인형을 가지고 있는 걸 발견한 슈리가 뛰어가버렸어요.”

곰돌이 인형을 본 슈리가 뛰어가는 광경이 눈에 선하다.

“갑자기 슈리가 「곰돌이」라면서 다가와서 놀랐지 뭐야.”

우리의 작은 목소리로 나누는 대화를 듣고 있던 왕비님이 웃는 얼굴로 바라봤다. 아무래도 엿듣고 있던 모양이다.

그래도 플로라 공주와 왕비님이 상냥하신 분들이라 다행이네. 성격 나쁜 왕족이었다면 처벌을 받았을지도 모른다. 내가 알고 있는 판타지 작품이라면 평민이 왕족에게 다가가는 것을 용서받지 못하고, 보통은 바닥에 납작 엎드려 절을 하며 사죄하는 장면이 나오겠지. 슈리가 조금 더 조심했으면 좋겠다.

하긴, 그런 성격 나쁜 왕족이었다면 나는 성에 출입하지 않았을 거고 피나와 슈리를 데리고 오지도 않았을 거다. 곰 인형을 선물하는 일도 없었겠지.

"그래서 자기소개를 했더니 엘레로라 씨와 유나 양과 함께 성으로 왔다고 해서 차를 권한 거예요. 게다가 느와르와는 몇 번인가 얼굴을 마주한 적이 있으니까 알고 있었지."

"네."

노아는 긴장하면서 대답을 했다. 귀족인 노아라도 왕비님이 상대라면 긴장을 하는 모양이다. 뭐, 왕족은 귀족이라고 해도 간단하게 만날 수 있는 사람이 아니니까. 심지어 노아는 크리모니아에 살고 있으니 왕족을 만나는 기회는 더욱 적겠지. 그렇게 생각하니 성에 올 때마다 왕족을 만나는 나라는 존재가 이상한 거네.

"그래도 세 사람 모두 플로라와 같은 곰 인형을 가지고 있어서 놀랐어."

아무래도 플로라 공주는 처음에 슈리를 보고 불안해했던 모양이다. 그래도 슈리가 곰돌이와 곰순이의 이름을 꺼내자 불안한 표정이 사라지고 「나도 가지고 있어」라고 말했고, 피나가 곰순이 인형을 꺼내어 내 이야기를 하자 플로라 공주의 경계심이 풀어졌다고 했다.

곰 인형이 왕족과 평민을 이어주다니 평범하게 생각한다면 웃을 일이다. 그런데 바로 지금 곰 인형이 왕족과 평민의 연결고리 역할이 되어 있다.

"곰님, 곰님이 많아."

플로라 공주가 기뻐하며 인형을 바라봤다. 테이블 위에는 내가 피나와 슈리에게 선물했던 인형도 있었다. 피나가 곰돌이, 슈리가 곰순이 인형을 가지고 있었다.

"그건 그렇고, 노아도 피나도 인형을 가지고 있었던 거니?"

"네, 물론이죠. 곰님 팬클럽 회장으로서는 당연합니다."

으~음, 이상한 말이 들렸는데 잘못 들은 거겠지. 그 이상 들으면 데미지를 입을 것 같으니까 흘려듣기로 했다.

"이렇게 곰 인형이 많으니까 이상한 나라에 온 것 같네. 나도 방에서 가지고 와야 하나?"

왕비님까지 그런 말을 꺼냈다.

그렇게 되어버린다면 내 마음에 상처가 생길 것 같으니 그만두길 바란다.

"정말로 곰투성이네요. 유나, 모처럼이니 진짜를 꺼내주는 건 어때?"

"진짜요?"

뭘 말하고 있는지 알지만 소란스러워질 것 같은데…….

"곰님!"

플로라 공주가 꺼내주길 바라는 표정을 짓고 있었다. 그런 표정을 보면 안 된다고 할 수 없었다.

"잠깐만이에요."

"응!"

역시, 아이에게 무른 건가?

나는 테이블 위로 꼬맹이화 시킨 곰돌이와 곰순이를 소환했다.

"곰돌이."

"곰순이."

플로라 공주와 슈리는 기쁜 듯 테이블에 앉아 있는 곰순이와 곰돌이를 바라봤다.

테이블 위에 곰이 6마리가 되었다. 누군가 7마리라고 말하진 않겠지. 나는 숫자에 포함되지 않는다고.

"그러면 이 아이는 싸움이 나지 않게 내가 맡도록 하지."

모르는 사이에 내 옆에 서 있던 왕비님이 곰순이를 끌어안았다.

"그러면 내가 곰돌이를 빌릴까."

그렇게 말하더니 왕비님과 반대쪽에서 엘레로라 씨가 곰돌이를 안으려고 했다.

"어마마마!"

"어머님!"

플로라 공주와 노아가 외쳤지만 왕비님과 엘레로라 씨는 각각 곰순이와 곰돌이를 끌어안고 자신의 자리로 돌아갔다. 설마 그걸 목적으로 소환을 시킨 건가?

새삼 보니 이상한 상황이 되어 있었다. 곰이 전부 다 해서 6마리나 있다. 몇 번이고 말하지만 곰이 7마리라는 지적은 필요 없다고…….

나와 서 있는 안쥬 씨 이외엔 전원, 곰을 가지고 있는 상황이 되었다.

"다들 곰을 가지고 있네."

"저는 가지고 있지 않은데요."

일단 부정을 해 본다.

"그렇지만 유나는 처음부터 곰이잖니."

그렇죠. 처음부터 알고 있었어요. 아무리 내가 부정을 해도 나는 곰 취급이지.

"후훗, 그런데 이상한 모임이 되어버렸네. 이대로면 폴은 참가할 수 없겠는걸."

왕비님이 미소를 지었다.

참고로 폴은 폴오트 국왕을 말하는 것 같다. 뭐, 이렇게 여자아이만 있는 곳에는 국왕도 같이 있기 꺼려질 거고 오고 싶지 않겠지. 심지어 아이들 비율도 높으니까.

게다가 슈리가 국왕에 관해 무슨 짓을 하진 않을지 걱정이 돼서 없는 편이 좋다.

"그래도 여기에 유나가 있다는 건 폴은 플로라 방으로 가고 있는 거 아닌가?"

"모시러 갈까요?"

안쥬 씨가 제안했다.

"괜찮아요. 오늘은 병사에게는 부르러 가게 하지 않았으니까 국왕 폐하는 유나가 와 있다는 걸 모를 거예요. 오늘은 이 아이들

의 견학으로 온 것뿐이거든요.”

“그래? 그러면 오늘은 맛있는 요리가 없는 건가?”

왕비님은 아쉬워했다.

설마 이 부부는 내가 항상 요리를 가지고 온다고 생각하고 있나?

매번 가지고 오는 내 탓도 있지만 그건 어디까지나 플로라 공주에게 주는 선물이지 국왕님이나 왕비님을 위한 게 아니다.

“유나, 솜사탕을 선보이는 건 어때.”

조금 아쉬워하는 왕비님을 보고 엘레로라 씨가 그런 말을 꺼냈다.

“솜사탕이요?”

“어머, 그건 뭐지?”

“구름 같은 과자예요.”

인형을 가지고 놀고 있던 슈리가 대답했다.

“구름?”

슈리의 말에 플로라 공주가 고개를 갸웃거린다.

“구름이라는 건 하늘에 떠 있는 구름을 말하는 건가?”

왕비님은 하늘을 바라봤다. 하얀 구름이 떠 있는 게 보인다.

“어마마마, 구름은 먹을 수 있어?”

“그러게, 하얗고 맛있을지도 모르겠네.”

왕비님은 미소로 딸에게 어처구니없는 것을 알려줬다.

그게 아니라면 이 세계에 사는 사람들은 구름에 관해 자세히 알지 못해서 먹을 수 있다고 생각하는 걸까?

딸을 놀리고 있는 것뿐이겠지. 진심으로 말하고 있을 리가 없겠지. 그렇지만 교육상 좋지 않으니 올바른 지식을 알려주기로 했다.

"플로라 공주님, 구름은 먹을 수 없답니다. 그 대신에 구름 같은 과자라면 있어요."

곰 박스에서 솜사탕 기계를 꺼내어 중앙에 설탕을 넣고 스위치를 눌렀다. 그러자 중앙의 철 부분이 열을 내며 고속 회전을 하기 시작했다. 중앙의 작은 구멍으로부터 하얀 실이 나왔다.

"뭔가, 나오고 있어."

플로라 공주가 테이블 위에 올라타듯 중앙에서 나오는 실을 봤다. 나는 솜사탕을 휘감기 위해 봉을 준비했다.

"유나 언니, 내가 해도 돼?"

막대기로 솜사탕을 감으려고 하는데 슈리가 그런 말을 했다.

"좋아, 하지만 제대로 만들어야 해."

내가 봉을 건네주자 슈리는 솜사탕을 만들기 시작했다. 그런 모습을 보고 있던 피나가 무언가 말을 하고 싶어 했지만 목소리로는 나오지 않았다.

슈리는 봉을 돌돌 돌렸고 점점 하얀 실이 봉에 휘감겨 커졌다. 고아원에서 만들어 보기만 했는데 만드는 게 능숙하다. 어쩌면 재능이 있는 건지도?

뭐, 장래에 솜사탕 장인이 되고 싶다고 해도 시키지 않을 거지만…….

"대단해, 구름이에요."

"어머나, 정말이네. 구름처럼 몽글몽글하잖아."

점점 솜이 커져 갔다. 커지는 솜사탕에 플로라 공주는 기뻐했다. 슈리도 모두가 기뻐하고 있으니 더욱더 솜사탕을 크게 만들었다.

"슈리, 스톱. 멈춰, 멈춰."

내가 소리치자 슈리는 당황하며 멈췄다. 하지만 이미 늦어서 솜사탕은 보통 크기보다 커져 버렸다.

그래도 일단 솜사탕이 완성됐다.

"공주님, 맛있어요."

슈리가 건네자 플로라 공주는 작은 손으로 큰 솜사탕을 받았다. 놓치진 않을까 걱정이 된다.

"어떻게 먹어요?"

"그게, 손으로 작게 떼어내서 먹으면 돼요."

아무래도 공주님에게 바로 입에 넣으라고는 가르쳐줄 수 없어서 떼어내서 먹는 방법을 알려줬다.

"그리고 손이 조금 끈적거릴 거니까 곰 인형은 내려놓는 편이 나을 거예요."

내가 그렇게 말하자 안쥬 씨가 플로라 공주의 무릎 위에 놓인 곰돌이 인형을 테이블 위로 이동시켰다. 역시 안쥬 씨, 행동이 빠르다.

플로라 공주는 작은 손으로 솜사탕을 떼어내 입에 넣었다.

"달아."

솜사탕을 입에 넣은 플로라 공주는 만면의 미소를 지었다.

"어머, 그러니? 슈리, 내 몫도 만들어 주겠니."

"네!"

슈리는 고개를 끄덕이고 솜사탕을 하나 더 만들기 시작했다. 이번엔 보통 사이즈의 솜사탕이 만들어졌다. 그리고 왕비님도 맛있게 먹었다.

커다란 솜사탕은 플로라 공주 혼자서는 다 먹을 수 없어서 슈리도 함께 먹었다. 사이가 좋네. 이것도 곰 인형 덕분인가?

"그래서 우리가 올 때까지 무슨 이야기를 하고 있었어?"

엘레로라 씨가 옆에 앉아 있는 노아에게 물었다.

"유나 님에 관한 얘기랑 어머님이 민폐를 끼치고 있지는 않은지 여쭤봤었어요."

"실례구나. 일은 확실히 하고 있어."

일을 하는 것과 민폐를 끼치는 것은 별개의 이야기인 것 같은데 엘레로라 씨 안에서는 같은가?

뭐, 일을 하지 않았다면 민폐가 될 테니 하는 말은 진짜일지도 모른다. 이런 발언을 들으니 클리프도 국왕도 엘레로라 씨 때문에 고생하고 있는 것 같았다.

"후훗, 괜찮아. 고생하는 건 폴이니까."

"키티아 님, 그건 제가 민폐를 끼치고 있는 것 같잖아요."

"안 끼친다는 거야?"

"그건……."

"어머님……."

노아는 어이없다는 눈초리로 엘레로라 씨를 바라봤다.

"일은 착실하게 하고 있어요. 안 하고 있으면 크리모니아로 쫓겨났을 걸요."

확실히 그렇긴 하네. 방해가 된다면 크리모니아로 돌려보냈을 거다.

"하지만 그것도 좋겠네. 그러면 크리모니아로 돌아갈 수 있잖아."

"그런 말을 하면 언니가 화낼 거예요."

"노아는 내가 돌아가는 게 싫은 거야?"

엘레로라 씨는 조금 쓸쓸해했다.

"어머님을 자주 만날 수 없는 건 슬프지만 언니와 어머님이 크리모니아로 돌아오면, 제가 학원에 다닐 때는 왕도에서 혼자가 되어버리잖아요."

노아는 조금 쑥스러워하면서 그렇게 답했다.

"그렇네. 다음엔 우리 둘이서 지내자."

엘레로라 씨는 기뻐하며 노아를 끌어안았다.

"후훗, 그래서 엘레로라는 사랑하는 딸에게 성을 안내해주고 있던 건가?"

"귀여운 딸에게 친구들을 위해 성을 보여주고 싶다는 부탁을 받으면 거절할 수가 없잖아요."

끌어안고 있는 노아를 더욱더 강하게 안았다.

노아는 창피한 듯 도망치려고 했지만 엘레로라 씨는 놓치지 않는다.

엘레로라 씨와 노아의 사이에 껴있는 곰돌이가 괴로워하고 있었다. 곰돌이가 괴로워 보이니까 너무 세게 안지는 말아줘.

"그런데, 어째서 왕도에? 일부러 성을 보러 온 거는 아닐 테고?"

"딸인 시아가 학원 축제에 초대했거든요."

"학원 축제? 하긴 딸도 그런 말을 하긴 했었지."

왕비님이 그런 말을 했다.

딸? 플로라 공주가 그런 말을 했나?

플로라 공주도 학원 축제에 가고 싶은 건가?

그런 다음, 꽃을 보거나 수다를 떠는데 플로라 공주와 슈리가 인형을 안은 채 잠이 들어버려서 성 견학을 종료하게 됐다.

추신, 왕비님과 엘레로라 씨에게서 곰순이와 곰돌이는 되돌려 받았다.

278 곰 씨, 노아의 머리카락으로 놀다

학원 축제가 시작하기 전까지 며칠 동안 나는 피나와 아이들을 데리고 왕도 구경을 하거나 사냐 씨와 가잘 씨가 있는 곳에 얼굴을 비추거나 왕도에 있는 곰 하우스의 청소를 하거나 엘레로라 씨네 저택 정원에서 곰돌이와 곰순이랑 함께 놀았다.

그리고 학원 축제 당일.

"그러면 나는 준비를 해야 하니까 먼저 갈게. 모두는 시간이 되면 와. 노아, 학원 입구에서 기다리고 있어야 해. 데리러 갈 때까지 멋대로 움직이면 안 된다."

"언니, 몇 번이고 말하지 않아도 알고 있어요."

"그리고 돈은 가지고 있지? 잊으면 아무것도 못 사니까."

"어머님께 확실하게 용돈 받아뒀으니까 걱정 마세요."

참고로 용돈을 받은 건 노아만이 아니라 피나와 슈리도 받았다. 처음엔 거절했던 피나였지만 엘레로라 씨와의 입씨름에서 진 후에 받게 됐다.

엘레로라 씨는 나에게까지 돈을 주려고 했으나 노아와 아이들 호위 비용을 받고 있으니 정중하게 거절했다.

"그리고 남자가 말을 걸어도 따라가면 안 된다."

"안 가요!"

"또, 먹을 거 사준다고 해도 따라가면 안 돼."

"안 따라가요!"

시아는 학원 축제에서의 주의사항을 차례차례 말했다.

"그리고, 그리고 말이지."

시아는 제자리걸음을 하며 생각했다.

"언니, 이제 됐으니까 얼른 학원에 가세요."

노아는 언제까지고 학원에 가지 않는 언니를 나무랐다.

"으으, 알았어. 그러면 유나 님, 노아를 잘 부탁할게요."

"응, 시아도 열심히 해."

"그러면, 갈게요!"

시아는 스커트를 휘날리며 방을 빠져나갔다.

"언니도 참, 나는 이제 어린애가 아닌데……."

"아니, 어린애야."

일단 그 부분은 지적해둔다.

시아가 방에서 나가자 방 안은 조용해졌다.

우리가 집을 나서는 시간까지는 아직 여유가 있었다.

"맞다, 그렇지. 노아, 이쪽으로 와서 의자에 앉을래?"

"왜 그러세요?"

노아는 군말 없이 내 쪽으로 다가와 의자에 앉았다. 나는 노아의 뒤에 서서 곰 박스에서 빗을 꺼내 노아의 긴 머리를 빗기 시작했다.

"뭐, 뭐 하시는 거예요?"

갑자기 내가 머리카락을 빗기 시작해서 놀란 모양이다.

"클리프 씨에게 이상한 해충이 다가오지 못하도록 부탁을 받았던 거 기억하지?"

혼약을 권해오는 남자가 있을지도 모른다.

"아버님의 말씀을 믿고 계신 거예요?"

"노아는 안 믿니?"

"잘 모르겠어요. 하지만 파티도 아닌데 저한테 접근하는 남자는 없을 거라 생각해요. 게다가 사귀는 건 저한테는 아직 이르고요."

그건 나도 그렇게 생각한다. 10살에게 남녀 교제는 빠르다. 하지만 그건 내가 경험이 없어서일지도 모른다. 원래 세계에서도 될 대로 되라는 생각을 가진 아이는 초등학생 때부터 연애를 하는 경우가 있었다. 그래도 이쪽 세계는 이세계이기도 하고 노아는 귀족이다. 교제라는 건 결혼을 전제로 진행될 가능성이 크다.

그런 일이 생긴다면 성가셔진다.

"뭐, 클리프 씨와의 약속도 있으니까. 조심해서 나쁠 건 없잖아?"

"그래도 그거랑 제 머리를 빗는 거는 무슨 상관이죠?"

"머리 모양을 바꾸려고. 한두 번 본 사람이라면 머리 모양을 바꾸면 못 알아보기도 하잖아."

멀리서 봤을 땐 알아차릴 가능성이 더 낮아진다. 사람은 특징으로 상대방을 기억하는 동물이다. 만약 내가 사복으로 갈아입으면 몇 명이 나를 알아차릴까. 한 번 정도밖에 만난 적 없는 사람이라면 일단은 알아차리지 못할 거다.

하물며 노아의 경우는 크리모니아 마을이라는 왕도에서 떨어진 곳에 있어서 만날 기회도 적다. 머리 모양을 바꾸면 알아차리지 못할 가능성이 커진다. 여자아이는 머리 모양 하나로 달라지는 존재이다.

"그러니까 만일을 위해서 머리 모양을 바꾸려고 하는데, 안 될까?"

"유나 님이 해주시는 거면 괜찮아요."

노아의 허락도 떨어졌으니 머리 모양을 바꾸기로 했다.

"그러면 뭐가 좋은지 말해봐. 피나도 슈리도 어떤지 말해줘."

"네."

"응."

금발의 예쁜 긴 머리를 빗으면서 노아에게 어울릴 법한 머리 모양을 생각한다.

우선 맨 먼저 뒷머리를 두 갈래로 나눈 뒤 시아와 똑같은 트윈테일을 해 본다.

"시아 님이랑 똑같아요."

"시아 언니예요."

피나가 노아의 앞에 거울을 가져다줬다.

"언니와 같은 머리 모양이네요."

노아는 기뻐하며 머리를 만졌다.

"잘 어울리지만 안 되겠네."

"왜죠?!"

"그야 시아랑 닮으면 곧바로 들켜버릴 테니까."

그런데 왜 했냐고 묻는다면 노아의 트윈테일 모습이 보고 싶었을 뿐이다. 자매라서 머리 모양을 똑같이 하면 닮았다. 시아의 어릴 적은 노아랑 닮았을까?

나는 다음으로 포니테일도 해보고, 사이드테일로 해봤다.

"노아 님, 귀여워요."

"노아 언니, 귀여워."

모두 어울려서 귀엽다고 하니 어느 쪽으로 할지 결정할 수 없었다. 노아의 머리로 놀고 있는데 엘레로라 씨가 방으로 들어왔다.

"어머, 뭘 하고 있니?"

"노아의 머리카락으로 놀고 있어요."

"유나 님……."

내 대답을 듣고 거울에 비춰보고 있던 노아의 눈이 어이없어했다.

나는 다시 지금 상황을 엘레로라 씨에게 설명했다.

"그렇구나. 그런 거라면 나도 참가해야겠네."

"어머님?!"

그런 다음, 엘레로라 씨도 합류해서 노아의 헤어디자인쇼가 시작됐다. 올림머리를 하거나 세 갈래로 땋아보는 등 여러 가지의 머리 모양을 시험해 봤다.

모두 잘 어울려서 귀여워.

"노아는 어느 게 좋았어?"

"으으, 머리가 아파요. 어머님도 유나 님도, 제 머리카락으로 노시는 거죠?"

응, 놀고 있었지. 금빛 머리를 만질 수 있는 기회는 좀처럼 없으니까. 피나는 머리가 짧아서 자유도가 낮다. 그 점에서 노아는 머리가 길어서 만지는 보람이 있다.

그래도 슬슬 정하지 않으면 집을 나설 시간이 되어버린다.

엘레로라 씨와 아이들과 상담을 하고 노아의 머리 모양을 정했다. 최종적으로 피나와 똑같이 커다란 리본을 준비해서 뒤에서 하나로 묶는 스타일로 정했다.

너무 특수한 머리 모양을 해서 되려 눈에 띄면 의미가 없어서 간단하게 해봤다. 그래도 이것만으로도 충분히 이미지가 바뀐다.

머리 모양을 바꾼 노아를 데리고 학원으로 향했다. 엘레로라 씨는 우리와 함께 학원 축제에 가고 싶어 했지만 눈물을 머금고 일터로 돌아갔다.

노아는 조금 기쁜 듯 발을 번갈아 가며 콩콩 뛰면서 걸었다. 그럴 때마다 하나로 묶은 머리가 좌우로 흔들렸다.

"기대되네요."

"노아도 학원 축제는 처음이지?"

"네, 혼자서는 왕도까지 올 수가 없었거든요."

뭐, 10살인 어린 애를 혼자서 오게 할 수는 없겠지. 작년에는 9살이었으니 더욱 안 됐을 거야.

"슈리, 절대로 내 손을 놓으면 안 돼."

피나는 슈리의 손을 잡았다.

"혼자서 멋대로 돌아다니면 안 된다?"

손을 잡고 있으니까 멋대로 움직일 수 없다고 지적하면 안 되겠지?

노아와 시아도 사이좋은 자매이지만 이쪽도 사이좋은 자매네.

피나와 슈리를 미소 지으며 바라보니 「왜 그러세요?」라며 피나가 나를 바라봤다.

"자매라는 건 이런 건가 싶어서 말이야. 시아도 노아에 관해 엄청 걱정했었잖아."

"언니는 걱정이 너무 많아요."

"응, 언니는 걱정이 너무 많아."

노아의 말에 슈리도 동의했다.

부모의 마음을 자식이 모르는 게 아니라 언니의 마음을 동생이 모른다는 느낌이네.

우리가 학원을 향해 걷고 있는데 우리 외에도 학원으로 가려고 하는 사람들이 늘어났다. 이렇게 되면 내게로 시선이 모여든다.

잊고 있었던 건 아니지만 사람이 늘어나면 시선도 늘어났다. 아이들과 동행한 가족들이 내 쪽을 바라보더니 「곰?」, 「학원 축제에서 공연하는 곰인가?」라는 목소리가 들려온다. 「아니에요」라고 마음속에서 부정해둔다.

그렇게 시선을 집중시키면서 학원에 도착했다.

"아직 언니는 오지 않은 것 같네요."

학원 입구에 시아의 모습은 보이지 않았다.

학원 축제에 온 사람들이 차례차례로 학원 안으로 들어간다. 안전을 관리하기 위해 수정판이 놓여 있었고 방문객은 시민 카드와 길드 카드를 올려뒀다.

우리가 시아를 기다리고 있는데 멀리에서 아이들이 달려와 내게 안겼다.

"곰님이다~."

"곰~."

한 명이 달려들더니 이어서 아이들이 몰려들었다.

"어머, 학원 축제에서 만든 건가?"

"귀여운 곰이네."

"어머니, 저도 다녀올게요."

어른들이 아이들을 해방했다. 그 때문에 아이들이 내게로 모여들어 버렸다. 이럴 때는 말려야지! 일단 얼굴을 가리기 위해 깊게 후드를 덮어썼다.

"유나 님!"

"유나 언니!"

"유나 언니!"

세 명이 걱정스럽게 나를 부르지만 그럴 때가 아니었다. 내 주위에 아이들이 몰려들어서 대응이 힘들었다. 마물이나 적이라면 마법과 곰 펀치로 날려버릴 테지만 아이들에게 그런 짓을 할 수는 없다.

"곰님, 부드러워."

"곰님, 복슬복슬해."

"잠깐 놔주겠니?"

부드럽게 말했지만 아이들은 놔주지 않았다. 시간이 지날수록 아이들이 몰려든다. 주위에 있는 어른들도 미소를 지으며 바라봤다.

나는 학원 축제의 관계자가 아니라고요.

"도와줘……."

내가 도움을 청하자—.

"유나 님? 뭘 하고 계신 거예요?!"

눈앞에 도움을 줄 여신, 시아가 나타났다.

"시아, 도와줘!"

나는 찾아온 시아에게 도움을 청했다. 시아는 내 주변에 있는 아이들을 보고 한숨을 내쉬더니 아이들을 내 몸에서 떨어뜨려 줬다.

"애들아, 곰님이 곤란해하잖니. 떨어져 주렴."

"네~."

"응."

시아가 말을 하자 아이들이 한 명, 한 명, 떨어져 간다. 시아 덕분에 아이들의 포위망에서 탈출할 수 있었다

"시아, 고마워."

"유나 님, 도대체 무슨 짓을 하고 계신 거예요?"

도와준 시아가 어이없어하는 얼굴로 나를 바라봤다.

"시아를 기다리고 있었는데 아이들이 모여들었을 뿐이야."

나는 서 있기만 했다. 딱히 아무 짓도 하지 않았다.

아이들 쪽을 바라보자 아직 안길 찬스를 엿보는 것 같았다. 기분 탓이겠지만 공포를 느꼈다. 아이들에게 습격을 당하는 게 이렇게 무서운 줄은 몰랐다.

"유나 언니, 괜찮아요?"

"유나 언니."

"유나 님."

피나와 아이들이 내게로 다가오자 다른 아이들도 다가오려 했다. 나는 피나와 아이들을 제지했다. 그것을 본 시아가 상황을 파악했다.

"여기에 있으면 또 몰려들 테니까 안으로 들어가요."

그 말에는 찬성한다.

우리는 시아의 안내를 받아 학원 안으로 들어갔다. 아이들이 아쉬워하고 있지만 이것만큼은 어쩔 수가 없다.

"시아, 정말로 고마워. 덕분에 살았어."

"유나 님이 항상 그 복장을 하고 있으니까 잊고 계신가 본데, 그 옷차림은 눈에 띈답니다."

잊고 있었던 건 아니지만 설마 이렇게 많은 아이들이 몰려들 줄은 몰랐다.

나, 이대로 학원에 들어가도 괜찮을까?

279 곰 씨, 공주님을 만나다

길드 카드를 수정판에 올려놓고 안으로 들어서자 한 장의 종이를 받았다. 그러고 보니 다른 사람들도 학원에 들어갈 때 받았었다. 종이를 보니 앙케트 용지였다. 재미있었던 출품작을 적는 것 같다. 이런 걸 하고 있었구나.

우리가 학원에 들어서자 조금 전의 아이들도 함께 들어왔다. 따라오는 것 같은 기분이 들지만 길이 하나밖에 없으니 어쩔 수 없었다. 도중에 갈라질 거라고 믿고 시아를 따라간다.

"걷고 있으면 둘러싸거나 하지 않겠지만 일단 저희 가게로 가죠."

시아의 말에 전원이 고개를 끄덕였다.

"그건 그렇고 노아, 그 머리 모양은 어떻게 된 거야?"

시아가 노아의 머리를 보면서 물었다.

"유나 님이 해줬는데, 안 어울려요?"

노아는 커다란 리본으로 묶여있는 자신의 머리를 만졌다.

"그렇지 않아. 엄청 귀여워. 그래도 오늘 아침엔 평소의 머리 모양이었잖아. 어째서 바꾼 거야?"

"유나 님이 아버님의 말씀을 진지하게 받아들이신 것 같아요."

노아는 간단하게 머리 모양을 바꾼 이유를 설명했다.

"아하, 아버님도 유나 님도 너무 걱정이 많아. 혼인에 관한 이야기는 아버님과 어머님에게 이야기가 가지만 노아 본인에게 직접 말을 해오진 않아요."

"그래도 본인이 노아를 좋아하면 모르는 거잖아. 어쩌면 과거에 파티 드레스 모습의 노아를 보고 한눈에 반했는데 말을 걸지 못했던 남자아이가 있을지도 모르잖아?"

노아는 귀엽다. 그 귀여운 노아가 파티 드레스 같은 걸 입는다면 한눈에 반해버릴지도 모른다. 하지만 노아의 대답은 담백했다.

"파티 때 말을 걸지도 못하는 남자라면 제 쪽에서 거절이에요."

확실하게 부정한다. 역시 우물쭈물거리는 남자보다는 당당한 남자아이가 좋은가?

하지만 여자에 너무 익숙한 남자도 싫은데. 아무리 그래도 노아와 비슷한 또래에서 그럴 일은 없을 거라 생각하고 싶다. 10살 정도로 여자아이에게 익숙한 남자아이가 있다면 무서울 거다.

"게다가 파티에서조차 말을 못 거는데 이렇게 사람이 많은 곳에서 말을 걸 수 있을 리 없어요."

확실히 그렇긴 하네. 내가 말하는 그런 남자아이라면 이렇게 눈에 띄는 곳에서 말을 걸어오거나 하지는 않나. 심지어 우리도 있으니까.

"그래도 평소와 다른 머리를 하는 건 좋은 생각인 것 같아. 성가신 지인들이 말을 걸어오는 일도 적어질 거고 무엇보다도 잘 어울리니까."

귀족이 많이 다니는 학원이다. 분명 교제를 운운하는 것보다도 성가신 귀족들이 말을 걸어올 가능성이 높다. 미사의 생일 파티 때에 만났던 바보 귀족과 같은 사람이 더 없을 거라고 확신할 수는 없다. 조심해둬서 나쁠 건 없지.

"그리고 사람이 이렇게 많으면 저 또한 못 알아보는 사람이 있을 수도 있겠네요."

그런 이야기를 하면서 시아네 가게로 향했다.

"그래서 시아네 가게는 어디에 있는 거야?"

"저희 가게는 이 앞에 있는 연습장에 있어요."

시아의 말로는 출품작의 장르에 따라 장소가 정해져 있다고 한다. 이만큼 학원 내부가 넓다면 팸플릿이 필요하다.

시아가 말하기를 팸플릿은 없지만, 곳곳에 커다란 간판이 있는데 그 간판에 건물 내부 지도와 출품작이 적혀 있다고 했다.

연습장은 평소라면 검술 연습과 마법 연습으로 사용된다고 한다. 이 학원에는 이와 같은 연습을 하는 장소가 몇 군데나 있다고 했다.

주변의 풍경을 보면서 노아의 머리 모양에 관한 이야기로 분위기가 무르익어가는 와중에 연습장에 도착했다. 학교의 운동장을 넓힌 느낌이었다.

연습장에는 여러 포장마차가 즐비했고, 의자와 테이블 등도 준비되어 있어서 식사가 가능했다. 점심때가 되면 사람들이 몰려들 것 같다.

"일단 음식은 여러 장소로 나뉘어 있으니까 한 곳으로 사람이 몰리거나 하지는 않을 거예요."

연습장에는 먼저 도착한 손님들이 가게에 줄 서 있었고, 이미 먹고 있는 사람들의 모습도 보였다. 시아네가 판매하는 솜사탕 가게에 도착했지만 손님들의 모습은 없었다. 아직 시작하지 않은 건가?

우리가 가자 카틀레야가 인사를 했다.

"다들, 컨디션은 어때?"

"완벽해요. 얼마나 팔릴지 기대돼요."

"후훗, 꼭 가게 부문에서 1등이 되어 보일게."

마릭스가 선언을 한다.

좋은 패기였다. 나머진 팔릴 것을 믿는 것뿐.

"가게 부문?"

"학생들이 열심히 하도록 만들기 위해서 부문상이라는 게 있어요. 거기에 입상하게 되면 화려한 상품을 받을 수가 있죠. 조금 전에 입구에서 앙케트 용지를 받으셨죠?"

"응, 받았어."

"투표는 번호를 적기만 하면 돼서, 좋았던 출품작의 번호는 기억해두면 돼요. 참고로 저희 가게는 35번이니까 마음에 드셨다면 적어주셔야 해요."

다시 앙케트 용지를 보니 재미있었거나 마음에 든 출품작의 번호를 3개 적어달라고 적혀 있었다. 아무래도 이것으로 경쟁을 하는 모양이다.

"뭐, 다른 장소를 봐도 좋은 게 없으면 적을게."

미안하지만 지인 찬스를 발동시킬 생각은 없다. 역시 적는다면 평등하게 본 다음에 적어야지, 라고 내가 마음속으로 생각하고 있는데 피나와 아이들이 번호를 적으려고 해서 막았다. 먹지도 않았는데 적으면 안 되지. 게다가 아직 다른 가게를 돌아보지 않았잖아.

"시아, 슬슬 나를 소개해 줄래?"

시아의 뒤에 서 있던 여자아이가 시아의 트윈테일을 잡아당겼다.

조금 전부터 시아의 뒤에 있던 여자아이는 내 쪽을 힐끔힐끔 보고 있었다. 시아네 아이들과 같은 교복을 입고 있어서 학생이라는 건 알았고, 어디에서 본 적이 있는 것 같았지만 떠오르지 않았다. 이렇게 귀여운 여자아이는 한 번 보면 잊을 수 없을 텐데…….

"알겠으니까 머리를 잡아당기지는 말아주세요."

여자아이는 시아의 트윈테일을 놓았다. 머리는 여자의 생명이라고도 불리니까 잡아당기면 안 된다.

"그렇지만 시아랑 너희가 나를 무시하고 얘기를 나눴잖아."

여자아이는 조금 뾰로통한 표정을 짓는다.

"유나 님, 그녀를 소개할게요. 그녀는 같은 반의 티리아 님이에요."

시아가 소개를 하자 티리아라고 불린 여자아이가 앞으로 나온다.

"드디어 곰님을 만나게 됐네요. 저는 티리아라고 해요. 잘 부탁드립니다."

"저기, 나는 유나라고 해. 잘 부탁해?"

티리아라고 불린 여자아이가 손을 내밀어서 나도 손을 내밀자 양손으로 곰 인형 장갑을 감싸 쥐었다. 상대는 나에 관해 알고 있는 모양이지만 나는 그녀에 관해 알지 못한다. 그래도 본 적이 있는 것 같았다. 어디선가 스쳐지나갔었나? 호위할 때 학원에 온 적이 있으니까 그때인가? 그 정도의 일이라고 생각했지만 그녀의 다음 말을 듣고 다르다는 걸 눈치챘다.

"정말로 곰 옷차림을 하고 계시네요. 항상 여동생이 신세를 지고 있어요."

저기, 여동생이라니, 누구를 말하는 거야?

여동생의 신세라는 건, 나는 그녀의 여동생을 알고 있다는 거지?

나의 지인 중에 그녀보다도 어린 여자아이는 많지 않다.

노아와 미사. 그리고 매우 적은 가능성이지만 카틀레야가 포함된다. 나는 시아, 노아, 카틀레야 세 사람을 봤지만, 그녀들과는 닮지 않았다. 뭐, 닮지 않은 자매도 있지만 말이다.

또 떠오르는 건 클리프가 불륜을 저질러서 낳은 노아 자매의 이복 자매일 가능성이다. 그거라면 엘레로라 씨와 닮지 않았어도 말이 된다.

"유나 님, 무슨 생각을 하고 있는지는 모르겠지만 아마 틀렸을 거예요."

내가 시아와 티리아라고 이름을 말한 여자아이를 번갈아 봤는데 마음속의 생각을 부정당했다. 남의 마음을 읽지 말아 줬으면 좋겠는데.

"항상 여동생이 「곰님, 곰님」이라고 말해서 곰의 털가죽이라도 입고 있나 싶었는데 틀렸네요. 설마 이렇게 귀여운 곰일 줄은 생각도 못 했어요."

티리아는 곰 인형 장갑을 잡거나 내 몸을 이리저리 만졌다.

"저기, 만지는 건 그만해 줄래?"

"미안해요. 그러면 마지막으로 한 번만 안을게요."

티리아는 한 번 떨어지는가 싶더니 갑자기 양손을 벌려 몸에 안겨 왔다. 어째서 그렇게 되는 거야?!

"정말로 여동생이 말한 대로 부드러워요."

몇 번이고 비비적비비적 안겨 온다.

"이 감촉은 버릇이 되겠어요."

내 몸을 계속 만지더니 마지막에는 얼굴을 가슴팍에 눌러온다.

"치사해, 나도."

슈리까지 뒤에서 안겨 왔다. 이대로는 조금 전의 상황과 다르지 않았다.

나는 막무가내로 티리아의 어깨를 붙잡고 떼어냈다.

"갑자기 뭐야? 슈리도 떨어져야지."

"죄송해요. 여동생이 껴안으면 부드럽고 기분이 좋다고 해서 만나면 꼭 안아보고 싶었어요."

"그렇다고 갑자기 껴안지는 말아줘."

티리아는 사과를 하면서 떨어졌다. 그리고 아까부터 여동생이라니 누구를 말하는 거야. 아무리 생각해도 그녀가 누구의 언니인지 알 수 없었다.

"이야기는 여동생뿐만 아니라 아버님이랑 어머님한테도 들어요."

여동생이 있고 부모님까지 나에 관해 알고 있다. 도대체 누구의 언니지? 아무리 생각해도 모르겠다.

"그런데 왜 항상 제가 없을 때 오시는 거예요? 학원에서 돌아오면 부모님이랑 여동생한테 곰님이 맛있는 요리를 가지고 와줬다는 이야기를 몇 번이나 들었는지 몰라요. 오빠는 곰이 오면 아버님이 일을 안 하게 되니까 민폐라고 말했지만."

그녀의 여동생이 나를 곰님이라고 부르고, 음식을 가지고 가면 아버지가 일을 안 하게 되며, 오빠가 불편함을 겪고 있다. 점점 대답의 조각이 모였다.

설마했는데, 설마?

서서히 그녀가 누구인지 답이 나왔다. 나는 다시 그녀, 티리아의 얼굴을 봤다.

……닮았어.

"설마, 플로라 공주님의 언니?"

"맞는데. 혹시 지금까지 모르신 거예요?"

몰라!

국왕에게 다른 딸이 있었다니, 이름은커녕 그 존재도 알지 못했다. 누구 하나 알려주는 이가 없기도 했다. 나도 묻지 않았지만…….

장남이 20살 전후이고 플로라 공주가 4, 5살이라면 그 중간에 한 명이나 두 명의 아이가 있어도 이상하지는 않다. 듣고 보니 플로라 공주와 왕비님의 얼굴이 보인다. 어째서 알아차리지 못했던 거지? 알아차렸을 법도 한데.

"그래서, 시아가 곰님의 지인이라 오늘 학원 축제에 오신다고 해서, 가게를 도와주는 대신에 곰님을 소개받기로 했었던 거예요."

상황이 드디어 이해됐다.

"플로라 공주님에게 언니가 있었다니."

"고맙단 말을 하고 싶었어요. 항상 동생을 위해줘서 고마워요."

"아뇨……."

"특히 곰 인형은 귀여웠어요. 게다가 그림책도 좋았어요. 이야기를 들을 적마다 어떤 여자아이가 요리를 만들고, 곰 인형을 만들고, 그림책을 그리는 건지 궁금했어요."

티리아에게서 나와 만나고 싶었던 마음이 전해져왔다.

정말로 나를 보고 싶었던 모양이다.

티리아는 만면의 미소를 지었다.

며칠 전에 왕비님과 만났을 때 학원 축제에 관한 이야기를 딸에게서 들었다고 했었는데, 플로라 공주의 이야기가 아니라 티리아의 이야기였던 거군. 확실하게 이름으로 말해주지.

플로라 공주에게 언니가 있다는 것과 심지어 학원 축제에서 만날 줄은 생각도 못 했다.

280 곰 씨, 가게 홍보를 돕다

"그래서 가게는 순조롭니? 많이 팔리는 것처럼 보이지는 않는데?"

"그게, 아직 손님이 한 명도 오지 않았어요."

"이게 본 적 없는 과자라서 그렇지, 이제부터 올 거야. 거기 꼬맹이들, 솜사탕 먹을래?"

마릭스가 나를 바라보고 있던 아이들에게 말을 걸었다. 아이들은 서로의 얼굴을 보곤 고개를 가로로 젓더니 도망쳐 버렸다. 아아, 모처럼의 손님이…….

"마릭스, 무서운 얼굴로 말하면 안 되지."

"뭐야, 내 얼굴이 무서웠다는 거야?"

"미소가 모자라잖아."

뭐, 시아가 말한 대로 마릭스의 미소도 그렇긴 하지만 갑자기 먹은 적도, 들은 적도 없는 걸 권한다고 한들 돈을 내면서까지 먹으려 하지는 않을 것이다.

이제껏 내가 만든 요리를 먹어준 사람은 지인이었고 돈을 받지도 않았다. 그러니 다들 먹어준 거다.

으음, 이건 맹점이었다. 아무리 진귀하고 맛있는 거라도 그 맛을 알지 못한다면 팔리지 않는다. 이대로라면 시아와 아이들의 노력이 수포가 되어 버릴 거다.

나는 다시 가게를 쳐다봤다.

우선 솜사탕의 가격을 확인했다. 비싸면 아이들의 용돈으로는 살 수 없을 거다. 그렇지만 가격은 괜찮을 것 같다. 아이들의 용돈으로도 살 수 있는 금액이었다.

어째서 아이들 용돈의 금액을 아냐고? 그거야 티루미나 씨에게 들었기 때문이다. 내가 피나와 슈리에게 용돈을 너무 많이 준다며 주의를 받았을 때 알려줬다.

그런 이유로 가격은 문제없다.

다음으로 간판을 확인했다. 간판에는 솜사탕이라고 적혀 있기만 했다. 모르는 사람이 보면 의미를 알 수 없다. 게다가 샘플인 솜사탕도 없으니 무엇을 만들고 있는지 알지 못한다. 이대로는 사람이 지나간다고 해도 모르고 지나치기만 할 거다.

그래도 축제의 포장마차처럼 투명한 비닐봉투가 이쪽 세계에 있는 것이 아니라서 만들어 두는 것도 불가능하다. 더욱이 평범한 먹거리와는 달라서 냄새도 거의 나지 않으니까 냄새로 사람을 불러 모으는 것도 불가능하다.

장사를 해 본 적이 없는 시아와 아이들로는 어쩔 수 없겠지만 이 가게에는 부족한 게 너무 많았다.

가격에 문제는 없으니 역시 가게의 외관과 선전이 부족하다는 것이 된다.

사실은 관계자가 아닌 내가 돕는 건 좋지 않다고 생각하지만, 솜사탕을 만들기 위해 열심히 연습했을 거고 열정으로 가득 차 있는데 팔리지 않는다면 시아와 아이들이 불쌍하다.

게다가 솜사탕을 알려준 사람으로서 팔리지 않으면 조금 슬프기도 하다.

선전이라고 한다면 떠오르는 건 있으나 사실은 하고 싶지 않았다. 그래도 효과가 있는 건 틀림없다. 지금은 시아와 아이들을 위해 참기로 했다.

"선전이 조금 부족한 것 같으니까 가게 옆의 공간을 써도 될까?"

가게는 축제 때의 포장마차처럼 좌우로 다닥다닥 붙어 있지는 않았다. 가게와 가게의 간격이 조금씩 떨어져 있었다.

"괜찮지만, 뭘 하려는 거예요?"

"보면 알 거야."

이럴 땐 역시 솜사탕의 샘플이 있으면 좋겠는데. 그래도 원래 세계의 장인처럼 정교한 식품 샘플은 만들 수 없다. 하지만 비슷한 거라면 만들 수 있었다.

나는 마력을 모아 2미터 크기의 귀여운 곰 장식물을 만들었다. 자세는 허리를 숙여 앉아 있는 느낌이다. 나는 나아가 그 곰의 손에 흙 마법으로 만든 솜사탕을 들게 했고, 곰이 솜사탕을 먹고 있는 모습을 구현했다. 이것으로 먹거리를 팔고 있는 가게라는 걸 알게 될 거다.

호객용 풍선 인형이 아니라 호객용 곰을 설치했다.

"곰이다."

"곰이 곰을 만들었어?!"

지금 바보 같은 말을 한 건 누구지?

주위를 둘러봤지만 누가 말했는지 알 수 없었다.

범인 찾기는 관두기로 했다.

"여전히 유나 님은 대단한 걸 간단하게 해내시네요."

"뭐, 이걸로 조금은 눈에 띄겠지?"

"그렇긴 하지만 어째서 곰인 거예요?"

그건 내 상상력이 곰으로 편향되어 있기 때문이다. 물론 평범한 상상을 한다면 다른 것도 만들어낼 수는 있다. 하지만 이쪽 세계로 온 이후 강화 공격 마법을 쓰면 곰이고, 골렘을 만들면 곰이고, 장식물을 만들면 곰인 데다, 소환수는 곰이고, 그림책도 곰이며, 나 자신의 모습 또한 곰이다. 그 때문인 것도 있어서 머릿속이 곰으로 굳어지기 시작했다. 그래서 아무리 해봐도 간단하게 상상할 수 있는 곰을 만들어 버린다.

"곰이 별로면 다른 걸로 할까?"

아마 열심히 한다면 만들 수 있을 거야.

"아뇨, 이대로도 괜찮아요. 귀엽기도 하고, 모처럼 유나 님이 만들어 주셨잖아요. 게다가 가게 선전에 딱 어울려요."

모두가 문제없다고 말한다면 상관없겠지.

뒤를 보자 눈을 반짝이며 곰 장식물을 보고 있는 아이들이 있었다. 아마도 학원의 입구에 있던 아이들이다.

그렇다면 이 아이들에게 도움을 받기로 할까.

"마릭스, 솜사탕 세 개만 만들어 줘."

"네? 알았어요."

아이들의 시선이 나에게서 솜사탕을 만드는 마릭스 쪽으로 이동했다.

"뭔가 나온다."

"실?"

"뭐야, 이거?"

"먹는 거야?"

마릭스는 연습의 성과를 내며 능숙하게 솜사탕을 만들었다. 분명 많이 연습했을 테지. 봉을 돌리는 방법이 프로 같았다. 아이들은 신기한 듯 솜사탕이 만들어지는 모습을 바라봤다.

나는 조금 떨어진 곳에 있는 피나와 시아를 불러 귓속말을 했다. 피나는 고개를 끄덕인 후 슈리와 노아가 있는 곳으로 이동했다. 시아는 「알겠어요」라며 수긍해주었다.

솜사탕이 완성되자 돈과 맞바꿔 받았다. 마릭스가 거절하려고 했지만 「나는 손님이야」라고 말한 후 돈을 건넸다.

그리고 솜사탕을 피나와 슈리와 노아, 세 사람에게 줬다.

"고마워요."

"고마워."

"유나 님, 고맙습니다."

세 사람은 고맙단 말을 하고 솜사탕을 먹기 시작했다.

"맛있어요."

"달아서 맛있어."

"맛있네요."

피나와 아이들이 큰 목소리로 솜사탕의 감상을 말했다.

이른바 바람잡이라는 거다. 관계자라는 게 알려져 있지만 맛있게 먹어주면 문제는 없다.

아이들은 세 사람을 흥미롭게 쳐다봤다. 그뿐만 아니라 근처를 걷고 있던 사람들의 발걸음도 멈춘다. 내 곰 복장, 곰 장식물, 이상한 음식을 먹고 있는 피나와 아이들에게로 시선이 옮겨갔다.

"솜을 먹고 있는 거야?"

"저게 뭐야?"

점점 솜사탕에 흥미가 생겨 사람들이 모이기 시작했다. 내가 시아 쪽으로 시선을 보내자 시아는 고개를 끄덕였다.

"지금부터 시식회를 열겠습니다. 괜찮으시다면 드셔주세요. 엄청나게 달고 맛있답니다."

시아가 주위에 있는 사람들을 향해 말을 했다.

마릭스는 시아의 말을 듣고 솜사탕을 다시 만들기 시작했다. 그리고 흥미를 가진 사람들이 마릭스가 만들어내는 솜사탕에 놀랐다. 구름 같은 솜이 나오더니 봉에 휘감겨 가는 모양새를 신기하게 쳐다봤다.

그리고 다 만들어진 솜사탕을 시아가 주위에 있는 사람들에게 한 입씩 시식하도록 했다. 먹은 사람들은 놀란 표정을 지었다. 입에 넣으니 한순간에 녹아서 달콤함이 퍼지는 것에 놀란 모양이다.

시식을 한 사람들이 솜사탕을 주문하기 시작했다.

서서히 행렬이 생겼다. 행렬이 사람을 불러들이고 내 복장이 더욱더 사람을 불러들였다.

내가 할 일은 여기까지로 하고 가게 뒤편으로 이동했다. 나머진 본인들에게 맡겨야지. 나는 어디까지나 외부인이다.

내가 가게의 뒤편으로 이동하자 아이들이 「곰~」, 「곰님」 하며 불러서 손을 흔들어 줬다. 친근한 캐릭터가 된 기분이 든다.

"앗, 그렇지, 시아, 알고 있겠지만 시간이 지나면 녹을 거라는 건 알려주는 편이 좋을 거야."

솜사탕을 집으로 가지고 돌아가려는 사람이 있을지도 모른다. 집에 도착할 때쯤에는 녹아서 작아져 버릴 가능성이 있다. 그걸로 불만을 들으면 즐겁지 않다.

"알겠습니다."

내 역할은 여기까지네.

"그러면 시아, 열심히 해. 우리는 슬슬 가볼게."

"언니, 힘내세요."

"원래는 안내해주고 싶은데."

"유나 님이 있으니까 괜찮아요."

"그게 가장 걱정인 거야."

실례되는 말을 하네. 나는 아무 짓도 안 해. 멋대로 문제가 찾아오는 거지.

뭐, 그 원인이 곰 옷차림이라는 건 부정하지 않겠지만…….

"그런 거라면 제가 안내할까요?"

"티리아 님?"

"곰님, 티리아라고 부르시면 돼요."

"정말? 그러면 나는 곰님이 아니라 유나라고 불러줄래?"

"그러면 유나 씨, 제가 학원을 안내할게요. 제가 같이 있으면 유나 씨에게 이상한 짓을 하는 사람은 없을 거예요."

"가게를 안 도와도 괜찮아?"

나는 티리아가 아니라 시아에게 물었다.

"티리아 님은 내일 도와주실 예정이라 괜찮아요."

그런 이유로 공주님인 티리아와 함께 학원 축제를 둘러보게 됐다.

피나와 노아는 놀란 표정을 했지만 괜찮겠지.

281 곰 씨, 학원 축제를 즐기다

티리아와 함께 학원 축제를 돌아다니게 된 우리는 각자 자기소개를 했다. 일단 노아와 티리아는 서로에 관해 알고 있는 것 같았지만 어디까지나 얼굴을 알고 있는 정도였던 모양이다.

피나는 긴장 하면서 인사를 했고, 슈리는 「공주님이다~」라며 기뻐했다. 그것을 본 피나가 슈리에게 주의를 시키며 제대로 인사를 시켰다. 티리아는 웃으면서 슈리의 머리를 쓰다듬었다.

"그래서, 어딘가 가고 싶은 곳은 있어요? 아니면 이 주변에서 뭔가를 먹은 다음에 움직일까요?"

나는 딱히 배는 고프지 않았다.

"나는 다른 곳에 가보고 싶은데, 너희는 어때?"

"네, 저도 상관없어요."

"유나 언니에게 맡길게요."

"배는 고프지 않으니까 괜찮아."

음식은 뒤로하고 다른 출품작을 보기로 했다.

"그건 그렇고 유나 씨의 복장은 눈에 띄네요."

스쳐 지나갈 적마다 「곰?」, 「어째서 곰이?」, 「이벤트인가?」, 「어디서 낸 출품작이지?」라고 말하는 목소리가 들려온다.

학원 축제라서 곰 복장을 학원 축제의 출품작으로 착각하는 사람들이 많았다.

그리고 가끔 학생들이 티리아의 존재를 알아차리고 인사를 해왔다. 그런 다음 나를 보고는 「어째서 티리아 님이 곰이랑 같이 있지?」라는 표정을 지었다.

"드디어 소문의 곰님을 만나서 기뻐요. 성에서는 유나 씨에 관해 알고 있는 사람이 많지만, 유나 씨가 어떤 사람인지에 관해 자세히 알고 있는 사람은 아무도 없거든요. 어머님에게 물어도 「귀여운 곰이야」, 여동생에게 물어도 「곰님, 착해」, 아버님에게 물어봐도 「곰이지」라고만 말해요."

티리아는 뒤로 걸으면서 내게 말을 했다.

뭐, 플로라 공주는 아무것도 모를 거고 왕비님은 국왕에게 아무것도 듣지 않았다면 모를 테고, 국왕도 마물 만 마리에 관해서는 말하지 못할 테니까.

"그런데 유나 씨는 어째서 곰 옷차림을 한 거예요?"

티리아는 나를 보고 질문을 해왔다.

하지만 그 질문에 대한 대답은 정해져 있다.

"그게, 곰의 가호를 받고 있어서 곰 옷차림을 하지 않으면 안 된다고 할까……."

그렇게 얼버무린다.

"곰의 가호? 그런 게 있어요?"

거짓말은 하지 않았다. 옷을 벗으면 공격을 막는 것도, 내열, 내한 효과도 없어진다. 곰 인형 장갑을 벗으면 곰돌이와 곰순이를 소환하는 것도 불가능하고, 마법도 쓸 수 없으며, 더욱이 무거운 검을 드는 것도 불가능하다. 아이템 봉투도 사용할 수 없게 되어 버린다. 곰 신발을 벗으면 빨리 달리는 것도, 점프하는 것도 불가능하다. 즉, 곰 장비가 없으면 아무것도 못 한다.

내 이야기를 듣고 있던 노아와 슈리가 「나도 곰의 가호를 원하는데」, 「응, 원해」라고 말하는 목소리가 들렸지만 흘려들었다. 그것을 손에 넣으려면 곰 옷을 입어야 한단다, 라고 속으로 생각했지만 두 사람 모두 기뻐할 것 같아서 무섭다.

"그리고, 그런 차림을 하고 있으면 안 더워요?"

티리아는 내 옆에 다가오더니 곰 옷의 옆구리를 잡았다. 군살을 잡히는 것 같으니까 그만뒀으면 좋겠는데.

"특수한 천을 사용해서 덥지는 않아."

"덥지 않다니, 어떤 천을 사용한 거지?"

티리아는 다시 내 곰 옷을 잡았다.

"그래도 유나 씨처럼 귀여운 여자아이는 잘 어울리지만, 남자아이였다면 창피해서 못 입을 거예요."

아뇨, 여자아이인 저도 창피한걸요. 이젠 포기했을 뿐이죠.

"앗, 아참, 곰이라고 하니 떠올랐는데, 다음번에는 소환수인 곰도 보여주면 좋겠는데…… 플로라가 가지고 있는 곰 인형이랑 똑

닮았죠?"

소환수의 이야기는 들었구나. 숨길 정도의 일은 아니니까 상관 없지만.

"엄청 귀여운 곰 인형이에요. 귀여워서 달라고 했더니 플로라가 울 것 같은 눈으로 안 된다고 해서 진땀을 흘렸어요."

무슨 짓을 하는 거죠?!

플로라 공주가 곰 인형을 소중히 다루는 건 알고 있다. 항상 가지고 돌아다니고 방에 놓아둘 땐 머리맡에 둔다. 그런 플로라 공주에게서 인형을 뺏으려고 하다니…….

"공주님한테서 인형을 뺏어선 안 돼."

이야기를 듣고 있던 슈리가 티리아를 향해 입을 열었다. 그 순간, 피나가 슈리의 입을 막으려 했지만 늦었다.

"후훗, 그렇지. 그렇지만 너무 귀여워서 나도 가지고 싶었던 거야. 그래도 플로라한테서 뺏지 않을 테니까 안심하렴. 그렇게 소중하게 여기는 걸 억지로 뺏지는 않을 거야."

티리아는 슈리의 머리에 손을 올려놓고 약속을 했다.

동생의 것은 언니의 것, 이라는 사고방식의 사람이 아니라 다행이다.

"정말로 원한다면 선물할 테니까 플로라 공주한테서 뺏진 말아줘."

"유나 씨까지……. 안 뺏어요. 곰 인형이 두 개나 있길래 하나 정도는 괜찮을까 싶어서 부탁했던 거예요."

“곰돌이랑 곰순이는 달라, 똑같지 않아.”

슈리가 설명했다.

“플로라에게도 어머님에게도 같은 말을 들었어. 나는 단지 색만 다른 곰인 줄 알았어.”

뭐, 모르는 사람이 봤을 땐 색만 다른 인형으로 보일 거다.

“슈리도 인형을 가지고 있니?”

“응, 곰순이 인형을 가지고 있어.”

“다른 사람들은요?”

“저는 곰돌이요.”

“저는 둘 다 가지고 있어요.”

“다들 가지고 있구나. 그러면 유나 씨, 약속이에요. 저한테도 꼭 줘야 해요.”

플로라 공주의 인형을 빼앗겨도 곤란하니 선물할 것을 약속했다.

“하지만 어머님도 가지고 있을 줄은 몰랐어요. 방에 갔더니 장식되어 있어서 놀랐지 뭐예요.”

그건 곰순이를 돌려주지 않거나 플로라 공주의 인형을 탐내서 선물한 거다. 설마 플로라 공주에게 언니가 있어서 그 언니가 인형을 노리고 있을 줄은 꿈에도 몰랐다. 똑 닮은 모녀일지도 모른다.

인형에 관한 이야기로 분위기가 무르익어 갈 즈음, 시아가 있던 연습장과는 다른 연습장에 도착했다.

사람들이 꽤 많았다. 출품작 주변은 여러 가지로 붐볐다.

"자, 어디서부터 돌까요?"

"끝에서부터 보는 게 좋지 않을까."

어떤 출품작이 있는지 모르니까.

"그렇네요. 보고 싶은 게 있으면 말해줘요."

걸으면서 흥미가 생기면 보기로 했다. 넓은 장소에서는 검술을 선보이는 학생들도 있는 반면, 마법을 날리고 있는 학생들도 있었다. 교복을 입은 채로 시연하는 모습에는 위화감이 있지만 이세계라는 것을 다시 확인하는 순간이었다.

"다들 저쪽에 재미있는 게 있어요."

티리아의 뒤를 따라가니 사람들이 몰려 있었고 분위기가 고조되어 있었다. 뭔가 싶어서 보니 나이프로 표적을 맞추는 것이었다. 거리가 다른 표적과, 크기가 다른 표적이 있었다.

남학생이 나이프로 표적을 맞추고 기뻐하며 상품으로 보이는 것을 받아 여학생에게 선물했다. 저건 머리에 꽂는 꽃핀인 건가?

다음 남학생이 무대 위로 올라가 나이프 세 개를 날렸다. 조금 먼 표적을 노린 건지 전부 빗나갔다. 같이 있던 여학생에게 사과하는 모습이 보였다.

"남학생이 여자친구에게 멋진 모습을 보여주기 위한 장소네요."

"표적을 맞추면 저걸 받을 수 있는 거야?"

슈리가 경품으로 보이는 물건이 늘어선 장소를 바라봤다.

여러 가지의 머리핀이 달려 있었다. 아래에 있는 머리핀은 장식이 적고 꽃의 크기도 작았으나 위로 갈수록 화려해졌다. 가장 위에 달린 게 가장 예쁜 꽃핀이다. 이 나이프 맞추기의 대표 상품인 모양이다.

표적에는 거리, 명중 위치에 따라 점수가 매겨져 있었고 합계 득점이 높을수록 좋은 상품을 받을 수 있는 것 같았다. 조금 전의 남학생은 세 번째 머리핀을 받았다. 가장 좋은 머리핀은 최고 득점을 해야 하는 모양이다.

다음 남학생은 무난하게 가까운 표적을 맞춰 가장 등급이 낮은 작은 꽃핀을 손에 넣었지만 상대방 여자아이는 기뻐했다. 이때 관객으로부터 야유가 일었다. 원래의 세계라면 닭살커플 죽어라, 라고 소리쳤을지도 모른다.

다음 참가자는 여자아이인 모양이다. 스스로를 위해서인가?

그래도 나이프 던지기라. 이세계 같아서 재미있을지도……. 원래의 세계라면 나이프 던지기 같은 위험한 걸 할 수는 없다. 애초에 나이프를 던질 기회 같은 게 없었다.

"다들, 해 볼래?"

"할래요!"

"응, 할래~."

"모두가 한다면."

티리아의 말에 모두 찬성했다.

아이들에게 나이프를 들게 하는 건 위험한가, 라고 순간적으로 생각했지만 피나와 슈리 두 사람에게 해체 작업을 부탁하고 있는 나로서는 저지할 수 없었다. 무엇보다도 다들 의욕적이다.

뭐, 사람을 향해서 던지는 것도 아니고 오늘은 축제니까, 라면서 납득을 하고 나도 함께 참가하기로 했다.

던지는 순서를 기다리는 줄에 서 있는데 「곰?」, 「곰이야?」라는 목소리가 들려왔다. 나는 곰 후드를 깊게 눌러써서 얼굴을 가렸다.

역시, 내 옷차림은 눈에 띈다.

잠시 기다리자 우리들의 순서가 돌아왔다.

티리아가 첫 번째다.

"나도 해 볼게."

"티리아 님?! 아, 네, 하세요."

티리아를 보고 놀란 담당 학생은 쭈뼛거리며 나이프를 건넸다. 티리아는 세 개의 나이프를 받아들고 직사각형 무대 위에 섰다. 무대 위에서 던져야 하고 던진 뒤 무대에서 벗어나면 무효가 된다.

"후훗, 상품은 받아 가겠습니다."

티리아는 어디를 노리고 있을까?

티리아는 나이프를 쥐더니 예쁜 포즈로 나이프를 던졌다. 나이프는 깔끔하게 직선의 궤적을 만들었고 좋은 음을 내며 중간 거리에 있는 표적을 맞췄다.

오오, 대단해. 관객에게서도 「티리아 님, 멋있어!」, 「티리아 님~」이라는 탄성이 터졌다.

티리아가 나이프를 던지자 높고 날카로운 목소리가 퍼진다.

공주님이라는 것도 있지만 여자아이에게도 인기가 있는 모양이다.

두 번째로 날린 것도 맞추고, 세 번째도 보기 좋게 맞춘다. 합계 득점으로 위에서 세 번째인 꽃 머리핀을 얻었다.

두 번째로 좋은 상품은 더 떨어진 위치에 있는 표적과 작은 표적을 노려야 얻을 수 있는 모양이다.

티리아는 꽃핀을 받고 돌아왔다.

"공주님인데 잘하네."

"뭐, 나이프 던지는 건 특기거든요."

그렇게 말할 만하다. 그래도 공주님이 나이프 던지기가 특기라니…… 이건 괜찮은 걸까?

"그러면 다음은 제가 갈게요."

노아가 티리아와 교대로 무대 위로 올라갔다.

어린 여자아이의 등장에 티리아와 다른 느낌으로 주변이 술렁였다.

"저 아이, 귀엽다."

"티리아 님과 같이 있던데, 누구지?"

그런 이야기가 들려왔지만 그런 말을 신경 쓰지 않고 노아는 무대 위에 서서 나이프를 던졌다. 티리아와 같은 표적이다. 하지만,

첫 번째, 두 번째는 빗나가고 세 번째에 어떻게든 맞춰서 가장 작은 꽃핀을 얻었다.

“위험했네요. 자칫 잘못하면 0점이 될 뻔했어요.”

“그래도 표적을 맞추다니 대단해.”

“고맙습니다. 피나와 슈리는 가까운 표적을 노리는 게 좋을 거야.”

노아는 다음으로 던지는 피나와 슈리에게 조언을 했다.

“알겠습니다.”

피나는 학생에게 나이프를 받아 무대 위로 올라갔다.

“또 귀여운 여자아이잖아.”

“힘내라!”

성원에 피나는 조금 창피한 듯했다.

그리고 피나는 해체로 단련되어 있는지 익숙한 느낌으로 나이프를 쥐더니 휙, 하고 던졌다. 노린 표적은 노아가 지시한 대로 가장 가까운 표적이었다.

무난하게 표적을 맞춘 피나는 노아와 같은 작은 꽃핀을 얻었다. 가장 가까운 표적은 어린아이와 초보자 용으로 되어 있어서 누구든 표적을 맞추면 상품인 꽃핀을 얻을 수 있는 모양이었다. 그래서 작은 꽃핀을 많이 준비해 두었다.

나는 어느 표적을 노리지.

다음으로 내가 나가려고 하는데 슈리가 앞에 나섰다.

“다음은, 내가 할래~.”

"괜찮겠니?"

"언니한테 나이프 쥐는 법은 배웠으니까 할 수 있어."

그건 어디까지나 해체할 때의 쥐는 법이지 던지는 법이 아니잖아.

피나도 아무런 말을 하지 않아서 하게 놔두었다.

슈리가 무대 위로 오르자 「귀여워」, 「조금 전 애의 동생?」, 「괜찮은가?」, 「힘내~」라며 티리아와 노아, 피나와는 다른 환호성이 나왔다.

피나와 똑같이 가장 가까운 표적을 노렸다. 첫 번째, 오른쪽으로 빗나갔다. 두 번째, 이번엔 왼쪽으로 빗나갔다. 세 번째엔 표적에 맞추긴 했지만 꽂히지 않고 지면에 떨어져 버렸다.

주위에서는 「열심히 했어」, 「상품 줘라~」라는 목소리가 들려왔다. 하지만 룰이기 때문에 상품을 줄 수는 없는 것 같다.

"으으."

슈리가 슬픈 얼굴로 돌아왔다.

이건 어쩔 수 없지.

"슈리, 내 거 줄게."

피나가 자신이 딴 머리핀을 선물하려고 했지만 슈리는 고개를 가로로 흔든다.

"그거는 언니 거잖아."

두 사람 모두 착한 자매다.

"그러면 내가 슈리에게 선물할게."

"유나 언니? 그래도……."

"그렇지만 내 머리에 꽃핀을 꽂을 수는 없잖아."

나는 슈리에게 머리에 쓰고 있는 곰 후드를 보여줬다. 곰 후드를 쓰고 있는 나에게는 필요가 없다. 그렇다면 슈리가 기뻐하길 바란다.

"그러니까 받아줬으면 좋겠어."

"응, 유나 언니, 힘내."

"그러면, 다녀올게."

내가 무대 위로 오르자 관전하고 있는 사람들이 웅성거렸다.

「곰이다」, 「곰」, 「학원 축제라서 누가 만든 거야?」, 「누가 입고 있는 거야?」. 아무래도 나는 이 학원의 학생이라고 여겨지고 있는 것 같다. 후드를 깊게 눌러 쓰고 얼굴을 가리고 있어서 누구인지 모른다.

"받으세요."

내 옷차림을 보던 담당 여자아이가 나이프를 건네줬다.

나이프를 받은 나는 표적을 바라봤다. 어느 거로 할까. 멈춰있는 표적이라면 곰 보정이 있으니까 거의 명중할 거다.

지금은 슈리를 위해 힘을 내야 한다.

곰 인형 장갑이 나이프를 입에 물었다. 그리고 첫 번째를 던졌다. 나이프는 빨려 들어가듯 가장 먼 곳에 있는 표적의 중심에 명중했다. 그러자 환호성이 일었다. 「대단해」, 「저렇게 먼 곳에 있는 표적의 정중앙에 맞췄잖아」, 「우연이겠지」 「아니, 우연이라도 무리지」.

나는 두 번째를 날렸다. 물론 가장 먼 표적의 중심을 맞췄고, 연이어 세 번째도 날려서 전부 가장 멀리 있는 표적의 중심에 꽂혔다.

「굉장해」, 「곰, 대단해」, 「뭐야, 세 개 연속으로 명중이라니」, 「곰님, 대단해」.

주위에서 환호성이 일었다. 과한 반응이야. 모험가라면 이 정도는 할 수 있을 거다. 내 경우에는 곰 장비 덕분이니 실력은 아니다. 하지만 스킬은 게임 시절 때부터 이어진 거니까 그 덕분일지도 모른다.

내가 무대에서 내려오자 담당 여자아이가 예쁜 꽃핀을 들고 내게로 다가왔다.

"축하드립니다."

"고마워."

"저기, 쉬웠나요?"

"으음, 나는 나이프를 던지는 게 특기라서 내 의견은 참고가 되지 않을 거야."

"그렇군요. 설마 첫날에 클리어하는 사람이 있을 줄은 몰랐어요."

"미안해."

"아뇨, 분위기가 좋아져서 저희도 감사한걸요."

주위에서 「저 곰, 누구지?」, 「티리아 님이랑 아는 사이인가?」, 「그렇겠지. 같이 있었잖아」라는 말이 들렸다.

어느 쪽인지 따지자면 티리아 덕분에 분위기가 무르익은 거 아닌가?

나는 상품인 꽃핀을 받아 슈리가 있는 곳으로 향했다.

"따왔어."

나는 슈리의 머리에 꽃핀을 달아줬다.

"유나 언니, 고마워."

슈리는 환한 미소를 보여줬다. 이 미소를 보니 열심히 한 보람이 있었다. 눈에 띄어 버렸지만 내 옷차림은 학원 축제의 출품작이라고 여겨지고 있는 것 같으니까 괜찮겠지?

"으으, 유나 님에게 받는 선물, 부럽네요."

노아가 부러워하며 슈리의 꽃핀을 바라봤다.

"그러면 모두의 몫까지 받아올까?"

내가 상품 쪽을 보자 접수를 받는 여자아이가 조금은 굳은 표정을 지었다.

"유나 언니, 관두는 게 좋겠어요."

"저도 그렇게 생각해요."

티리아가 피나의 말에 동의했다.

"그러면, 저는 한 번 더 도전하고 싶어요."

노아의 부탁은 받아들여지지 않았고 다음 출품작을 보러 가기로 했다.

282 곰 씨, 피나에게 질책을 받다

나이프 던지기 장소에서 멀어진 우리는 얻은 꽃핀을 꽂았다.

"내가 꽂아줄게."

티리아가 피나와 노아에게 꽃핀을 꽂아줬다.

마지막으로 티리아는 자신의 머리에도 꽂았다.

네 명의 머리에는 예쁜 꽃핀이 꽂혔고 슈리만 커다란 꽃핀을 하고 있었다.

"후훗, 어쩐지 여동생이 많이 생긴 것 같네요."

"티리아한테는 귀여운 동생이 있잖아."

"그건 그거고, 이건 이거죠."

우리는 다음 출품작을 보러 이동했다. 슈리는 꽃핀을 받아 기뻤지 발을 번갈아 가며 콩콩 뛰면서 걷고 있었다.

그 꽃핀을 보고 있던 노아가 입을 열었다.

"한 번 더 하면 티리아 님이랑 같은 꽃핀은 얻을 수 있었을 텐데."

두 개나 빗나가 놓고 어디서 그런 자신감이 나오지?

"나도 한 번 더 하면 아까보다 더 좋은 점수를 얻을 거야."

의기양양한 티리아가 노아에게 말했다.

역시 한 번 더 해서 피나에게 선물하고 자매끼리 같이 찰 수 있게 하는 것이 좋았을지도…….

뭐, 접수대 여자아이의 얼굴을 보면 시켜줄 것 같진 않았다. 손수 만들기 위해 시간을 들인 꽃핀을 간단하게 빼앗기면 곤란하겠지.

그런 다음, 우리는 여러 출품작에 참여했다.

우선은 공 맞추기.

마물의 모습을 한 학생들에게 공을 맞추는 것이다. 나이프의 표적과는 달리 표적은 컸으나 이번 표적은 움직인다. 움직일 곳을 예상해서 던지는 것이 비결이다. 첫 번째 공으로 상대의 움직임을 유도하여 두 번째 공으로 맞추는 것도 좋다.

"아아, 피했다!"

"으으, 안 맞네요."

그리고 마물 역할의 학생은 점수에 따라 거리가 정해져 있어서 좌우로만 이동한다. 멀리 있는 마물일수록 점수가 높았다.

피나와 아이들이 던질 때는 마물 역할도 움직임을 늦춰주었다.

그리고 나는 가장 고득점의 마물을 노렸다. 곰 인형 장갑으로부터 속구가 날아가 가장 멀리 있는 마물 역할의 학생을 맞췄다.

닿을 거라고 생각하지 않았던 건지 마물 역할의 학생은 피하지 못하고 맞았다. 나는 최후의 일격을 가하듯 남은 볼도 던졌다. 볼은 모두 명중해서 피나와 아이들이 기쁨의 환호를 외쳤고, 주위에 있던 사람들에게서도 박수가 일었다.

보기 좋게 가장 좋은 상품을 얻었다.

"유나 님, 대단해요."

"유나 언니, 멋있어."

"유나 언니, 대단하세요."

"나이프 던지기도 그렇고, 정말 잘 맞추네요. 유나 님은 뭐 하는 사람이에요?"

"내가 모험가라는 건 못 들었어?"

"……모험가? 아아, 시아랑 아이들이 말했어요."

떠올린 듯 말한다.

"그런 귀여운 복장을 하고 있어서 유나 씨가 모험가라는 걸 완전히 잊고 있었어요. 게다가 실제로 싸우는 모습을 본 적도 없어서 모험가라고 해도 그다지 상상이 되질 않아요."

그 말에 피나와 아이들도 동의했다.

그 후, 우리는 구슬치기를 하거나 장애물 달리기 같은 기록을 앞다투는 것에 참가하기도 했다. 그 외에도 여러 가지 참여해서 많은 상품을 얻었다.

그 상품들을 피나, 슈리, 노아에게 선물했다.

나이프 던지기로 얻은 꽃핀을 시작으로 목걸이, 팔찌, 브로치. 그리고 작은 잡화나 학생들이 기른 꽃 같은 것도 받았다.

"**상품 수집가**가 되어버렸네요."

티리아가 상품으로 얻은 장신구들을 몸에 차고 있는 피나와 아이들의 모습을 보며 재미있다는 듯 말한다.

그런 말을 하는 티리아도 이래저래 스스로 얻은 상품들을 몸에 차고 있었다.

"유나 씨가 어디에서든 가장 좋은 상품을 얻어서 다들 얼굴이 굳었어요."

"그렇지만 도전하고 싶어지잖아."

이미 게임 감각이다. 전직 게이머로서는 게임 같은 출품작에 도전하고 싶어지고, 고득점을 따고 싶어지는 법이다.

게임 내에 있는 미니 게임과 같은 감각이었다.

상품을 얻은 우리는 다음 출품작을 보러 가기위해 걸었다.

"음, 저기는 뭐지?"

주위가 커다란 천으로 감싸져 있어서 안이 보이지 않도록 되어 있었다.

"뭐였더라?"

티리아도 모르는 모양이다. 뭐, 모든 출품작과 장소를 파악하는 건 무리였다.

그래도 천으로 감싸져 있다니…… 귀신의 집은 아니겠지. 게다가 밝은 곳에서 귀신의 집을 하지는 않을 거다. 애초에 이쪽 세계에 귀신의 집이라는 개념이 있나?

그게 아니라면 미로라던가?

우리가 입구로 향하자 남학생이 서 있었다.

"곰? ……티리아 님?!"

남학생이 내 모습에 놀라더니 티리아를 보고 다시 한 번 놀란 표정을 지었다.

"여기는 뭘 하는 곳이야?"

"여기는 마물이나 동물의 해체를 체험하는 곳입니다. 티리아 님이 오실만한 곳은 아닌 것 같습니다."

남학생이 대답해준다.

입구 근처에 있는 간판을 보자 마물과 동물의 해체를 할 수 있다고 적혀 있었고, 그 옆에 있는 주의사항에는『마물이나 동물을 해체하고 있으니 흥미가 없으신 분들은 사양해 주세요』라고 적혀 있었다.

"이런 것까지 하는 거야?"

"이 학원에는 기사나 병사가 될 사람들도 있거든요. 모험가는 당연하겠지만 기사나 병사도 마물이나 동물들을 토벌하면 해체를 해요. 평범한 학생과는 관련없지만 필요한 학생들도 있어요."

확실히 식재료를 현지 조달하는 경우도 있을 테니 기사나 병사에게도 해체 기술은 필요하겠네.

"즉, 안에서 해체를 보거나 체험할 수 있다는 건가?"

"네, 해체를 봐도 재미있진 않으니까 다른 거 보러 가죠."

"나, 보고 싶어!"

슈리가 손을 들어 올린다.

티리아는 놀란 듯 슈리를 바라봤다.

최근 들어서 슈리는 피나와 함께 해체를 하고 있었다. 그 때문에 관심을 가진 것일지도 모른다.

"그래도 마물이랑 동물의 해체야. 슈리처럼 꼬마가 봐도 재미있는 게 아니란다. 고기를 못 먹게 될지도 몰라."

하긴, 보통은 그렇게 생각하겠지.

티리아가 슈리를 설득하려고 하자 피나가 입을 열었다.

"저도 조금, 보고 싶어요."

"왜? 기분이 좋은 볼거리가 아니야."

"티리아, 이 두 사람이라면 괜찮아. 마물이랑 동물 해체를 한 적이 있거든."

굳이 따지자면 내 쪽이 힘들었다. 아직도 나는 해체가 불가능하다.

"그래요?!"

"네, 그러니 조금이라도 공부가 된다면 보고 싶어서요."

"말하자면 노아랑 티리아 쪽이 걱정된다고 할까?"

나는 마물과 동물을 토벌하고 있으니까 면역이 되어 있지만, 귀한 아가씨 두 사람에게는 힘들지도 모른다.

"저라면 괜찮아요. 피나와 슈리가 가고 싶다면 따라갈게요."

"무리는 하지 않아도 돼. 뭐, 가까이에서 보지 않으면 괜찮을 것 같지만."

노아가 그렇게 말하자 티리아도 거절하지 못하고 해체 작업 이벤트를 견학하게 됐다.

티리아는 접수대에 있는 남학생에게 말을 걸었다.

"그런 이유로 안으로 들어가고 싶은데, 괜찮을까?"

우리의 대화를 듣고 있던 남학생은 놀란 얼굴을 하고 있었다.

"정말로 저 어린 여자아이가 해체를?"

"하고 있어~."

슈리가 활기차게 대답한다.

해체라는 게 보통은 경험하지 않지. 그래서 남학생의 심정은 이해가 되었다. 남학생은 곤란한 표정을 했다.

"내가 책임지지."

"…알겠습니다. 하지만 속이 안 좋아지신다면 곧바로 말씀해주세요."

"무슨 일 있으면 바로 밖으로 데리고 나올게."

티리아는 남학생과 약속을 했다.

"그러면, 슬슬 해체 공연이 시작하니까 안으로 들어가서 기다려주세요."

안으로 들어서자 이미 20명 전후의 사람들이 있었다. 학생복을 입은 학생도 있지만 일반인도 보였다. 이건 출품작이면서 발표회 같은 건가. 검술을 선보이던 학생도 있었으니 해체 기술을 선보이는 게 되는 건가?

"의외로 사람이 적네."

"본격적으로 해체를 하려는 학생들은 적거든요. 게다가 자신들의 출품작이 있으면 시간대가 안 맞는 사람도 있으니까 그걸 생각하면 충분한 인원수인 것 같아요."

듣고 보니 그런가?

전방에는 커다란 테이블이 준비되어 있었고 슈리가 맨 앞으로 가려고 했다. 나는 재빨리 슈리의 팔을 붙잡았다.

"유나 언니?"

"끼어드는 건 안 돼."

"그렇지만, 앞이 아니면 안 보이는걸."

테이블 앞은 이미 견학을 할 사람들이 자리를 잡고 있었다. 슈리의 키로는 뒤에서는 볼 수가 없었다. 그렇다고 해서 나중에 왔는데 끼어들 수는 없다.

"이쪽에 발판이 있어."

티리아가 발판이 놓인 것을 발견했다.

아무래도 뒤에서도 보이도록 발판을 둔 모양이다.

발판 위로 오르자 테이블이 잘 보였다. 테이블 앞에는 학생과 모험가의 옷차림을 한 남녀가 있었다. 그 모험가와 눈이 마주쳤다.

"제이드 씨?"

"유나?"

"유나 양?"

골렘 토벌에서 신세를 졌던 제이드 씨와 멜 씨가 있었다.

"어째서 제이드 씨와 멜 씨가 이곳에?"

"그건 내가 할 말이야. 우리는 이 학생의 해체 보조를 부탁받았거든."

"보조요?"

"메인은 학생이지만 나는 해체의 도우미인 거지. 그러는 유나는?"

"저는 학원 축제에 놀러 왔어요."

갑자기 테이블에 있는 제이드 씨와 내가 이야기를 시작해서 모두의 시선을 집중시켜버렸다.

「곰?」, 「곰이야?」, 라고 제이드 씨 때문에 눈에 띄어버렸다. 이제 와서겠지만…….

"이야기는 나중에 하지."

나도 찬성이다.

제이드 씨가 아이템 봉투에서 울프를 꺼낸 뒤 학생이 해체 작업을 시작했다. 해체 작업이 시작하자 아무도 나를 보지 않았다.

"유나 님, 저쪽에 있는 모험가와는 아는 사이세요?"

"전에 같이 일을 한 적이 있어."

노아의 질문에 대답했다.

설마 이런 곳에서 제이드 씨와 멜 씨를 만날 줄은 꿈에도 몰랐다. 다른 멤버인 토우야 씨와 세니아 씨의 모습은 보이지 않는다.

아무래도 제이드 씨와 멜 씨, 두 사람밖에 없는 모양이다.

학생은 제이드 씨의 지시로 해체 작업을 진행했다. 느리지만 학생은 정성스럽게 울프의 가죽을 벗겼다. 피나와 슈리는 해체 작업을 진지하게 봤고, 티리아와 노아는 발판 위에서 내려와 보지 않으려 했다. 나도 피나와 슈리에게는 미안하지만 발판 아래로 내려왔다.

그러자 그곳에 멜 씨가 찾아와 내게 안겨 왔다.

"유나 양, 오랜만이야. 여전히 곰 옷차림을 하고 있네."

멜 씨는 곰 옷을 만졌다. 그런 식으로 만지는 건 참아 주세요.

"멜 씨는 해체 보조를 안 해도 돼요?"

"제이드가 있으니까 괜찮아. 그래서, 유나는 이 아이들이랑 같이 학원 축제에 온 거니?"

멜 씨가 피나와 아이들을 봤다. 티리아를 봐도 놀라지 않는다는 것은 공주님이라는 걸 모르는 모양이다.

"이 학원에 다니고 있는 아이한테 초대를 받았거든요."

"귀여운 아이들만 데리고 다니네."

피나, 슈리, 노아, 티리아를 바라봤다.

뭐, 그건 부정은 하지 않겠다. 모두 귀여우니까.

"그래도 어째서 이곳에? 해체 같은 건 여자아이가 보러 올 만한 게 아니잖아. 학원 축제의 출품작이라면 이외에도 볼거리가 많지 않아?"

"그건 저기 두 사람이 보고 싶어 해서요."

나는 발판 위에 올라 있는 피나와 슈리에게로 시선을 보냈다. 두 사람은 진지한 눈으로 해체하는 장면을 봤다.

"아아, 그런 식으로 나이프를 넣으면—."

"안 돼, 가죽에 구멍이 생길 거야."

"그렇게 힘을 주면……."

"가죽이……."

"조금 더 깔끔하게 잘라야지."

"아아……."

어쩐지 학생이 해체를 하고 있는데 지적을 하고 있었다.

작은 목소리라서 해체하고 있는 학생에게는 들리지 않겠지만, 들렸다면 시비를 걸고 있다고 생각할 거야.

"뭔가, 귀여운 아이들이네. 저 학생, 능숙하진 않지만 서툴지도 않아. 저 정도까지 할 수 있다면 충분히 모험가 길드에서 사들여 줄 거야."

멜 씨가 해체를 하는 학생을 두둔해 준다.

"아아, 고기가……."

"아까워."

어쩐지, 해체를 보는 것보다도 피나 자매를 보고 있는 게 더 재미있다.

"뭔가 대단한 말을 하고 있는데."

"언니 쪽이 어릴 적부터 모험가 길드에서 해체 작업을 하고 있어서 엄청 능숙하거든요. 최근에는 동생도 하기 시작해서……."

내가 무찌른 마물과 동물의 해체는 거의 두 사람이 하고 있다. 그래서 슈리를 위해 미스릴 나이프를 준비해버렸다.

"그래서 관심을 가지고 이 출품작을 보러 온 건데……."

"도움이 되지 않고 있는 모양이네."

"아아, 그렇게 자르면……."

피나가 당장에라도 달려들 것 같았다.

그래도 해체 작업은 계속 진행되었고 학생은 해체 작업을 마쳤다.

피나와 슈리는 발판에서 내려와 우리가 있는 쪽으로 다가왔다.

"어땠어?"

"별로였어요."

"응, 언니가 더 잘해."

나로서는 학생의 해체 기술은 모르겠지만 두 사람의 눈에는 마음에 들지 않았던 모양이다.

그만큼 피나의 해체 기술 레벨이 높다는 거겠지.

283 곰 씨, 새삼 피나의 해체 기술의 대단함을 알다

“피나에게는 공부가 되지 않은 모양이네.”

“……네, 아버지와 길드에 계신 다른 분들이 더 잘하세요.”

“본업이랑 비교해선 안 되지.”

학생은 본래의 공부를 하면서 해체 공부를 하는 거다. 그것을 직업으로 돈을 받으며 매일같이 하는 사람들과 비교하면 불쌍하다. 게다가 피나는 이미 몇백, 어쩌면 천을 넘을 정도의 해체를 하고 있을지도 모른다. 학생과는 경험의 양이 너무 다르다. 그것과 비교하는 것은 심하다고 할 수 있다.

“저기, 피나 양이라고 했니, 그렇게 별로였어?”

멜 씨가 지적하는 피나에게 묻는다.

“그게…….”

피나는 멜 씨의 말에 곤란한 얼굴을 했다. 그러고 보니 피나는 처음 만나는 건가?

타이거 울프 토벌의 의뢰를 받았을 때 만났는데, 아무래도 피나도 기억하지 못하는 모양이다. 그 짧은 시간으로 기억한다면 그것도 무섭지만…….

심지어 멜 씨 쪽도 기억을 못 하는 것 같다.

“나는 멜이라고 해. 유나 양과는 직업상 동료랄까? 그런데 저

아이들은 확실히 능숙하지 않았지만 피나 양이 봤을 때 그렇게 별로였니?"

"네, 토벌하는 방법에 따라서 다르긴 하지만 검으로 쓰러뜨린 마물의 경우엔 되도록 검으로 베인 곳에 칼을 넣어야 해요. 그렇지 않으면 털가죽에 잘려 나간 부분이 두 군데가 생기죠. 그렇게 되면 가치가 떨어져요. 물론 배부터 가르는 것도 옳은 방법이긴 하지만 가치가 떨어지니까……."

피나의 설명을 들으니 이해가 된다. 확실히 구멍은 적은 편이 좋다. 몇 번이고 공격을 반복해서 털가죽에 많은 상처가 있을 때는 털가죽으로서의 가치는 심각하게 떨어진다. 그러니 일격으로 쓰러뜨리는 내 울프는 가치가 높다고 들었다.

"마법으로 쓰러뜨린 경우도 그곳부터 자르면 되요. 되도록 형태를 보존하고 자르는 거죠. 그렇게 하면 비싸게 팔릴 거예요."

피나의 설명에 멜은 놀랐다. 나도 놀랐다. 피나가 그런 것을 생각해 가며 해체를 하고 있었구나. 설마, 피나의 보수가 너무 낮은 거 아냐?

피나가 해체를 해준 재료는 팔지 않지만 그렇게 정성을 들여 해체를 해주고 있었다니. 역시 피나의 보수를 올리는 편이 나을까? 하지만 피나에게도 티루미나 씨에게도 지금 금액이 적당하다는 말을 들었단 말이지.

멜 씨가 감탄하듯 피나의 설명을 듣고 있는데 슈리까지 참전했다.

“그리고 고기를 자르는 게 느려. 저렇게 하면 고기가 상한다고 아버지가 말했어.”

슈리까지 지적을 했다. 아무래도 슈리의 눈으로 봐도 별로인 모양이다. 그 판단이 가능하다는 점이 대단하다. 이것도 언제나 피나의 해체를 보고 있는 덕일까.

본다는 게 중요하긴 하지. 장인은 보고 배우라는 말을 자주 했다.

그래도 슈리는 아직 7살이지 않은가. 이것은 피나와 겐츠 씨의 영재 교육이지 나 때문은 아니겠지?

“두 사람 모두 대단하구나.”

“항상 유나 언니가 토벌한 마물을 해체하고 있어서, 그래서 익숙해져서…….”

아니, 나 때문인 거야?

조금 전, 마음속으로 부정한 참이었는데.

“울프는 몇백 마리나 해체했고, 타이거 울프나 블랙 타이거의 해체도 해봤고.”

“유나, 이 아이들에게 그런 것까지 시키고 있니?”

저기, 네, 시키고 있습니다.

“설마, 블랙 바이퍼도?”

“네, 도와드렸어요.”

그러고 보니 블랙 바이퍼에 관해서는 알고 있네.

“대단하잖아. 보통은 그런 경험은 못 하는데.”

"전부, 유나 언니 덕분이죠."

아직, 코카트리스는 맡기지 않아서 다행이다.

이쪽 세계에서 코카트리스가 가진 가치를 알지 못하니 뭐라고 못 하겠지만, 분명 블랙 타이거 정도로 귀중한 마물이겠지.

코카트리스에는 독이 있어서 지금으로는 해체를 부탁할 예정은 없지만 피나는 코카트리스의 해체도 가능한 걸까?

만약 부탁했다면 겐츠 씨와 함께하려나?

"그러면, 피나 양, 모두에게 시범을 보여주지 않을래?"

"시범이요?"

"응, 피나 양처럼 어린 여자아이가 해체를 하면 모두에게 자극이 될 거야. 부탁 가능할까?"

"그렇지만…… 저 같은 사람이……."

피나는 망설이며 거절하려고 했다.

"피나, 해보는 게 어때?"

"유나 언니?!"

"나도 피나가 해체하는 모습을 보고 싶어."

이야기를 듣고 있던 노아도 동의했다.

"어서, 슬슬 체험 실습이 시작될 거야."

테이블은 깨끗하게 정리되어 있고 새로운 울프가 테이블에 놓였다.

"누군가, 해보고 싶은 사람은 없나요? 누구든 처음이니까 가볍게 체험해보시지 않으실래요?"

제이드 씨가 모두에게 말을 했지만 아무도 손을 드는 사람이 없었다. 흥미가 있는 것과 실제로 하는 것은 다르다. 나도 피나의 해체를 보고 해보려고 마음먹은 적이 있었다. 하지만 무리였다.

사람에게는 어울리는 일과 안 어울리는 일이 있다. 나에게 해체는 어울리지 않았다.

"자, 아무도 없잖아."

멜 씨가 피나의 등을 미는 느낌으로 테이블 앞까지 데리고 가려 했다.

"유나 언니?!"

피나가 부모와 영영 떨어지는 아이 같은 눈으로 내게 도움을 구했다. 하지만 지금은 피나의 성장을 지켜보기 위해서—.

"해보면 좋을 거야."

그렇게 말했다. 내 말을 들은 피나는 조금 생각하더니 작게 고개를 끄덕였다.

피나는 멜 씨에게 이끌려 테이블 앞으로 갔다. 그러자 견학을 하고 있던 전원의 시선이 피나에게로 모여든다.

"멜, 그 아이는?"

"유나 양의 친구라고 해야 하나? 해체가 능숙하다는 것 같아서 시범을 보여달라고 부탁했어. 이런 여자아이라도 해체를 할 수 있다는 것을 증명하기 위해서랄까?"

"언니, 잘해."

"피나, 힘내."

슈리와 노아가 응원을 했다.

"유나, 정말로 피나가 해체 같은 걸 할 수 있는 거예요? 피나는 저렇게 어린데."

옆에 있는 티리아가 불안한 표정으로 피나를 바라봤다.

"피나는 어릴 때부터 해체를 하고 있어서 괜찮아. 피나가 해체에 능숙하다는 건 내가 보증해."

피나는 테이블 앞에 서더니 아이템 봉투에서 앞치마로 보이는 것을 꺼내곤 옷이 더럽혀지지 않도록 했다.

"저런 어린아이가 해체를?"

"가능한 거야?"

"보통은 불가능하지."

"나도 망설여지는데."

주위에서 여러 말소리가 들려온다. 모두가 부정적인 말뿐이다. 역시 피나 같은 어린 여자아이가 해체를 한다는 건 흔치 않은 것 같네.

"그러면 해보겠니?"

제이드 씨가 피나에게 나이프를 건네주려 했지만 피나는 거절하더니 긴 기간 동안 애용하고 있는 자신의 나이프를 아이템 봉투에서 꺼냈다. 피나가 꺼낸 것은 내가 선물한 미스릴 나이프가 아닌 골드 씨에게 받은 해체용 나이프였다. 피나가 웬일로 의욕적이다.

"그러면 시작할게요."

피나는 그렇게 말하더니 우선은 울프를 확인했다. 상처가 난 곳을 확인하고 그곳부터 나이프를 넣어 한 번에 해체 작업을 시작했다. 털가죽을 깔끔하게 벗겨내고 고기도 부위별로 잘라간다. 그 나이프의 움직임에는 망설임이 없었고 부드럽게 잘라간다. 보고 있는 사람은 진지한 눈매로 바뀌더니 피나가 해체를 하는 모습을 지켜봤다. 보고 있는 사람들에게서「대단해」,「빠르다」,「깔끔하잖아」,「누구야, 저 여자아이는?」,「벌써 털가죽을 벗겨냈어」라며 피나의 해체에 감탄하는 목소리가 들렸다.

내 옆에서는 자랑스러운 언니가 칭찬을 받아서 슈리는 기뻐하고 있었다. 노아는 새로운 피나의 일면을 보고 놀랐다. 해체가 가능하다는 건 알고 있었지만 피나가 해체하는 모습을 보는 것은 처음이겠지.

피나의 해체 작업은 계속 진행되었다. 조금 전의 학생이 해체했을 때보다도 절반 이하의 시간으로 끝냈다. 심지어 완벽한 마무리였다.

"대단하네. 내가 할 말은 아무것도 없어."

제이드 씨에게 칭찬을 받은 피나는 기뻐했다.

피나 전에 해체를 했던 학생이 피나에게 여러 가지를 묻기 시작해서 피나는 쑥스러워하며 설명을 했다.

"내가 설명하는 것보다 그녀 쪽에서 하는 게 나을 것 같군."

제이드 씨는 새로운 울프를 준비했고 이번엔 피나에게 천천히 해체의 설명을 해달라고 부탁했다. 학생에게도 초보자들을 위해 가르쳐달라는 부탁을 받았다.

피나는 쑥스러워하며 해체 방법을 천천히 설명했다.

"힘은 한 번에 넣는 편이 깔끔하게 잘려요. 망설이면 깨끗하게 잘리지 않죠. 많은 시간이 들여 해체하면 고기가 상하는 원인이 되기도 해요. 그래서 망설이지 말고 자르는 편이 나아요. 정말로 해체를 익히고 싶다면 몇 번이고 해체를 해서 몸에 익히는 게 좋아요. 저도 예전에는 못해서 자주 혼났어요."

피나도 처음부터 잘했던 게 아니다. 몇 번이고 몇 번이고 그 왜소한 몸으로 해왔을 거다. 지병을 앓는 어머니와 어린 여동생을 지키기 위해……. 그것을 지탱해왔던 겐츠 씨. 그것밖에 길이 없었을지도 모르지만 간단하게 몸에 익힌 기술이 아니라는 건 분명하다.

내가 피나에 관해 생각하고 있는 사이에도 피나의 해체 수업은 계속됐다. 도중부터 슈리도 참가해서 모두 더욱 놀라고 있었다. 견학을 하던 학생들도 피나의 가르침에 따라 해체를 했다. 처음엔 긴장했지만 자신들보다 어린 여자아이가 하고 있다며 용기를 내서 하기 시작했다.

그리고 울프의 해체를 마친 후 다음은 일각 토끼로 피나의 해체 수업이 이어졌다.

제이드 씨는 피나에게서 떨어져 내가 있는 곳으로 다가왔다.

"대단한 여자아이네. 모범이 되는 좋은 해체 방법이야."

"아마, 나보다도 능숙할 거야."

"멜은 항상 나나 토우야에게 시키니까 못하는 거지."

"그렇지만, 더러워지는걸."

세니아 씨는 나이프를 다루는 게 능숙했으니 해체도 능숙할까?

싸우는 법과 해체는 별개의 것이지만 신속하게 나이프를 움직여서 해체를 할 것 같은 이미지가 있었다.

제이드 씨와 멜 씨가 그런 대화를 나누는 동안에 피나의 일각 토끼 해체 수업은 끝이 났다.

모두에게서 박수를 받았고 피나는 쑥스러워했다.

이것으로 해체 실습은 끝이 났고 견학자들은 돌아갔다.

피나는 해체의 출품작을 주최하고 있던 학생들과의 이야기에 열중했다.

"학생들에게는 좋은 공부가 될 거야. 저런 어린아이라도 해체 기술을 몸에 익힐 수 있다는 걸 안다면 지고 싶지 않은 마음이 들겠지."

참고로 해체한 고기는 학원 축제에서 꼬치구이를 판매하고 있는 학생들의 가게로 전달된다고 했다. 낭비되지 않도록 착실하게 생각하고 있군.

“그러면, 저희는 갈게요.”

“그래, 고마웠어.”

“피나 양도 고마웠어.”

“아뇨, 어쩐지 두 분의 일을 뺏은 것 같아서 죄송해요.”

“후훗, 사과할 일이 아니야. 우리가 부탁했는데 보답을 못 해서 미안해.”

“아니에요. 저도 즐거웠어요.”

우리는 제이드 씨, 멜 씨와 헤어졌다.

284 곰 씨, 패션 센스가 없다는 것을 알아차리다

피나의 해체 수업도 끝나고 우리는 학원 축제의 견학을 다시 시작했다. 걷고 있는데 누군가가 내 곰 옷을 잡아당긴다.

"유나 언니, 배고파."

슈리는 자신의 작은 배를 만지며 배가 고프다는 것을 어필했다.

"듣고 보니 그렇네."

티리아가 슈리의 말에 동감하자 노아도 피나도 고개를 끄덕인다.

방금 해체를 해놓고 식욕은 있는 모양이다. 노아가 괜찮아 하는 건 예상외였지만…….

"그러면 어딘가에서 식사라도 할까?"

"네~."

"네."

내 말에 모두는 좋다고 대답했다.

"그럼, 시아 님이 계신 곳으로 돌아가나요?"

"으음, 여기서는 조금 멀단 말이지. 분명 저쪽에도 먹거리를 판매하는 가게가 있었을 거야. 그쪽으로 가자."

피나의 말에 티리아가 대답을 했고 가장 가까운 음식 판매점으로 가게 됐다. 안내인이 있으면 편리해지는군. 공주님에게 시키는 건 조금 그렇지만…….

티리아의 안내로 먹거리를 판매하는 가게에 왔는데 모든 곳이 사람으로 북적였다.

"다들 생각하는 건 똑같은 것 같네."

이 시간을 피하면 한산해지겠지만 돌아다니고 해체를 한 피나는 지친 것 같다. 어딘가에서 먹으면서 쉬고 싶은 순간이다.

하지만 둘러보아도 금방 음식을 받을 수 있을 것 같지는 않았다. 식사하는 테이블이라면 비어있는 장소가 있었다.

"포장마차에서 사지 않아도 되는 거라면 내 아이템 봉투에 음식이 들어있는데, 어떻게 할래?"

무리하게 포장마차에서 사지 않아도 곰 박스에는 대량의 음식이 상시 보관되어 있었다.

"나, 피자가 먹고 싶어!"

"앗, 그거, 저도 찬성이에요."

내 제안에 슈리와 노아가 손을 든다.

"학원 축제의 음식이 아니어도 돼?"

"응, 유나 언니의 피자, 너무 좋아."

"고마워."

슈리의 머리를 쓰다듬어 준다.

"피나와 티리아도 그걸로 괜찮아?"

"네, 물론이죠."

“저도, 괜찮아요.”

우리는 비어있는 테이블로 이동해서 장소를 확보했다. 그리고 테이블 위로 피자, 모린 씨가 만든 빵, 안즈가 만들어 준 따뜻한 수프, 마지막으로 차가운 과즙을 꺼냈다.

“어쩐지, 호화롭네요.”

“그래?”

확실히 주위 테이블과 비교하면 호화로울지도 모른다.

“그러면, 다들 마음껏 먹어도 돼. 많이 있으니까 말하고.”

“““““네, 잘 먹겠습니다.”””””

모두가 각자 마음에 드는 음식으로 손을 뻗었다.

“티리아는 피자는 처음인가?”

“젤레프가 한 번 만들어 준 적이 있어요.”

젤레프 씨에게는 전에 치즈 덩어리를 몇 개 준 적이 있다. 아마도, 그걸로 만든 건가?

“그래도 유나 씨의 피자가 더 맛있네요.”

맛있게 먹어준다.

“기쁘지만, 젤레프 씨에게는 말하지 마.”

내놓은 피자는 금방 사라졌고 모린 씨의 빵도 안즈의 수프도 눈 깜짝할 사이에 없어졌다.

“괴로워요.”

“저도요.”

노아도 티리아도 너무 많이 먹었다. 그렇게 서둘러 먹지 않아도 되는데……. 과식은 몸에 좋지 않아요.

“조금 쉬면 괜찮을 거예요.”

“유나 님, 마실 것 좀 주세요.”

“자, 배가 아파지니까 적당히 먹어야 해.”

노아에게 과즙을 따라준다. 그렇지만 모두가 내가 내놓은 요리를 남기지 않고 말끔하게 먹어주니 기쁘다.

개인적으로는 빨리 이동을 하고 싶었지만 나도 과즙을 마시면서 두 사람이 부활하는 것을 기다렸다.

그야, 식사를 하는 동안에도 「곰?」, 「앗, 조금 전의 곰이다」, 「티리아 님이 곰이랑 같이 계셔」라고 중얼거리고 있었기 때문이다.

그와 더불어서는 「티리아 님이 드시고 있는 건 뭐지?」, 「어디에서 팔고 있지?」, 「맛있어 보여」, 「찾으러 가자」와 같은 말이 들렸고 포장마차를 찾으러 간 사람도 있었다. 아무리 그래도 내가 주위를 향해 「이건 제가 가지고 온 음식이에요」라고 일부러 말할 수는 없어서 무시할 수밖에 없었다. 찾으러 가서 찾지 못해도 내 탓이 아니다. 멋대로 착각한 사람이 잘못된 거지.

잠깐 식후의 휴식을 취하고 있자 두 사람이 부활해서 움직일 수 있게 되었고 나는 피나와 아이들을 데리고 도망치듯 이곳에서 이동했다. 그건 그렇고 티리아 덕분인 건지, 이상하게 시비를 걸어오는 사람이 없어서 다행이다. 가끔 아이들이 끌어안기는 하지만 커다란 트러블은 일어나지 않았다.

"앗, 피나, 여기 더러워졌어."

걷고 있는데 노아가 피나가 입은 스커트 쪽을 가리켰다. 분명하게 노아가 가리킨 곳이 더럽혀져 있다.

"해체 작업을 할 때 묻은 건가."

앞치마를 했는데도 더러워진 모양이다.

"옷 갈아입을래?"

"아뇨, 이 정도는 괜찮아요."

으음, 마물의 피로 더러워진 옷을 입고 있다니 싫을 것 같은데. 피나는 다른 사람에게 폐를 끼치는 걸 싫어하는 아이라서 모두를 신경 쓰고 있을 거다.

그렇지만 나로서는 어떻게 해주고 싶었다.

"아아, 그렇지. 좋은 생각이 있어. 저쪽으로 가자."

티리아가 피나의 옷을 보고 무언가 떠오른 듯했다. 티리아는 아무런 말도 하지 않고 피나의 손을 잡은 뒤 걷기 시작했다.

"티리아 님!"

"이쪽이야. 다들 따라와."

"티리아 님, 따라갈 테니까 당기지 말아주세요."

입을 삐끔거리며 끌려 가는 피나. 티리아는 피나를 놓치지 않겠다는 것처럼 손을 잡고 놓지 않는다. 피나는 공주님에게 손을 잡혀 긴장해서 지금이라도 폭발할 것 같다.

"티리아, 그래서 어디로 가는 거야?"

"비밀이에요. 뭐, 가면 바로 알 테지만 말이죠."

아무래도 목적지는 알려주지 않을 생각인 모양이다. 티리아는 곧바로 학원 건물 안으로 들어갔다. 학원 안의 교실에도 출품작이 전시되어 있다. 무엇을 하고 있는지 보고 싶었지만 티리아가 모든 교실을 무시하고 목적 장소로 곧장 가서 중간에 서서 볼 수도 없었다.

우리는 티리아의 뒤를 묵묵히 따라갔다.

"조금 더 앞에 있는 교실이야."

티리아는 조금 더 안쪽의 교실 앞에서 멈췄다. 안을 엿보니 여러 옷이 즐비하게 있었다.

"와아, 귀여운 옷이 많이 있네요."

아무래도 이곳에서는 옷을 팔고 있는 모양이다.

"학생들이 만든 옷이긴 해도 귀여운 옷이 있다고 소문이 났었어. 옷감은 좋은 걸 사용하고 있지만 가격은 저렴하지."

왕족인 티리아가 말하는 저렴한 가격이라는 부분이 신경 쓰였다.

그래도 좋은 옷감을 사용하고 있는 거라면 다소 가격이 비싸더라도 어쩔 수 없나. 모처럼 피나와 슈리에게 옷을 사주는 것도 좋겠지.

"피나에게는 엄청난 해체 기술을 선보여 준 답례로 옷을 선물할게."

내가 사주려고 했는데 티리아가 선물을 하겠다는 말을 꺼냈다.

그렇지만 피나는 티리아의 말에 놀란 표정을 지었다. 뭐, 공주님이 옷을 선물하겠다고 하면 보통은 놀라겠지.

"오, 옷은 빨면 돼요. 그러니까……."

피나는 거절하려고 했지만 티리아는 놓치지 않았다.

"후훗, 그런 사양 같은 거 하지 않아도 돼. 멋진 해체를 보여준 답례니까 마음에 드는 옷을 골라봐. 아니다, 내가 피나에게 어울릴만한 옷을 골라줄게."

티리아는 피나의 팔을 당겨 교실 안으로 들어가려고 했다. 피나가 도움을 청하듯 내 쪽을 바라봤다. 피나의 마음도 알겠지만 옷이 더럽혀진 채로 학원 축제를 돌아다니게 하고 싶지는 않았다. 그러니 옷을 사는 건 찬성이다.

"그러면 내가 사줄까?"

"유나 언니?!"

티리아가 사주는 것에 저항이 있는 거라면 내가 사주면 된다.

"안 돼요. 피나에게 선물은 제가 할 거니까요."

티리아는 내게 빼앗기지 않으려는 듯 피나를 끌어안았다.

품에 안겨진 피나는 곤란한 표정으로 나와 티리아를 번갈아 바라봤다.

"언니만 치사해. 나도 옷 사고 싶어."

"후훗, 걱정 마, 슈리에게도 선물할 거니까."

티리아의 말에 슈리는 기뻐했다.

"그러면, 나도 내 옷을 사볼까."

노아도 그런 말을 꺼낸다.

"우선 안으로 들어가자. 이런 곳에서 서 있으면 다른 사람들에게 방해가 될 테니까."

티리아는 피나와 슈리의 손을 잡고 교실 안으로 들어갔다. 그 뒤를 노아와 내가 따라갔다.

교실 안으로 들어서자 여학생들이 티리아를 알아보고 달려왔다.

"티리아 님, 이런 곳에……."

내 쪽을 신경 쓰면서도 티리아에게 인사를 했다.

"잠깐 실례 좀 할게."

"이런 누추한 가게여도 괜찮으시다면 봐주세요."

여학생은 기뻐했다.

"고마워."

방 안에는 여러 옷이 나열되어 있었다. 전부 이 아이들이 만든 건가?

"후훗, 어느 것이 피나에게 어울리려나?"

티리아는 피나의 손을 잡고 피나에게 어울릴 만한 옷이 나열된 곳으로 이동했다. 피나는 그 손을 뿌리치지 못하고 버려진 강아지 같은 얼굴로 나를 바라봤다. 하지만 나도 피나가 귀여운 옷을 입은 모습을 보고 싶다.

“한 번 입어보고 보여줘야 해.”

“그러면 유나 언니도 입어 주세요.”

“그건 좋은 생각이네. 곰 옷차림도 귀엽긴 한데 사복 모습도 보고 싶어요.”

그 제안은 정중히 거절했다.

그거야 옷을 사도 입을 기회가 없으니 낭비다.

필요할 때 사면 된다.

게다가 학원 축제를 즐기고 있긴 하지만 모두의 호위를 하고 있다. 곰 장비를 벗어서는 안 된다.

“유나 씨의 평범한 모습도 보고 싶었는데.”

티리아는 아쉬워했지만 포기하게 두었다.

그런 후에 피나와 아이들의 옷 고르기가 시작됐다. 그 옷 고르기에 여학생들도 참가했다. 「이게 잘 어울려」, 「이쪽도 좋네」, 「이 아이에겐 이쪽이지」라며 여자아이들의 말소리가 들려왔다.

은둔형 외톨이었던 나에게는 파고들 수 없는 공간이었다. 너무 여성스러워서 이 공간에는 곰 장비를 입고 있어도 들어갈 수 없다. 이 여자 공간 속에서는 치트인 곰 장비는 무력하니 내가 할 수 있는 일이라고는 휘말리지 않도록 하면서 세 사람을 지켜보는 것뿐이다.

피나가 도움을 구하듯 나를 바라봤지만 지금의 티리아를 나로서는 저지할 수가 없었다.

마물에게 둘러싸여 있는 거라면 돕기 위해 돌입이라도 하겠으나 이 여자 공간에서 구해낼 힘은 나에게는 없다.

무력한 나를 용서하렴……. 마음속으로 피나에게 사과를 해둔다.

그 후, 입어본다는 명목으로 세 사람의 패션쇼가 시작됐다.

탈의를 마친 세 명이 탈의실에서 나올 때마다 티리아와 여학생들이 평가했다. 그것을 몇 번이고 반복했다. 「귀여워」, 「아니, 조금 전이 더 좋았어」, 「이쪽 아이에게는 이게 가장 좋네」, 「이 머리 장식에는 이 옷이 나아」, 「이 액세서리에는 안 어울릴지도」, 「이 아이의 머리에는 이쪽이지」, 「이 아이의 긴 금발 머리에는 이 옷이 좋을 것 같아」

티리아와 여학생들의 대단한 점은 학원 축제에서 얻은 액세서리 같은 걸 확실하게 고려해서 어울리는지 안 어울리는지, 이쪽이 좋을지 생각해서 코디네이트를 하고 있다는 점이다. 나는 절대 무리였다.

나는 보면서 「음, 어디가 다른 거야?」, 「그렇게 별로니?」, 「잘 어울리는 것 같은데?」라고 말하며 몇 번이나 고개를 갸웃거렸다.

"유나 씨는 어느 게 잘 어울리는 것 같아요?"

내 의견도 물었지만 나에게는 모두 다 귀여운 옷으로 보였다.

내 코멘트는 「세 사람 모두 귀여워」 정도이다. 그 외의 코멘트는 불가능하다. 알고 있었지만 역시 나는 여성적인 부분이 적은 걸까. 요리나 집안일 같은 건 가능하지만 패션 센스가 없다는 것을 알게 됐다.

그리고 몇 번인가 옷을 갈아입은 후 티리아에 의해서 피나와 슈리의 옷이 정해졌다. 노아는 티리아의 의견을 들으면서도 스스로 옷을 골랐다.

"세 명 모두 귀여워."

대체 몇 번이나, 이 말을 마음속과 입 밖으로 꺼냈는지 모른다. 칭찬하는 말이나 사죄는 많이 하면 옅어진다고 하던데, 그런 기분이 들었다. 여성이 입은 옷의 감상을 말하는 남자의 기분이 이해됐다.

"으으, 정말로 이렇게 귀여운 옷을 받아도 될까?"

피나가 자신의 모습을 보면서 말했다.

평소의 옷과 달라 신선하다.

"티리아 님, 저까지 사주셔도 괜찮으시겠어요?"

"두 사람만 사주고 노아만 안 사주는 것도 조금 그렇잖아. 게다가 시아에게는 신세를 지고 있으니까."

노아는 스스로 사려고 했지만 노아의 옷도 티리아가 사주었다.

세 사람은 티리아에게 감사 인사를 하고 가게에서 나왔다.

어떻게든 패션쇼를 무사히 마칠 수 있었던 것 같아서 다행이다.

자신의 옷을 고른 것도 아닌데 마물과 싸우는 것보다 지쳤다.

285 곰 씨, 학원 축제 첫날을 마치다

티리아가 사준 옷으로 갈아입은 피나는 쑥스러워하고 있었다. 내가 몇 번이고 「잘 어울리니까 신경 쓰지 마」라고 말하는데도 효과는 없는 것 같다.

그래도 이것으로 해체 때문에 더러워진 옷차림에서 벗어났으니 마음 편히 학원 축제를 계속 둘러볼 수 있다.

티리아가 옷을 사줘서 나는 함께 팔고 있던 손수건을 세 사람에게 사주기로 했다.

모두에게는 자유롭게 고르라고 했지만 「유나 님이 골라주세요」라고 노아가 말하자 다른 두 명도 수긍했다. 센스가 없어서 고르고 싶지 않았지만 내 나름대로 세 사람에게 어울릴만한 손수건을 선물했다.

세 명은 기뻐하며 받아줬으나 조금 전의 옷을 고를 때를 생각하면 정말로 기쁜지 불안해진다. 그래도 감정이 가장 잘 드러나는 슈리가 기뻐하고 있는 모습을 보면 괜찮은 건가?

그런 다음, 그대로 학원 건물 안에 있는 출품작을 둘러보게 됐다.

"여기서는 그림을 그려주는 모양이네."

입구에 「초상화 그려드립니다」라고 적혀 있다. 샘플인 초상화가

벽에 걸려 있었는데 무척이나 솜씨가 좋았다.

"여기에서 그림 그려달라고 할까?"

"그거 괜찮겠네요. 모처럼 예쁜 옷을 입기도 했으니까. 잠깐 안을 확인하고 올게요."

티리아가 교실 안으로 들어가더니 금방 밖으로 나왔다.

"그려준대요."

교실 안으로 들어서자 학생들이 몇 명 있었다. 미술부인 건가. 지금은 그림을 그려주고 있는 사람은 없었다. 타이밍이 좋았던 것 같다.

"한 명씩 그릴까?"

피나와 아이들은 서로를 바라봤다.

"모두 다 같이 그렸으면 좋겠어요."

"그렇네. 같이 그려달라고 하자."

준비된 의자에 피나, 슈리, 노아가 앉는다.

내가 조금 떨어진 위치에서 바라보고 있는데 티리아가 팔을 당겼다.

"저희도 가요."

"나는 됐어."

"유나 언니도 같이 그려요."

"맞아요. 저도 유나 님이랑 같이 그렸으면 좋겠어요."

"유나 언니, 같이하자."

세 사람이 내 쪽으로 다가오더니 손과 팔을 붙잡고 잡아당겼다. 뿌리칠 수도 없어 나도 함께 그림을 부탁하게 됐다.

피나, 슈리, 노아 세 명이 의자에 앉고 그 뒤에 나와 티리아가 섰다.

조금 창피하지만 기념이 된다면 좋을지도 모른다.

그리고 학생들의 손에 의해 추억의 한 장의 그림이 그려졌다.

참고로 곰 후드를 벗으라고 했지만 거절했다.

"정말로 내가 받아도 돼?"

"네, 유나 님의 집이라면 언제든지 놀러 갈 수 있으니까요. 걸어 주시면 기쁠 거예요."

피나도 슈리도 고개를 끄덕였다. 티리아도 양보해줬다.

나는 그림을 바라봤다. 그림 속 모두는 웃는 얼굴로 그려져 있었다. 모두 예쁜 옷차림인데 혼자만 곰 옷인 점이 창피하다. 그래도 그림을 보고 있으니 어쩐지 기쁜 마음이 든다. 소중한 추억 중 하나가 될 것 같아서 쑥스러웠지만 그림을 부탁하길 잘했다.

그 후, 그림을 끼워둘 액자도 샀다. 이것도 학생들이 만든 것이라고 했다.

그리고 학원 측에서 축제의 첫날이 끝났음을 알렸다. 모든 가게가 정리에 들어갔고 일반인들은 돌아가기 시작했다.

우리는 시아네가 있는 곳으로 일단 돌아가려 했으나 뒷정리에 방해가 될 것 같아서 먼저 돌아가기로 했다.

"제가 전해둘게요."

학원에 남는 티리아가 시아에게 전해주기로 했다.

"티리아, 오늘은 고마웠어."

"티리아 님, 옷 감사합니다."

"공주님, 고마워요."

"티리아 님, 고맙습니다."

피나와 아이들은 감사 인사를 했다.

"나도 즐거웠으니까 마음 쓰지 않아도 돼."

세 사람의 말에 미소를 짓는 티리아.

"앗, 그렇지. 곰 인형, 정말로 갖고 싶어?"

티리아와 다음에 만날 수 있을지, 언제가 될지 알지 못했다. 플로라 공주에게 전달해도 되지만 이곳에서 주는 편이 빠르다.

"당연히 갖고 싶죠."

나는 곰 박스에서 곰돌이 인형과 곰순이 인형을 꺼내어 티리아에게 건넸다.

"소중히 대해줘. 가끔 왕비님에게 물어볼 테니까."

나이프의 표적 같은 걸로 쓰면 울 거야.

"물론 소중히 할 거예요. 뭣하면 왕궁의 보물창고에 보관할까요?"

"가여우니까 그만둬."

소중히 해주길 바라지만 보물창고에 보관되면 그건 그것대로 가엽다.

"후훗, 농담이에요. 소중히 방에 둘게요."

티리아는 양팔에 인형을 안은 채 우리와 반대 방향으로 걸어갔다.

티리아와 헤어진 우리는 엘레로라 씨의 저택으로 돌아갔다. 피나와 아이들의 복장이 외출하기 전이랑 달라져서 스릴리나 씨가 놀랐다. 하지만 설명을 하자 이해했다.

"유나 님은 변함이 없네요."

스릴리나 씨는 아쉬워했다. 어째서지?

그런 다음, 피나가 해체로 더러워진 옷을 빨려고 하자 스릴리나 씨가 옷을 빼앗듯 채갔다.

"빨래라면 제가 하겠습니다."

"하지만……."

"이게 저의 일인걸요. 이 저택에 있는 동안에 피나 님은 손님입니다."

피나는 곤란한 표정을 짓는다.

"피나, 오늘은 부탁하는 게 어때? 피나도 자신의 일을 빼앗기면 싫잖아."

나는 대신해주는 사람이 있으면 기쁠 텐데. 피나는 너무 성실해서 뭐든 스스로 하려고 했다. 그게 피나의 좋은 점이지만 융통

성이 없다고도 할 수 있다.

"유나 언니……. 알겠어요. 스릴리나 씨, 잘 부탁드릴게요. 피로 더러워져 있으니까 빠는 방법은……."

"피나 님, 괜찮아요. 확실하게 깨끗이 빨도록 하겠습니다. 맡겨 주세요."

빨래는 스릴리나 씨에게 맡기고 우리는 방으로 돌아왔다. 어쩌다보니 엘레로라 씨네 집에서 계속 신세를 지게 됐다.

방으로 돌아온 우리는 저녁 식사 시간까지 트럼프 카드로 놀았다. 세 명 모두 트럼프 카드가 마음에 든 모양이다.

"후훗, 물 10입니다."

"그러면 불 4를 내죠."

"야호! 불 3!"

세 사람은 즐겁게 7늘어놓기를 하고 있었다.

나는 참가하지 않고 침대 위에 쓰러져 있었다. 육체는 지치지 않았지만 수많은 인파와 많은 시선 때문에 정신이 지쳤다.

방에서 쉬고 있는데 시아가 방으로 들어왔다.

"어서 와."

"언니, 어서 와요."

"다녀왔어요, ……가 아니라. 유나 님, 도대체 학원 축제에서 뭘 하고 다닌 거예요!"

뭔가, 잘은 모르지만 시아가 화를 내는데?

방으로 들어오더니 내가 쓰러져 있는 침대까지 다가왔다.

"다 같이 평범하게 학원 축제를 즐겼는데."

침대에서 몸을 일으키고 모두에게 동의를 구했다.

뭐를 했었냐고 물어본다면 그것밖에 없었다.

"네, 유나 님은 저희랑 같이 학원 축제를 즐겼는데요?"

"유나 언니는 같이 있었어요."

"응."

모두는 나의 말에 동의해준다.

화를 내는 이유는 모르겠지만 이것으로 나의 억울함은 증명이 된 건가?

시아는 내가 아니라 이번엔 피나와 아이들을 보더니 한숨을 내쉬었다.

"모두들, 그 옷이랑 머리 장식, 액세서리는 어떻게 된 거야? 엄청 예뻐 보이는데."

"옷은 티리아 님이 사주셨어요."

그 말을 듣고 놀라는 시아. 그렇지만 그와 더불어 모두의 말이 이어졌다.

"이 머리핀은 유나 언니한테 받았어요."

"이 브로치는 유나 언니가 게임에서 따준 거예요."

"저는 유나 언니에게 팔찌를 받았어요."

슈리는 오늘 학원 축제에서 얻은 전리품을 나열했다. 노아도 피나도 똑같이 학원 축제에서 얻은 전리품을 나열했다.

"이건 내가 딴 거예요. 이건 유나 언니가 따준 거예요."

"그리고 꽃도 선물해줬어요."

세 사람은 자신이 딴 것과 내가 따준 것을 자랑스럽게 시아에게 내보인다. 마지막으로 떠올랐다는 듯 내가 사준 손수건을 꺼냈다. 이렇게 보니 꽤 많았다. 다들, 열심히 했네.

시아는 기뻐하면서 전리품을 나열한 노아, 피나, 슈리를 바라보더니 재차 한숨을 내쉰다.

"언니, 왜 그러세요?"

"그런 말을 할 때가 아니야. 잘 생각해봐. 이 만큼의 간판 상품을 곰 옷차림을 한 여자아이가 따갔다면 어떻게 될 것 같아?"

세 사람은 생각에 잠겼다.

"그러고 보니 꽤 소란스럽긴 했어요."

"그리고 유나 언니와 같이 걸으면 모두 쳐다봐요."

"다들 쳐다봤어."

응, 평소와 같지.

이것만큼은 곰 인형옷을 입고 있으니 어쩔 수 없었다. 곰이라며 소란스러워지는 건 항상 있는 일이다. 그중에는 학원 축제의 출품작이라고 생각하는 사람도 있었으니 문제가 될법한 일은 없었을 거다.

"물론 유나 님의 복장도 그렇지만. 유나 님이 손에 넣은 상품은 모두 얻기 힘든 것들이었을 거야. 그걸 곰 옷차림을 한 유나 님이 손쉽게 클리어하니까……."

응, 그쪽?

곰 옷차림이 아니라 상품을 딴 게 눈에 띈 거야?

"나이프를 던지면 먼 표적 중심에, 볼을 던지면 멀리 있는 마물 역할의 표적에 맞추고, 볼을 굴리면 살아있는 듯이 볼이 굴러가고―. 그 외에도 여러 가지 있어요."

"어째서 그렇게 자세히 아는 거야?"

마치 보고 있었던 것처럼…….

"유나 님 일행을 보고 있던 같은 반 아이가 있었어요. 그래서 화제가 되기 시작해서 이 외에도 보고 있던 아이가 나타나고, 게다가 티리아 님도 같이 있었으니까 괜히 더 눈에 띈 모양이에요."

그건, 나만 문제인 건 아니네. 절반은 공주인 티리아의 책임도 있는 거지?

하지만 역시 처음 경험하는 학원 축제에 조금 신이 나서 소란을 피운 나도 잘못한 건가. 아무래도 슈리는 「유나 언니」, 노아는 「유나 님」이라고 말하면서 위를 올려다보고 부탁을 하니까 거절하지 못하고 열심히 해버렸다.

피나는 갖고 싶다고 말하지 않았지만 선물을 하면 기뻐할 듯한 표정을 지어줬다. 세 사람의 기뻐하는 얼굴을 보고 있으면 나도 모르게 힘을 내서 선물해주고 싶어진다.

조금은 자중을 해야 했던 건가.

내일은 눈에 띄지 않기로 약속했다.

"그래서, 가게 쪽은 어땠어?"

결국, 그 뒤로 한 번도 시아네 가게에는 얼굴을 내비치지 않았다. 그래서 가게에 관해 조금 신경이 쓰였다.

"유나 님이 만들어 준 곰 장식물 덕분에 사람이 모여들어서 예상보다 많이 팔렸어요."

곰 장식물은 확실하게 호객행위를 해준 모양이다. 만든 보람이 있었다.

"사준 사람들이 솜사탕을 먹으면서 돌아다녀줘서 그것도 선전이 된 건지 점점 사람들이 모여들었어요."

"다행이네."

"네, 그런데 문제가 하나 있는데."

"뭔데?"

"곰 장식물 때문에 곰의 가게라고 소문이 퍼진 모양이라 솜사탕을 「곰 과자 주세요」라고 주문을 해요. 간판에 분명히 솜사탕이라고 적어놨는데."

뭐라고 코멘트 하기 어렵다.

"그래도 그 덕분에 손님들이 늘어서 불만을 말할 수 없지만요."

"방해가 된다면 부셔도 돼."

“아뇨, 덕을 보고 있어서 부수진 않을 거예요. 다만, 오후가 되니까 사람들이 몰려들기 시작해서 진땀 뺐어요. 행렬이 생기면 순서를 틀린다거나 해서 트러블이 일어날 것 같기도 하고, 팔은 지치지…… 여러 가지로 힘들었어요.”

“그렇게 많이 팔리는구나.”

“솜사탕을 만드는 기계가 하나밖에 없어서 아무리 해도 늦어지니 행렬이 생기거든요.”

“그렇다면 하나 더 빌려줄까? 모처럼 다 같이 만들 수 있게 됐으니까.”

두 사람이 만든다면 줄도 줄어들겠지.

“정말요? 고맙습니다.”

나는 고아원에서 사용했던 솜사탕 기계를 건네줬다.

이것으로 부담이 줄어든다면 좋겠는데.

그런 다음, 저녁 식사를 하기 전까지 나와 시아도 트럼프 카드에 참가하게 되었고, 식사 후에는 아무런 일 없이 하루가 끝났다.

학원 축제는 둘째날로 이어진다.

곰곰곰 베어11

번외편

티리아, 곰님을 만나고 싶어하다 1

학원에서 돌아온 나는 여동생인 플로라의 방으로 향했다. 나와는 조금 나이 차이가 나는 플로라는 사람을 잘 따르고 귀여운 여동생이다.

"플로라, 나 왔어."

"언니, 어서 와."

웃는 얼굴로 인사를 해준다. 하지만 평소라면 내가 있는 곳으로 달려와 주는데 오늘은 의자에 앉은 채, 움직이지 않고 테이블에 널려있는 무언가를 바라봤다.

뭐를 보고 있는 거지?

나는 플로라에게 다가가 뒤에서 엿보았다.

곰?

둥그스름한 귀여운 곰의 그림이 그려져 있었다.

"플로라, 뭘 보고 있는 거니?"

"곰님 그림책."

곰님 그림책?

하얀 노트에 곰의 그림이 그려져 있었고 내가 익히 아는 그림책과는 다소 차이가 있었다.

"나한테도 보여줄래?"

"응."

플로라의 허락을 받은 나는 그림책으로 보이는 물건을 손에 들었다.

어디 보자, 표지를 보니 귀여운 곰과 여자아이의 그림이 그려져 있었다. 타이틀은 곰과 소녀라고 적혀 있었다.

병마와 싸우고 있는 어머니를 위해 노력하는 여자아이가 주역인 것 같다. 그런 여자아이를 곰님이 도와주는 이야기인 모양이다.

일반적으로 생각한다면 곰도 울프와 같이 위험한 동물인데 말이지.

그래도 그림책이라면 이런 꿈 같은 이야기가 있어도 나쁘지 않을 것 같다.

"이 그림책, 어디서 난 거야?"

시판되는 노트에 그려져 있어서 평범하게 팔고 있는 그림책이 아니라는 것은 틀림이 없었다.

"곰님이 그려줬어."

"곰님?"

이해를 할 수 없다. 곰의 그림책을 곰이 그려줬다고?

"응, 곰님."

플로라는 미소로 대답했다.

"그 곰님이라는 건 어떤 곰이야?"

"곰님은 부드러워."

응, 모르겠어.

그 후 플로라를 돌봐주는 안쥬에게 곰에 관해 물어봤는데「귀여운 곰 옷차림을 한 여자아이예요」라는 정보를 얻었지만, 더욱 이해할 수 없었다.

귀여운 곰이라는 게 뭐지? 곰은 무서운 동물 아닌가?

곰의 털가죽을 뒤집어쓴 여자아이라고 상상을 했는데, 아닌가?

플로라는『곰님의 그림책』이 매우 마음에 들었는지 방으로 가면 곰님 그림책을 읽고 있었다. 그리고 어느샌가 제본된 그림책으로 변해 있었다. 아무래도 이 곰 그림책을 갖고 싶어 하는 사람들이 많았는지 복사를 하게 됐다고 한다. 그래서 제본되어 그림책이 만들어져 배부되었다는 것이다.

플로라를 돌보는 담당인 안쥬도 받았다고 했다.

"오늘도 곰 그림책을 읽고 있는 거니?"

"새로운 그림책이야."

새로운 그림책?

테이블 위를 보니 처음에 봤던 그림책과 같은 노트가 있었다.

"혹시, 곰님이 왔었니?"

"응."

나는 이전과 똑같이 허락을 받고 그림책을 봤다.

내용은 앞과 이어져서 여자아이 어머니의 병을 고치는 이야기이다. 여자아이를 위해 곰님은 무지갯빛 꽃을 구했다.

마지막으로 엉망진창이 된 곰님이 여자아이의 앞에 나타났을 땐 나도 모르게 눈에서 눈물이 차올라버렸다.

좋은 이야기였다.

그건 그렇고 이 그림책을 그리는 곰 옷차림을 한 여자아이는 누구지.

어째서 여자아이는 곰 옷차림을 하고 있는 거야?

어째서 여자아이는 플로라를 만날 수 있는 거야?

플로라는 어리지만 왕족이다. 간단하게 만날 수는 없었다. 하지만 곰 옷차림을 한 여자아이는 플로라의 방까지 찾아오고 있었다.

안쥬에게 물었더니 「국왕 폐하가 허가를 내려주셨습니다」라고 알려주었다.

그것만이 아니라 성 안으로 자유롭게 들어올 수 있는 허가도 내려주었다고 했다.

수수께끼가 늘었다.

그것에 관해 식사할 때 아버님에게 물었다.

"이쪽에서 위해를 가하지 않는다면 위험하지 않을 테니 걱정 마렴."

위해라니…… 진짜 곰이 아니잖아요.

"맞아. 위험하지 않단다."

아버님만이 아니라 어머님까지도 곰 여자아이에 관해 알고 계셨던 모양이다. 어떤 인물인지 신경이 쓰인다.

플로라와 안쥬의 말만으로는 이해를 할 수 없다.

하지만 어머님에게 물어도 「귀여운 곰님이란다」라고만 말씀하시고, 아버님도 「곰이지」라고만 대답했다.

게다가 곰 옷차림을 한 여자아이에 관해 물어보니 먹을거리를 가지고 온다고 했다.

그런 어디의 누구인지도 모르는 여자아이가 가지고 온 음식을, 아버님이랑 어머님이 드셨다는 점에도 놀랐다. 그렇지만 그만큼 그 곰 옷차림을 한 여자아이를 신용하고 있다는 것이 된다.

"탄신제 때 먹었던 디저트가 있었잖니."

"분명, 푸딩이라고 했어요. 그건 맛있었죠."

가끔 주방장인 젤레프가 만들어 주는데, 매우 맛있다.

"그건, 그 곰이 만든 거야."

아버님의 입에서 믿기지 않는 말이 나왔다.

"……그게 사실이에요?"

그 푸딩은 젤레프 주방장이 만든 거라고 생각했다. 하지만 그림책을 그린 곰 옷차림을 한 여자아이가 만들었다고 했다.

"그래, 탄신제 전에 먹을 기회가 있었거든, 그래서 만찬회 때 내기로 한 거야."

"즉, 왕궁 요리사가 아닌 자에게 탄신제의 요리를 맡기셨다는 말씀이세요?"

그것만으로도 놀랄 일이다.

"그렇게 걱정할 필요는 없단다. 곰은 엘레로라의 관계자이니까."

"엘레로라?"

엘레로라는 아버지의 일을 도와주고 있는 귀족 여성이다. 아버님도 신뢰하고 나도 여러 가지로 신세를 지고 있었다.

확실히 엘레로라의 지인이라면 괜찮을지도 모른다.

"그럼 엘레로라에게 부탁을 하면 그 곰 옷차림을 한 여자아이를 만날 수 있는 건가요?"

곰 옷차림을 하고 있고, 그림책을 그리는 것이 능숙하며, 푸딩도 만들 수 있는 여자아이, 만나보고 싶다.

"크리모니아 마을에 살고 있다고 했으니 부탁해도 무리일 거다."

아버님의 말에 크리모니아 마을의 위치를 떠올려봤다.

멀어.

나 혼자서 만나러 갈 수 있는 거리가 아니다. 내가 갈 수 없는 거리라면 그쪽에서 오는 것도 간단한 일은 아니다.

"그래도 그렇게 멀리서 일부러 그림책을 주러 오는 거예요?"

마차를 이용해도 시간이 걸린다. 하지만 몇 번이고 왔던 것 같다.

그렇지만 부모님의 입에서 나온 말은 예상 밖의 말이었다.

"그건 괜찮겠지. 곰이 있으니까."

"맞아요. 곰이 있으니까 괜찮을 거예요."

"곰님, 귀여워."

곰이 있으니까 왕도까지 오는 게 괜찮다니 의미를 알 수 없다.

어떻게든 자세한 이야기를 캐물어 보니 곰 옷차림을 한 여자아이는 곰을 소환할 수 있다고 했다. 그 곰을 타고 왕도까지 찾아온다고 했다.

곰 옷차림을 한 여자아이가 곰을 타고 찾아온다니 더 의미를 알 수 없다.

이야기를 들으면 들을수록 곰 옷차림을 한 여자아이를 알 수 없게 된다.

곰 옷차림을 하고 있으며, 귀엽고, 요리를 잘하며, 곰을 소환할 수 있고, 아버님도 어머님도 신뢰하고 있었다.

오빠를 만나서 물어보니 「일을 방해하는 곰이다」라고 말하며 조금 기분이 안 좋아졌다. 자세한 이야기를 물어보니, 곰 옷차림을 한 여자아이가 오면 아버님이 일을 내팽개치고 곰 여자아이가 있는 플로라의 방으로 가버리신다고 했다.

그렇게 곰 여자아이에 관해 궁금해하면서 학원에 다니고 있는데 같은 반에 있는 마릭스와 아이들의 이야기 소리가 들려왔다.

"그건 그렇고 유나 님은 강하셨어."

"응, 유나 님이 없었다면 우리는 죽었을지도 모르지."

죽는다는 등의 위험한 이야기가 들려왔다.

"무슨 일 있었니?"

"티리아 님?!"

마릭스가 놀란 표정을 짓는다.

"미안. 죽었을 거라는 이야기가 들려와서."

잘 들어보니 얼마 전에 했던 실습 훈련에 관한 이야기였다.

실습 훈련은 조금 떨어진 마을에 가는 훈련이었다. 훈련에서는 자신들끼리 생각하고 행동을 해야 했다. 그렇지만 학생들을 위험한 상황에 빠뜨릴 수는 없어서 호위가 붙게 되어 있었다.

기본적으로 호위는 입을 열지 않는다. 위험할 때만 손을 빌려준다.

나는 왕족이라서 이번 실습 훈련에는 참여할 수 없었다.

"제가 위험한 일에 모두를 휘말리게 했는데 그때 호위를 해줬던 모험가에게 도움을 받았습니다."

그래서 목숨을 구했다고 했다.

"그거, 곰 옷차림을 한 여자아이 이야기야?"

근처에 있던 지글드가 말을 걸었다.

지금, 곰 옷차림이라고 하지 않았어?

"유나 님을 무시하는 발언을 하면 지글드라도 용서하지 않을 거야."

"알고 있어. 하지만 아직도 믿기지 않는단 말이지. 그런 곰 옷차림을 한 여자아이가 블랙 타이거를 쓰러뜨리다니. 제이드 씨의 말을 들었지만 믿기 힘들다고."

또 「곰 옷차림을 한 여자아이」라고 말했다.

"떠벌리고 다니지 마."

"알았어. 게다가 말했다고 해도 아무도 안 믿을 거야."

"저기, 아까부터 말하고 있는 곰 옷차림을 한 여자아이라는 건?"

학원에서 곰 옷차림을 한 여자아이의 이야기가 나올 줄은 생각도 못 했다.

나는 마릭스와 아이들에게 곰 옷차림을 한 여자아이에 관해 자세히 알려달라고 부탁했다.

마릭스와 티몰은 얼굴을 마주 보더니 이야기를 해주었다.

"그게, 저희의 실습 훈련 때 호위를 해줬던 게 곰 옷차림을 한 여자아이였어요."

"그 곰 옷차림이라는 건, 귀여운 곰 옷차림을 한 여자아이인 거지?"

"티리아 님은 유나 님에 관해 알고 계신 거예요?"

그러고 보니 곰 옷차림을 한 여자아이의 이름을 묻지 않았다. 물어봤으면 좋았을 텐데. 그랬다면 마릭스와 아이들이 말하는 곰 여자아이가 동일 인물인지 알 수 있었을 거다.

"아니, 자세히는 몰라. 가끔 곰 옷차림을 한 여자아이가 성에 오는 모양이야. 그래서 궁금했어."

"설명이 어렵죠. 뭐라고 해야 할지, 귀여운 곰이에요. 만지면 폭신폭신하고 부드럽죠."

"그 설명은 동생이랑 똑같아."

나는 실제 곰의 털가죽을 입고 있는 건가 싶었지만 아무래도 내 안에서의 곰의 이미지와는 동떨어져 있는 모양이다.

마릭스와 아이들에게 얻은 정보는 이름이 유나이고, 울프의 무리를 혼자서 쓰러뜨렸고, 나아가서는 블랙 타이거를 혼자서 쓰러뜨릴 정도의 실력을 가진 모험가라는 점이다.

이야기를 듣고 나니 더욱 모르겠다.

애초에 그 모험가라는 건 그림책을 그리거나 푸딩을 만드는 여자아이와 동일 인물인가?

곰 여자아이의 수수께끼가 더욱더 깊어져 갈 뿐이었다.

티리아, 곰님을 만나고 싶어하다 2

학원에서 돌아오자 성에 곰 옷차림을 한 여자아이가 찾아왔었다는 것을 알게 됐다.

또, 곰님을 만나지 못했다.

정말로 자유롭게 성을 드나들며 플로라를 만나고 있는 모양이다.

"오늘은 뭐하러 온 거야?"

플로라에게 묻는다. 새로운 그림책은 없는 것 같다.

"먹을 거를 가지고 와줬어."

이번엔 음식인 모양이다.

무엇을 먹었는지 물어보자 만면의 미소를 지으며 「달고 맛있었어」라고 대답했다.

도대체 뭘 먹은 거야?

심지어 아버님도 어머님도 먹은 것 같다.

며칠 후, 젤레프가 곰 여자아이가 알려줬다는 쇼트케이크를 만들어줬는데 무척 맛있었다.

다른 날, 또 플로라의 방으로 가자 이번엔 플로라가 침대 위에서 검고 하얀 무언가와 이야기를 나누고 있었다.

"플로라, 그건 뭐니?"

"곰님!"

플로라는 그것을 들어 올리며 보여줬다. 검고 하얀 것은 귀여운 곰 인형이었다.

"그건 어디서 난 거야?"

"곰님에게 받았어."

나는 흰 곰 인형을 손에 들었다. 흰 곰이라 신기하군. 보통 곰은 검다. 다른 한 마리의 곰 인형은 검은색이었고 내가 알고 있는 곰과 같았다.

그림책, 먹을거리, 그리고 이번엔 인형.

정말로 어떤 여자아이인 거지?

점점 더 곰 옷차림을 한 여자아이를 만나고 싶어진다.

그건 그렇고 귀여운 얼굴을 한 곰 인형이다.

"플로라, 이거 나한테 줄래? 두 개나 있으니까 괜찮지?"

플로라에게 말하자 플로라의 눈에 눈물이 차오르기 시작했다.

"검은 곰님이랑 하얀 곰님은 다른 곰님이야!"

플로라는 내가 들고 있던 흰 곰 인형으로 손을 뻗어 되찾아 가더니, 인형을 껴안고 내게 빼앗기지 않으려는 듯 지켰다. 그리고 당장에라도 울 것 같은 표정으로 나를 바라봤다.

"미안, 더는 안 뺏을 테니까 울지 마. 곰님도 미안해."

나는 플로라가 끌어안고 있는 곰 인형의 머리를 쓰다듬으면서 사과했다.

"정말로 안 뺏어?"

"응, 안 뺏어."

내가 그렇게 말하자 플로라는 곰 인형과 나를 번갈아 바라봤다.

"언니, 빌려줄게."

플로라는 그렇게 말하더니 흰 곰 인형을 빌려줬다.

"고마워."

내가 흰 곰 인형을 받아들자 플로라가 이름을 알려준다.

"하얀 곰님은 곰순이고, 검은 곰님은 곰돌이야."

곰 인형에게는 이름이 있는 모양이다. 흰 곰이 곰순이, 검은 곰이 곰돌이. 사랑스러운 이름이었다.

플로라는 검은 곰 인형을 들면서 곰 여자아이의 이야기를 즐겁게 했다.

조금, 질투가 난다.

그건 그렇고 동생이 곰 여자아이를 만날 때마다 곰을 좋아하게 된다.

요리사, 그림책 그리기, 모험가. 여러 얼굴을 지닌 곰의 옷차림을 한 여자아이. 요리를 만들면 젤레프가 절찬. 그림책을 그리면 플로라가 매우 기뻐했다. 모험가의 일을 하면 블랙 타이거를 쓰러뜨릴 정도의 강함.

처음엔 다른 사람일 가능성도 생각했지만 마릭스와 아이들에게 들은 인물과 여동생과 부모님이 말하는 인물은 특징이 같았다. 게다가 같은 곰 옷차림을 한 여자아이가 몇 명이나 있을 것 같지는 않다.

과연 어떤 여자아이일지, 점점 더 만나고 싶어진다.

그렇지만 그 소원은 좀처럼 이루어지지 않았다.

그런 뒤에도 몇 번인가 성으로 곰 여자아이가 찾아왔다. 새로운 그림책을 가져오거나, 구름 같은 과자를 가지고 왔다고 했다.

구름이라니, 하늘에 떠 있는 그 구름?

부드럽고 달아서 맛있었다고 했다.

플로라에게 물어도, 어머님께 물어도 같았다.

이번엔 젤레프 씨도 만드는 법을 배우지 못한 모양인지 만들 수 없다고 했다.

곰 여자아이를 만나지 못한 채 학원은 학원 축제의 준비로 바빠졌다.

학원 축제는 반 친구끼리 모이거나 선택과목별로 모이거나 해서 가게나 출품작을 내보인다.

그런 와중에 시아와 아이들의 대화 소리가 들려왔다. 시아는 카틀레야, 마릭스, 티몰 네 명이서 가게를 낼 거라고 들었다.

“그러면, 오늘은 어디서 연습할래?”

“이미 각자 가족들에게는 시식을 시켰으니 이 이상은 먹어줄 사람이 없을 거야."

"나머진 같은 반 애들이나 친구들이겠네."

"하지만 학원 축제 때 놀라게 해주고 싶은데……."

"그러면 각자 먹는 건 안 되나?"

"음식 버리는 건 좋지 않으니까요."

"그렇지만 너무 많이 먹었는걸."

네 사람은 곤란한 표정을 지었다.

"네 사람 모두 무슨 이야기를 하는 거야?"

"티리아 님?!"

"학원 축제에 선보일 음식에 대한 건가?"

분명 시아네는 음식을 선보이기로 했다고 들었다.

"네, 학원 축제에서 선보일 과자를 만드는 연습을 하고 있는데 만든 걸 먹는 것에 질려버렸어요. 가족들에게도 시식을 부탁했는데 그것도 한계라서……."

만든 건 좋지만 버리는 건 좋지 않으니 시아와 아이들이 곤란해하고 있던 모양이다.

"그런 거라면 내가 먹을까? 나 혼자로는 그다지 도움이 되지 않겠지만 말이야."

나는 시아와 아이들이 만든 과자가 궁금해서 제안해봤다. 플로라와 부모님만 항상 맛있는 것을 먹고 있으니까 나도 가끔은 괜찮겠지.

네 명은 조금 생각하더니 내 제안을 받아들여 줬다.

시식은 나 혼자뿐이라 시아가 집에서 만들어 주기로 했다.

"시아, 그래서 뭐를 시식하게 해주는 거야?"

"달고, 맛있는 과자예요. 지금 준비를 할 테니까 조금만 기다려 주세요."

시아는 아이템 봉투에서 이상한 도구를 꺼내더니 테이블 위에 두었다.

"그건 뭐지?"

"과자를 만드는 도구예요."

"그런 걸로 과자를 만들 수 있는 거야?"

본 적은 없지만 이런 도구로 과자를 만들 수 있다는 건 들어본 적 없다.

그리고 시아는 하얀 가루가 담긴 병과 가느다란 나무 막대기를 옆에 두었다.

"그건 설탕이야?"

설탕은 과자를 만들 때 자주 사용된다.

"네, 재료는 이것만 사용해서 만들어요."

시아는 도구의 정중앙 부분에 설탕을 넣었다. 그리고 도구에 달린 버튼을 누르자 한가운데의 부분이 회전하기 시작했다. 그러자 가운데 통에 뚫려있는 작은 구멍에서 가느다란 실이 나오기 시작했다. 시아는 가느다란 나무 막대기를 들더니 도구 안으로 집어넣어 원을 그리듯 손을 움직였고, 나무 막대기에 가느다란 실들이 달라붙어 솜처럼 되었다.

그리고 사람의 머리 크기 정도가 됐을 무렵에 시아는 도구를 멈췄다.

"티리아 님, 완성됐어요."

시아가 내밀어서 받아 들었다.

"이건 어떤 과자인 거야?"

"솜사탕이라고 해요. 이름과 같이 솜처럼 부드럽고 입안에 넣으면 녹죠."

플로라의 말이 불현듯 떠올랐다. 「구름 같은 과자야」. 시아가 만들어줬던 것은 그것을 연상시키는 과자였다.

"어떻게 먹는 거지?"

"그대로 직접 입에 넣으셔도 되지만 그렇게 하시면 얼굴이 끈적일 테니까 손가락으로 조금 떼어내서 드시는 게 좋을 거예요."

나는 나무 막대기에 붙어 있는 솜을 떼어냈다. 부드러워……. 그것을 입으로 옮긴다. 입안에서 눈 깜짝할 사이에 녹아 달콤함이 입 전체로 퍼졌다. 확실히 이건 설탕이다. 이렇게 먹으면 뭐라고 설명하기 힘든 식감이다.

설탕만으로 이런 신기한 과자를 만들 수 있을 줄은 몰랐다.

"솜사탕만이라면 질릴 테니까 이것도 같이 드시면 좋아요."

시아는 음료수와 새콤한 과자를 건네주었다.

확실히 솜사탕만으로는 입안이 달콤해져서 많이 먹을 수 없었다.

"성 밖에서는 이런 과자를 팔고 있는 거야?"

나도 성 밖으로 나간 적은 있지만 이런 과자는 본 적이 없었다.

"아뇨, 팔지 않을 거예요."

"그러면, 이 과자는……."

"어떤 사람이 알려줬어요."

나는 구름과 같은 과자를 만들 수 있는 사람을 알고 있었다. 그리고 시아와도 면식이 있는 인물.

"설마, 곰 옷차림을 한 여자아이니?"

내 말에 시아는 놀란 표정을 보였다.

"알고 계신 건가요?"

"내 여동생이 구름 같은 달고 맛있는 과자를 먹었다고 해서 어쩌면 이게 아닐까 생각했거든."

"아아, 유나 님은 플로라 님이 계신 곳에 자주 간다고 했어요."

"알고 있었어?"

"어머님께 가끔 이야기를 들어요."

"시아는 곰 여자아이와 만나기도 하는 거야? 그 실습 훈련 때 이외에도 자주 만나?"

"그렇게 자주 만나진 않아요. 가끔 집에 찾아오는 정도에요."

실습 훈련만의 관계는 아닌 것 같다. 엘레로라의 지인이니 딸인 시아와도 지인일 가능성이 컸다.

들어보니 시아가 곰 옷차림을 한 여자아이와 처음 만났던 건 아버님의 탄신제 때였다고 했고, 그 후로도 몇 번인가 만났다고 했다.

그건 그렇고 정말로 손쉽게 크리모니아와 왕도를 오가는 모양이네.

내가 아쉬워하자 시아가 말을 걸어왔다.

"유나 님을 만나보고 싶으세요?"

"맞아, 동생이 신세를 지고 있기도 하고, 이야기에 나오는 곰님과 만나보고 싶거든. 그런데 좀처럼 만나질 못해서."

내 말에 시아가 생각에 잠겼다.

"……음, 유나 님이라면, 아마 학원 축제에 오실 거예요."

"그게 정말이니?!"

"여동생이랑 같이 초대를 해서 와주실 거예요."

곰 옷차림을 한 여자아이가 학원 축제에 찾아온다.

만날 수 있는 기회가 드디어 찾아왔다.

"시아! 그 곰 옷차림을 한 여자아이와 만나게 해줄래?"

이 기회를 놓치면 다음에는 언제 만날 수 있을지 모른다.

"만나게 해드리는 건 괜찮지만, 유나 님과 만나셔도 웃거나 무시를 하지 않겠다고 약속해주시지 않으면, 티리아 님이라도 만나게 해드릴 수 없어요."

시아는 똑바로 나를 바라봤다.

"약속할게. 웃거나 무시하지 않을게."

시아는 조금 생각한 후에 「약속하셨어요」라고 말한 뒤 곰 옷차림을 한 여자아이와 만나게 해주겠다고 약속을 해줬다.

나는 보답으로 가게를 도와주기로 했다. 시아는 필요 없다고 했지만 답례였다.

드디어 곰 여자아이를 만날 수 있다.

학원 축제가 기대된다.

신입 모험가, 바다에 가다 1

오늘 신 일행은 길 씨와 연습을 하고 있어서 혼자서 『곰 씨 식당』으로 가고 있어요.

이 가게도 유나 님의 가게로 바다의 먹거리를 파는 가게이죠.

바다의 먹거리는 민물고기와 달리 종류가 많고 알지 못하는 것들도 많아요.

조개를 처음 봤을 땐 놀랐지만 식감도 좋고 맛있었어요.

"호른 양, 어서 와."

가게에서 일하는 세노 씨가 말을 건네옵니다.

저는 생선 정식을 부탁했어요.

"세노 씨는 미릴러 마을에서 오신 거죠?"

"맞아, 그런데 왜 그러니?"

"실은 이번에 다 같이 미릴러 마을에 가거든요."

우리는 조만간 미릴러 마을에 갈 예정입니다.

유나 님과 밀레느 씨, 그리고 길 씨에게 싸우는 법을 배워서 우리는 모험가로서도 강해졌고 생활에 있어서도 곤란하지 않게 되었죠.

그리고 조금씩 저축을 늘려 그 돈으로 미릴러 마을에 바다를 보러 가기로 했답니다.

"소문으로 들었는데, 세노 씨랑 다른 분들이 유나 님을 믿고 이 곳에 왔다고 하시던데 진짠가요?"

"절반은 정답일까?"

"……?"

"안즈가 유나에게 크리모니아에서 가게를 내지 않겠냐고 제안을 받았고, 거기에 우리가 따라오는 형태로 같이 데리고 와준 거야."

"그랬군요."

"안즈의 덤으로 딸려 왔으니까 적은 월급이어도 상관없다고 생각했는데, 유나가 생각보다 많은 월급을 줬어. 지내는 장소는 공짜고 아침, 점심, 저녁 식사도 가게의 식재료를 마음껏 사용해도 되니까 식비로 돈을 쓸 일도 없고, 6일 일하면 하루 휴가를 받을 수 있으니까 이렇게 좋은 직장은 없을 거야."

듣기만 했는데도 정말 그런 것 같았다.

"저기, 유나 님은 어떤 사람이에요? 저, 유나 님에게 신세를 지기만 하고 아무것도 모르거든요."

"으~음, 우리도 아무것도 몰라. 가족이 있는지 어떤지도, 게다가 어째서 곰 옷차림을 하고 있는지도 말이지."

"세노 씨도 모르시는군요."

"그래도 유나가 엄청 착한 아이고 매우 강한 아이라는 것으로 충분하지 않니? 만약 유나에게 곤란한 일이 생기면 도울 생각이야."

"그렇네요. 저도 그럴 거예요."

"그래도 유나가 곤란할 일이 있을까? 모험가로서도 일류고, 돈도 가게를 간단하게 만들어 버릴 정도로 많이 가지고 있으니까."

듣고 보니 내가 유나 님을 돕게 될 일은 아무것도 없을 것 같다.

"맞다. 미릴러 마을에 가면 안즈네 가게의 숙소에서 묵어도 돼."

"안즈 씨네 가게요?"

"안즈~~~."

세노 씨가 조리실을 향해서 외쳤다.

"세노 씨, 무슨 일이세요?"

조리실에서 안즈 씨가 나왔다.

"호른 양의 일행이 미릴러 마을에 간대. 그래서 안즈네 집을 소개할까 하는데, 괜찮지?"

"호른, 미릴러 마을에 가는 거니?"

"네."

"그런 거라면 숙박비를 저렴하게 해달라고 아버지께 편지를 써줄게."

"그, 괜찮나요?"

"응, 항상 먹으러 와주는 데다가 이제 막 모험가가 됐으니 돈도 절약해야 하잖아."

"그렇긴 하지만……."

일단, 조금이긴 해도 저축한 돈은 있어요.

"게다가 내 고향에 간다고 하니까 그 정도는 돕게 해줘."

저는 잠시 생각을 해본 뒤 안즈 씨의 마음을 받아들이기로 했습니다.

“안즈 씨, 고마워요. 잘 부탁드리겠습니다.”

안즈 씨가 편지를 써줬어요. 정말로 감사할 따름입니다. 조금이라도 돈을 절약할 수 있으면 큰 도움이 됩니다.

며칠 후, 우리는 승합 마차를 타고 미릴러 마을을 향해 출발했습니다.

마차 이동은 편해서 좋아요.

우리도 마차를 가지고 싶지만 관리나 말을 보살피는 데 돈이 들어서 사들이는 건 어렵답니다.

마차는 천천히 나아갔습니다. 일정 간격으로 덜컹덜컹하고 움직이는 느낌이 잠을 불러일으킵니다. 아침 일찍 일어난 탓도 있어서 잠이 들어버렸습니다.

“어이, 호른. 일어나! 동굴에 도착했어. 여기서 휴식을 취할 거래.”

신의 목소리에 눈을 떴습니다.

마차에서 밖을 내다보니 동굴이 보이네요. 이곳에서 말을 잠깐 쉬게 하려고 휴식을 했다고 합니다. 저는 마차에서 내린 후 굳어진 몸을 풀었습니다.

“어~이, 신, 호른, 여기에 곰이 있어.”

랏테가 우리를 부릅니다.

랏테와 브루가 있는 곳으로 가니 동굴 앞에 커다란 곰의 석상이 있었습니다.

"그러고 보니 있었지."

전에 동굴 주변의 마물을 토벌했을 때 봤었어요.

"역시, 유나 님의 가게에 있는 곰이랑 같아."

"소문으로는 이 동굴을 발견한 건 유나 님이라고 하니까."

이제껏 아무도 발견하지 못했던 동굴을 유나 님이 발견했다고 해요. 동굴을 발견했을 때 혼자서 들어간 걸까요?

지금은 마석 때문에 밝지만 발견했을 땐 어두웠을 거예요. 만약 제가 발견했어도 무서워서 혼자서는 동굴 안으로 들어가지 못했을 겁니다.

"이 앞에 바다가 있다는 거지."

신이 동굴 너머를 바라봅니다.

"설마 바다를 볼 수 있는 날이 올 줄이야."

다들 신이 나서 어쩔 줄 모르는 모양입니다.

물론 저도 신이 나고요.

말의 휴식이 끝나고 출발합니다.

마차는 동굴 안으로 들어갔습니다.

동굴 안은 생각했던 것보다 넓었고 빛의 마석 덕분에 어둡지 않았습니다. 처음엔 동굴 안이 재미있었지만 똑같은 광경이 이어지니 따분해졌습니다. 신도 밖을 보는 것을 관두고 눈을 감고 있습니다. 랏테와 브루도 잠이 들어버렸습니다.

저도 자고 싶지만 조금 전까지 자고 있었기 때문에 졸리진 않네요.

조용한 상황에도 마차는 길고 긴 동굴을 달려 나갑니다.

어느 정도 시간이 지났을까요. 앞으로의 일을 생각하면서 시간을 보내고 있는데 마차의 고삐를 잡은 운전수가 우리에게 말을 걸어왔습니다.

"동굴을 빠져나갈 거예요. 그래도 마차 안에서는 움직이지 말아주세요."

주의를 받았지만 그 말을 듣고 움직이는 사람과 움직이지 않는 사람으로 나뉩니다.

아마도 움직이는 사람은 저처럼 미릴러 마을에 처음 오는 사람일지도 모르죠.

저는 조금 움직여서 앞을 봤습니다. 작은 빛이 보입니다. 동굴의 출구라는 것을 알 수 있었고 마차가 나아가자 빛이 점점 커졌습니다.

동굴을 빠져나오니 길이 이어졌고 그 앞에는 말로만 듣던 바다가 펼쳐져 있었습니다.

믿을 수 없을 정도로 넓어요. 바다는 어디까지고 이어지는 모양입니다.

"신, 랏테, 브루, 바다야! 바다!"

저는 자고 있던 세 사람을 흔들어 깨웠습니다.

"바다!"

신과 아이들이 몸을 일으킵니다.

"오오, 넓다!"

신과 아이들은 저보다 소란스러웠고 그래서 타고 있던 다른 사람들이 웃었습니다.

조금 창피하지만 처음 보는 바다니까 어쩔 수 없죠. 저도 이 감정을 더 표현하고 싶습니다.

마차는 미릴러 마을의 입구에 도착했고, 길드 카드와 시민 카드로 전원의 신원 확인을 마친 마차는 마을 안에 들어섰습니다.

마을로 들어갈 무렵에는 이미 해는 저물기 시작했고 예쁜 석양을 볼 수 있었습니다.

운전수가 「처음 보는 사람은 다들 놀란답니다」라고 알려주셨습니다.

마차는 마을 중심까지 우리를 데려다줬습니다.

"우선은 숙소로 가야지."

"안즈 씨의 아버지가 경영하는 숙소라고 했지?"

우리는 안즈 씨가 그려준 지도를 보면서 숙소로 향했습니다.

"여기로군."

안즈 씨의 지도 덕분에 곧바로 숙소를 발견할 수 있었어요.

"배고파. 얼른 안으로 들어가서 밥먹자."

우리는 숙소 안으로 들어갔습니다.

숙소 안은 저녁 식사 때라서 그런지 사람들로 붐비고 있었습니다.

"정말로 묵을 수 있는 거야?"

어쩌면 방이 다 차서 묵지 못할 수도 있어요.

"실례합니다."

저는 바빠 보이는 여성에게 말을 건넸습니다.

나이로 봤을 때 안즈 씨의 어머니일지도 모릅니다.

"어서 와요. 식사하려고?"

"아뇨, 머물고 싶은데요, 방은 비어있나요?"

"방 말이니?"

우리의 말을 들은 여성은 곤란한 표정을 지었어요.

"지금은 세 명이 쓸 방 하나밖에 남아있지 않아."

"다 같이 써도 괜찮아요."

제 말을 들은 여성은 생각에 잠깁니다.

"그, 안즈 씨에게 편지를 받았는데요."

저는 편지를 여성에게 건넸습니다.

"안즈한테?!"

여성은 놀란 표정을 하더니 편지를 읽었습니다.

"그 아이도 막무가내구나."

숙소의 여성은 편지를 보고 한숨을 내쉬었습니다.

"딱히 무리해서 깎아주지 않으셔도 돼요."

아쉽지만 어쩔 수 없죠. 안즈 씨가 멋대로 꺼낸 말이니까요. 무리하게 강요할 수는 없습니다. 그건 신도 알고 있는지 아무런 말도 하지 않네요.

"딸이 약속을 했으니까 그럴 순 없지."

역시, 안즈 씨의 어머님이었던 모양입니다.

"자네들 혹시, 곰 여자아이와도 아는 사이니?"

"앗, 네. 유나 님은 마법 선생님이세요. 저는 마법을 사용하는 법을 배우고 있어요."

"그런 거라면 아가씨에게는 그 방을 내어줄까. 그 방의 대금은 무료로 해줄게."

안즈 씨의 어머니는 좋은 생각이 떠오른 표정을 지었습니다.

"삼인용 방이어도 괜찮은데……."

"안 돼. 이렇게 귀여운 여자아이인데 남자들과 같은 방을 쓰게 하다니."

우리는 작은 집을 빌려서 함께 살고 있습니다. 그래도 방은 따로따로죠.

"바로 방으로 안내를 해주고 싶은데 지금은 바쁘니까 식사라도 하면서 기다려주겠니?"

우리는 배가 고팠으니까 문제없었습니다.

"네, 알겠습니다. 잘 부탁드릴게요."

우리는 비어있는 자리에 앉았습니다.

"다행이야. 묵을 수 있게 돼서."

"그래도 호른만 다른 방이라니."

"나만 좋은 건가?"

"괜찮아, 모처럼의 호의야. 받아들여."

신의 긍정적인 사고방식은 부러워요.

"우선 뭔가 주문을 하자고. 배가 고파서 더는 무리야."

우리는 금액을 계산한 뒤 주방장 추천 요리를 주문했습니다.

잠시 후 옮겨져 온 요리는 모두 맛있어 보였고 안즈 씨네 가게의 요리와 닮아있었습니다. 맛도 안즈 씨의 요리와 비슷해서 매우 맛있었어요.

요리를 다 먹은 무렵, 우리의 앞에 크리모니아의 모험가 길드마스터 급으로 대단한 근육을 가진 남성이 다가왔습니다.

"너희가 안즈와 곰 아가씨의 지인이니? 나는 안즈의 아빠인 데거라고 한단다. 이 숙소의 주인이고 요리사이지."

데거 씨가 자기소개를 해서 우리도 이름을 말했습니다.

"요리는 어땠니?"

"무척 맛있었어요. 안즈 씨 요리의 맛과 비슷했어요."

"당연하지. 내가 안즈에게 요리를 가르쳐줬거든. 편지를 읽었는데 안즈 녀석은 그쪽에서 잘하고 있나?"

"안즈 씨의 가게는 인기가 있어요. 생선 요리는 다른 가게에서도 먹을 수 있지만 안즈 씨의 가게가 가장 맛있죠."

"그러니까, 괜찮다고 했잖아요."

안즈 씨의 어머니가 나타나 데거 씨의 어깨를 쳤습니다.

"당신은 안즈의 가게에 관해 알고 있는 사람이 오면 매번 물어보네요."

"그거야, 딸이 걱정되니까 그렇지."

"그 아이도 잘하고 있다고 편지에 적었잖아요."

"그렇긴 하지만……."

"이제는 당신의 딸을 믿어줘요."

"흥, 아무리 요리 솜씨가 늘어도 딸을 걱정하는 게 부모의 마음이야."

"정말, 딸바보라니까."

안즈 씨의 어머니는 한숨을 내쉬었습니다.

"그리면, 슬슬 방으로 안내해줄까."

방은 2층에 있는지 계단을 올라갔습니다.

"너희 세 명은 이 방을 사용하렴. 아가씨는 이쪽이야."

신과 아이들은 안내 받은 방으로 들어갔어요.

"아가씨는 이 방을 쓰면 돼."

방 안으로 들어가보니 조금 넓지만 1인실이었습니다.

"곰?"

방 안에 30센티미터 정도의 커다란 곰 장식물이 있었습니다.

"이 방은 유나 아가씨가 머문 방이야."

"유나 님이……."

"아가씨가 유나 아가씨에 관해 어디까지 알고 있는지는 모르겠지만, 우리 가족은 곰 아가씨에게 많은 도움을 받았어. 그래서 곰 아가씨가 머문 이 방을 소중히 보존하기로 했지. 그랬더니 우리 남편이 곰 장식물까지 두고 특별한 방으로 만들었지 뭐야."

"그런 방에 제가 묵어도 되나요?"

"상관없어. 특별한 방이라고는 해도 마지막의 마지막에는 빌려주는 방이니까. 안즈와 곰 아가씨의 지인이라면 괜찮아."

"정말로 숙박비는 괜찮으세요?"

"안즈가 약속을 했으니 됐어. 그러니 신경 쓰지 말고 묵어주렴."

안즈 씨의 어머니는 그렇게 말하고 방에서 나가버렸습니다.

이곳에 유나 님이 묵었다고 생각하니 어쩐지 기쁘네요. 유나 님도 이 침대에서 잤을까요.

저는 유나 님이 잤다고 생각되는 침대에서 잠을 잡니다.

신입 모험가, 바다에 가다 2

미릴러 마을로 찾아온 다음 날, 곧바로 우리는 바다를 보러 갔습니다.

마차로 지나온 길을 되돌아 가면 바다에 갈 수 있어요.

데거 씨가 유나 님의 지인이라는 이유로 바다 외에도 여러 장소를 알려줬답니다.

해변이 보입니다.

신이 달려가네요. 그걸 본 랏테, 브루가 따라갑니다.

"기다려~."

저는 세 사람의 뒤를 따라갔습니다.

선두를 달리던 신이 넘어져서 얼굴부터 모래에 부딪칩니다. 그것을 본 랏테, 브루는 웃으면서 앞서 갑니다.

"신, 괜찮아?"

"모래 위라서 괜찮아. 그것보다도 가자."

"응."

신은 몸을 일으키더니 바다로 달려갔습니다.

바닷물을 만질 수 있는 곳까지 다다른 우리는 끝이 없는 바다를 바라봤습니다.

"이야기로는 들었지만 정말로 크네. 어디까지 이어질까?"

"강이 몇 개나 있는 거지?"

그렇게는 비교할 수 없을 정도로 바다가 크네요.

심지어 모두 소금물이라고 합니다.

저는 바닷물을 확인하려고 바다로 다가갔어요. 조금 전부터 바다가 다가왔다가 멀어집니다.

분명, 파도라고 했어요.

저는 그런 파도로 다가가 바닷물을 만진 뒤 손가락을 혀로 핥았습니다.

……짜.

정말 소금물이네요.

이게 전부 소금물이라고 생각하니 대단합니다.

신과 아이들도 저를 따라 바닷물을 핥았습니다. 세 사람의 얼굴이 일그러지네요.

서로의 얼굴을 보며 웃었습니다.

바다를 즐긴 우리는 데거 씨가 알려준 다른 장소로 향했습니다.

그 장소는 마을 밖으로 나가서 잠시 걸어가면 나온다고 합니다.

"유나 님의 지인이라면 대단한 것을 볼 수 있지, 라는 건 뭘 말하는 걸까?"

우리는 바다를 바라보며 계속 걸었어요.

"혹시, 저거 아냐?"

앞을 걷는데 신이 가리켰습니다.

무언가의 형태를 띠고 있네요. 그 형태는 본 적이 있습니다.

우리는 달려갔어요.

"크다."

"곰……."

바다 가운데에 커다란 곰 바위가 있었습니다.

"이건 유나 님이 만든 건가?"

"아니, 아무리 그래도 무리겠지."

바다에 있는 곰은 엄청나게 컸습니다. 심지어 몇 개나 있었어요.

"이런 거 마법으로 만들 순 없겠지."

저는 흙벽을 만드는 것으로도 고생합니다.

이렇게 커다란 곰 바위를 만들어낼 수 있을 리 없어요.

"그래도 데거 씨가 유나 님의 지인이라면, 이라면서 알려주셨잖아."

세 사람 모두 유나 님을 떠올리고 있는 모양입니다.

유나 님의 이야기는 모험가 지인들을 통해 여러 가지로 들었습니다.

모험가 등록을 한 날에는 곰 옷차림을 무시했던 모험가가 반죽음을 당했다는 둥, 그다음 날에는 혼자서 울프를 40마리를 쓰러뜨렸다는 둥, 고블린 100마리와 고블린 킹을 무찔렀다는 이야기도 있었죠.

가장 놀란 건 블랙 바이퍼를 혼자서 쓰러뜨렸다는 이야기입니다.

“만약 유나 님이 이걸 만들었다면 정말 대단한 거야.”

“그런 차림이긴 하지만 말이지.”

“믿기진 않지만…….”

그런 유나 님을 처음 만났을 때, 신이 그녀를 무시했던 걸 떠올리면 지금도 오싹해집니다.

그렇지만 실제로 유나 님을 만나 이야기를 해보니 매우 상냥한 여자아이였습니다. 그런 유나 님에게 마법 사용법을 배워서 능숙해질 수 있었습니다. 겉보기에는 귀여운 곰 옷차림을 한 여자아이로 보이지만 유나 님은 대단한 사람입니다.

바다에 있는 커다란 곰을 본 후 우리는 숙소로 돌아왔습니다.

데거 씨에게 바다에 있던 커다란 곰에 관해 물어봤습니다.

“그건 정말로 유나 님이 만든 건가요?”

“자세한 건 말할 수 없어. 다만, 그 곰 아가씨는 우리의 은인이야. 그 바다에 있는 곰이 증거지.”

데거 씨는 그 이상은 말해주지 않았습니다.

하지만 유나 님이 이 마을에서 무언가를 했다는 건 틀림없는 것 같네요.

그런 다음, 점심 식사를 마친 우리는 모험가 길드로 갔어요.

모험가는 잠시 들린 마을이라도 정보를 얻기 위해 모험가 길드가 있으면 찾아가는 것이 기본입니다.

미릴러 마을의 모험가 길드는 모험가의 수가 적었습니다.

모험가들이 다른 마을로 이동해버려서라고 해요. 그 원인에 관해서는 자세히 알려주지 않았습니다.

다만, 강한 마물이 나타났다는 정도는 저희도 알 수 있었죠.

그리고 미릴러 마을의 길드마스터는 여성이고 미인이셨어요.

길드마스터는 햇볕에 탄 피부를 숨기지 않았고 큰 가슴이 강조되어 신과 아이들은 길드마스터의 가슴만 보고 있었습니다.

저는 아무 말 없이 신의 바지를 잡아당겼어요.

신은 저를 봤지만 무시를 하네요.

남자아이는 역시 가슴이 큰 여자가 좋은 걸까요?

그런 다음, 우리는 선착장으로 향했습니다.

들어보니 요즘들어 일반인도 승선할 수 있게 되었다고 해요. 물론 비용이 들지만 데거 씨의 전언도 있어서 매우 저렴한 가격으로 탈 수 있게 됐습니다.

"실례합니다. 다몬 씨라는 분 계신가요?"

배 근처에 있는 남자에게 물었습니다.

"아아, 그라면 저 배에 타고 있는 녀석이야."

"고맙습니다."

우리는 감사 인사를 하고 알려준 배로 갔습니다.

"실례할게요. 데거 씨가 여기로 가면 배를 탈 수 있다고 하던데요."

"그래, 들었어. 너희가 데거 아저씨가 말씀하신 모험가들이로군."

"네, 잘 부탁드릴게요."

"거의 준비를 마쳤으니 조금만 기다려줘."

남자의 이름은 다몬 씨. 평소에는 어부를 하고, 시간이 남을 땐 다른 마을에서 온 사람들을 태워주는 일을 한다고 해요.

준비를 마치고 우리는 배에 올라탔습니다.

처음 타는 배. 배에 타자 발 부근이 흔들립니다. 힘껏 힘을 주는데도 좌우로 몸이 흔들려서 균형을 잡을 수 없어요.

"꽉 잡지 않으면 위험해. 그리고, 속이 안 좋아지면 말하고."

"속이 안 좋아지나요?"

"사람에 따라서 다르긴 하지만 처음 배에 타는 사람은 속이 안 좋아지는 일이 더러 있지. 이렇게 계속 흔들리니까 속이 안 좋아질 거야."

배는 흔들흔들하며 요동을 쳤습니다.

"마을 사람들은 모두 괜찮나요?"

"우리는 어릴 적부터 배를 타니까. 그래도 파도가 심할 때는 속이 안 좋아지지."

배는 흔들리며 점점 육지에서 멀어져 갔습니다.

"데거 아저씨에게 들었는데, 안즈와 아는 사이라며? 안즈는 잘 지내고 있어?"

“네, 매일 바쁘게 요리를 만들고 계세요.”

“그렇군. 그런데, 안즈에게 남자는 생겼고?”

갑작스러운 질문에 곧바로 대답을 할 수 없었습니다.

“……안즈 씨에게 연인이요? 저도 잘은 모르지만 그런 이야기를 들은 적은 없어요.”

어쩌면 있을지도 모르지만 저는 모릅니다.

“그렇군.”

“혹시, 다몬 씨, 안즈 씨를…….”

나이가 조금 차이 나는 것 같지만 이 정도라면 가능하지 않을까요?

“아니야. 나는 아내와 아이도 있어. 안즈는 어부 중 젊은 녀석들에게 인기가 있어서 요리를 만들어달라고 하는 남자들이 많았지. 그런데 크리모니아로 가버렸으니까 충격을 받은 녀석들이 많아서 말이야.”

확실히 안즈 씨는 귀엽고 요리도 잘해서 여성스럽긴 합니다. 인기가 있는 것도 이해가 가죠.

“그래도 그렇게 인기가 있었는데 아무도 막는 사람이 없었던 거예요?”

“곰 아가씨의 소문이 있잖니. 누구도 불만을 토로할 수 없었지.”

곰 아가씨라는 건, 유나 님을 말하는 거겠죠.

“그러면 유나 님이 오기 전에 사귀려고 했던 사람은 없었나요?”

"데거 아저씨가 무서워서 아무도 손을 뻗지 못했어."

그 말에 우리는 이해를 했습니다. 그 근육은 대단하죠.

모두, 무서워서 안즈 씨에게 데이트를 신청하는 것도 힘들었던 모양이에요.

"그래도 크리모니아에서 질 나쁜 벌레가 달라붙지 않는 모양이라 안심했어. 하지만 크리모니아의 남자들은 보는 눈이 없군. 누구도 안즈에게 작업을 걸지 않다니."

그러고 보니 그렇네요. 안즈 씨는 인기가 많을 것 같은데…….

"아아, 그래 그거야."

"맞아, 그거네."

"틀림없어."

저는 모르겠는데 신과 아이들은 이유를 아는 모양입니다.

"아마도 유나 님이 있어서일 거야."

"이건 우리 남자들 사이에서만 도는 이야기인데. 유나 님의 가게에서 일하고 있는 여자애에게 손을 대면 유나 님의 화를 산다는 이야기가 있어."

"그래?"

그런 이야기는 처음 들었어요.

"말을 거는 정도는 괜찮지만, 술을 권한다거나 어딘가로 가자고 권하는 건 안 된다고 하더라고. 그래서 모험가들은 유나 님의 가게에서 일하는 여성에게는 아무 짓도 안 하고 하는 사람이 있으면 제재를 받는대. 그것 때문에 우리도 그런 남자가 있으면 보고를 하라는 말을 들었어."

"몰랐어……."

"이건 남자들끼리의 이야기니까. 그러니 호른도 아무에게도 말하지 마. 우리가 혼날 거야."

바보 같지만 수긍을 해두었습니다.

다른 모험가들에게 신과 아이들이 혼이 나면 곤란하니까요.

배는 나아가 점점 육지에서 멀어졌습니다. 이런 곳에서 바다에 떨어지면 어쩌나 싶어서 무서워집니다.

"이 바다는 끝이 어디에요?"

"어디까지고 펼쳐져있지. 며칠을 나아가도 바다는 이어져."

"그 너머에는 뭐가 있죠?"

"다른 나라가 있지. 그렇지만 며칠이나 걸린다고 해. 이런 배로는 갈 수 없어."

"다른 나라가……."

"아득히 멀리 있지."

"세계라는 건 넓네요."

마을에서 나온 우리에게는 크리모니아도 넓었어요. 여러 가지 것들이 있고, 사람이 많고, 세계가 펼쳐진 기분이었습니다.

크리모니아 앞에는 왕도도 있어요.

가본 적 없는 장소는 아직 많이 있죠.

세계라는 건 이렇게나 넓은 거였네요.

그 후 신, 랏테, 브루 세 사람이 속이 안 좋아져 대륙으로 돌아가게 되었습니다.

"아직, 몸이 흔들리고 있어."

"모두, 괜찮아?"

모두는 육지에 오르자 쓰러졌어요.

"여자아이가 괜찮은데 사내 녀석들이 못 참다니 한심하군."

다몬 씨는 신과 아이들을 보며 웃었습니다.

"그런 말씀 하셔도, 읍."

신은 입을 틀어막습니다.

"그래서는 훌륭한 어부가 될 수 없어."

"저희는 모험가예요."

"아니, 모험가도 바다에서 싸우는 일이 있지."

"그런가요?"

"그래, 바다에도 마물은 있으니까 말이야."

다몬 씨는 의미심장한 말을 하더니 입을 닫았습니다.

다몬 씨는 무슨 생각을 하셨을까요?

다몬 씨는 우리를 바라보고 이야기를 되돌립니다.

"모처럼 유우라가 요리를 만들어 왔는데 그런 상태로 먹을 수 있겠나?"

배에서 내린 후, 다몬 씨의 부인의 요리를 대접받기로 되어 있었습니다.

"조금 쉬면 괜찮아질 거예요."

그 후 잠시 쉬고 다몬 씨의 부인인 유우라 씨가 만들어 준 해산물 요리를 먹었습니다. 맛있었어요.

그다음, 며칠 더 미릴러 마을을 만끽한 우리는 크리모니아로 돌아갔답니다.

또, 오고 싶네요.

■ 작가 후기

오랜만입니다. 쿠마나노입니다. 『곰곰곰베어』 11권을 구입해주셔서 고맙습니다.

벌써 11권이 되었습니다만 유나는 여전히 이세계를 즐기고 있네요. 처음엔 여러 가지 일을 경험한 유나이지만 사람을 구하고, 도움을 받고, 곰이 받아들여져 왔습니다.

그리고 11권에서는 시아가 다니는 학원으로 언제나 같이 다니는 멤버인 피나, 슈리, 노아를 데리고 학원 축제에 참여하게 됐습니다. 이세계의 학원 축제는 유나가 알고 있는 출품작도 있는가 하면, 이세계에만 있는 출품작도 있어서 유나는 학원 축제를 즐깁니다.

학원 축제는 첫째 날은 무사히 마치고 둘째 날로 이어집니다.

이곳에서 한가지 알려드립니다. 내년 1월에 점포 특전의 덤으로 딸려있던 쇼트 스토리를 모은 『11.5권』이 발매될 예정입니다. 근처에 가게가 없거나 특전을 구매하시지 못하셨던 독자님들에겐 불편을 끼쳐드렸습니다. 이번 기회에 구매하실 수 있게 된다면 좋겠습니다. 이 기획을 이루어주신 출판사님께는 감사드릴 따름입니다.

마지막으로 책을 내는 데 힘을 써주신 모든 분들에게 감사 인사를…….

이번에도 029 선생님께서 예쁜 일러스트를 그려주셨습니다, 감사합니다.

편집자님께는 항상 폐를 끼칩니다. 그리고 『곰곰곰베어』 11권을 출판하는데 관계된 많은 분들께 감사드립니다.

여기까지 읽어주신 독자님께도 감사의 마음을…….

그러면 12권에서 만날 수 있기를 바라며 마치겠습니다.

2018년 11월 좋은 날

쿠마나노

■역자 후기

안녕하세요. 역자 김보라입니다.

이번 스토리에서는 학원 축제가 주를 이뤘는데요. 역시나 유나의 치트 능력으로 학원 축제에서도 한차례 소동이 일어났네요.

출품작을 열심히 준비한 학생들의 입장에선 허무할지도 모르겠지만 지켜보는 입장에선 이 또한 재미있는 스토리였습니다. 여러분은 어떠셨나요? 이번 화도 재미있게 읽어주신다면 기쁠 것 같습니다.

항상 수고 많으신 편집자님께 매번 감사드린다는 말을 전하고 싶습니다! 앞으로도 잘 부탁드리겠습니다!! 그럼 다음 편에서 봬요~!!

2020년 좋은 날

역자 김보라 올림

곰 곰 곰 베어 11

초판 1쇄 발행 2020년 8월 10일

지은이_ Kumanano
일러스트_ 029
옮긴이_ 김보라

발행인_ 신현호
편집부장_ 윤영천
편집진행_ 김기준 · 김승신 · 원현선 · 권세라 · 유재슬
편집디자인_ 양우연
국제업무_ 정아라 · 전은지
관리 · 영업_ 김민원 · 조은걸 · 조인희

펴낸곳_ (주)디앤씨미디어
등록_ 2002년 4월 25일 제20-260호
주소_ 서울시 구로구 디지털로 26길 111 JnK디지털타워 503호
전화_ 02-333-2513(대표)
팩시밀리_ 02-333-2514
이메일_ lnovelpiya@naver.com
L노벨 공식 카페_ http://cafe.naver.com/lnovel11

ISBN 979-11-278-5645-8 04830
ISBN 979-11-278-3067-0 (세트)

값 9,000원